SIETE SOBRES

CELESTE BENA DE RETTE

SIETE SOBRES

Papel certificado por el Forest Stewardship Council®

Penguin
Random House
Grupo Editorial

Primera edición: febrero de 2024

© 2024, Celeste Bena de Rette Méndez
© 2024, Penguin Random House Grupo Editorial, S. A. U.
Travessera de Gràcia, 47-49. 08021 Barcelona

Printed in Spain – Impreso en España

ISBN: 978-84-19835-24-6
Depósito legal: B-20.237-2023

Compuesto en Mirakel Studio, S. L. U.

Impreso en Black Print CPI Ibérica
Sant Andreu de la Barca (Barcelona)

SL35246

Para mi padre, mi madre y mi hermano,
los amores de mi vida, mi hogar y mi lugar seguro…
pero que me matarían si no les dedicase mi primer libro

Prólogo

Los mejores candidatos

Estimados Ginebra, Conor, CJ, Leo, Rebeca, Mía y Edgar:

Si estáis leyendo este e-mail es porque habéis sido seleccionados para formar parte de un nuevo concurso que se emitirá próximamente en televisión a nivel nacional.

A través de las redes sociales, hemos escogido a los grupos de amigos que encajaban con nuestra propuesta y, finalmente, habéis salido elegidos como los mejores candidatos.

No os podemos decir de qué trata, porque es una sorpresa, y en eso reside la magia del programa. Lo que sí podemos adelantaros es que solo habrá un ganador que se llevará un gran premio en metálico, y que le solucionará la vida durante unos cuantos años...

Durante el transcurso del programa, estaréis los siete concursando en una lujosa cabaña, aislados del mundo exterior.

Requisaremos los teléfonos móviles antes de entrar para que podáis sumergiros plenamente en esta experiencia y no tengáis distracciones.

Antes del inicio del programa también os haremos algunas pruebas médicas para asegurarnos de que no tendréis ningún problema de salud en vuestro nuevo hogar.

Estamos creando un espacio cien por cien seguro para vosotros.

Estaremos encantados de contar con vuestra presencia y os ampliaremos la información necesaria, en caso de que os animéis a participar.

Quedamos a la espera de vuestra respuesta.

Un cordial saludo,

Equipo VM

1

La cabaña

E l avión no podría habernos dejado más cerca de la cabaña? —reclama Conor mientras parece que para decir estas palabras está usando su último aliento.

Su cuerpo delgaducho intenta, sin apenas resultados, arrastrar su gran maleta por la nieve. No sabía por cuánto tiempo se quedarían y quería estar seguro, así que había empaquetado de todo: ropa de invierno y de verano, bañadores, toallas, cajas de medicamentos para cualquier tipo de dolor, sus ansiolíticos, inhaladores...

El programa no les había dado apenas detalles del concurso. A través de un e-mail, habían informado a todo su grupo de amigos de que habían sido seleccionados para pasar unos días en una cabaña de lujo en la nieve, y lo mejor, con un suculento premio final para el ganador. A todos les había resultado suficiente con esa información, ya que realmente todos necesitaban el dinero y les parecía que podía ser una buena experiencia y, aparte, una buena excusa para volver a reunirse.

Hacía diez años que habían terminado la carrera de Historia del Arte en la que se habían conocido y solo Mía había encontrado un trabajo relacionado con dicha especialidad en una galería de arte, pero era de recepcionista y, sinceramente, no le gustaba nada.

CJ intentaba abrir su propio taller de impresión, y aunque hacía lo posible por demostrarles a todos que le iba bien, no paraba de encontrarse obstáculos por el camino. Ni siquiera había conseguido un préstamo para poder comprarse la primera máquina.

Gin había perdido gran parte de su dinero con asuntos ajenos al arte, pero no supo gestionarlo bien, así que llevaba tiempo trabajando de dependienta en una tienda de ropa. Y no hubiese estado mal si no fuera porque el gerente abusaba de ella siempre que podía. Cada vez soportaba menos que la manosease, pero no podía decir nada, pues tal y como iban las cosas en el país y la crisis económica, no le sería fácil conseguir otro trabajo.

Rebeca echaba más de doce horas en un bar de lunes a sábado para pagarse un máster, pero con las subidas de los precios de la comida y la de su propio alquiler, sus escasos ahorros no le permitirían costearse ni un diez por ciento de los estudios que ambicionaba.

Edgar quería abrir su propia escuela de maquillaje, pero apenas tenía dinero.

Leo trabajaba como mecánico en el taller de su padre para ayudarle con la casa, y se moría de ganas de independizarse con Mía.

Y Conor… Bueno, Conor estaba en paro. Nadie quería contratar a un treintañero con pinta de niño que nada más comenzar una entrevista de trabajo empezaba a tartamudear de los nervios. Aunque realmente ninguna suma de dinero le parecía suficiente para exponerse ante las cámaras, tampoco quería parecer más débil de lo que ya lo consideraban. Quería demostrarse a sí mismo y a los demás que él también podía ser un ganador. Así que dijo que sí, intentando disimular su ansiedad, mientras notaba cómo le sudaban las manos al firmar aquel contrato tan corto.

Lo recordaba bien, solo había cuatro reglas:

- Nadie puede saber que participaréis en el programa.
- No se puede abandonar la casa bajo ninguna circunstancia.
- El juego no termina hasta que quede un solo finalista.
- Seguir las reglas será la única forma de ganar.

Aunque no sabía de qué juego se trataba, Conor tenía claro que le vendría mejor que seguir jugando al *Call of Duty* la mayoría del tiempo. Solía pasar los días en la soledad de su habitación, mientras Helen, su madre, se gritaba cada día con su padre por teléfono, saliendo de una depresión para caer en otra mientras lo miraba con cara de asco cada vez que se lo cruzaba por casa.

—Tío, es que no sé para qué te traes tanta cosa... Ya te lo dije —comenta Gin, rezagándose un poco para hablar con Conor.

Ella lleva solo una mochila de viaje y camina grácilmente, como si hiciese ese trayecto todos los días. Viste como siempre, con su chupa de cuero negra, y debajo de la oreja derecha reluce el film que le han puesto encima del nuevo tatuaje que se acaba de hacer. «Es un mandala, para que me proteja, que no me fío de vosotros», había comentado con una sonrisa socarrona apenas unas horas antes en el avión, levantándose la melena morena para enseñárselo. Todos rieron, y CJ, que siempre era el alma de la fiesta, le había chocado la cerveza con tal fuerza que habían derramado la mitad por el suelo del lujoso avión privado en el que viajaban, rumbo a lo desconocido.

—Ya estamos llegando —avisa el hombre que los guía por la nieve.

Este apenas ha cruzado palabra con el grupo de amigos. Es más, no ha hecho ningún esfuerzo por ayudarlos con el equipaje. Tan solo se ha dedicado a echar un vistazo de vez en cuando para comprobar que ninguno se quedaba rezagado.

Leo y Mía, que llevan juntos varios años, se miran sin parar de sonreír, y Rebeca, que va detrás de ellos, no puede evitar sentirse molesta. «Esta es mi oportunidad de estar a solas con Leo. En el aeropuerto no dejaba de mirarme. Estoy segura de que le va a gustar toda la ropa que he traído. Y Mía… Si no fuera porque he conseguido que le enseñen fotos de Leo con otra, ella nunca se hubiese enterado. Y ahora tengo que aguantar esas sonrisas, como si no hubiese pasado nada entre ellos».

Edgar le había confesado a Rebeca que sabía de infidelidades de Leo hacia su pareja, en un intento de que su amiga se diera cuenta de que no era el chico idílico que ella imaginaba. Pero lejos de eso, le había dado esperanzas de que cuando Mía se enterase, lo dejaría. Y ella misma se había encargado de que otro amigo suyo le mandase las fotos, pero esta parecía aferrarse a él a cualquier costo.

Edgar le da un golpe suave en el brazo y alza las cejas preguntándole si todo está bien. Ella mira hacia la pareja y luego pone los ojos en blanco.

Edgar es tan neutral como se puede ser en un grupo de amigos tan heterogéneo. Es el único que conoce los secretos de cada uno de ellos, pero, irónicamente, ninguno se ha preguntado si él esconde alguno. Todavía le sorprende que esa amistad que había empezado como grupo de estudio en el primer año de facultad hubiese acabado convirtiéndose en una amistad de ya catorce años.

Coge a Rebeca por los hombros y ella sonríe. Siguen el camino en silencio, con ganas de llegar a la cabaña.

Todos los del grupo avanzan cada vez más rápido.

—¡¿Nos vamos a quedar aquí?! —grita CJ.

Impaciente por ver la cabaña y tomarse una cerveza, CJ ha adelantado al desconocido guía y se topa con la sorpresa antes que ninguno.

Ante su exclamación, todos apuran el paso intrigados y se paran en seco.

La cabaña de madera se alza imponente, y nada tiene que envidiar a los árboles que la rodean. La nieve que se arremolina a su alrededor embellece aún más la estampa, pero también provoca una extraña sensación. Tan solitaria…

El edificio cuenta con dos plantas y los cristales están tintados, de tal manera que es imposible ver el interior. Pero abajo sí que destaca una zona acristalada transparente que da a un pequeño patio. Se intuye un jacuzzi y una especie de estancia de madera, como una sauna.

—Bueno, pues ya hemos llegado. Que os divirtáis —suelta el hombre a unos metros de la entrada, con tono de desdén, y se dispone a darse la vuelta.

—Ey, ¿no vas a explicarnos nada o darnos alguna pista para saber de qué va el tema? —pregunta CJ, extrañado.

—A mí solo me han pagado por guiaros hasta aquí. Y aquí termina mi trabajo —contesta el tipo y echa a andar, no sin antes soltar un escupitajo al suelo.

Se hace un silencio que dura solo unos segundos.

—¡Qué antipático! ¡Ni que fuera Encarna! —grita Gin, sorprendida, mientras se empieza a reír.

Todos rompen en una carcajada al recordar a aquella profesora que siempre les decía que no serían capaces de terminar la carrera.

—Bueno, ¿vamos a ver qué hay por aquí? Supongo que nos dirán algo pronto —comenta Leo.

Ilusionados, abren la puerta sin problema, con un suave empujón, pese a que no les habían proporcionado una llave en ningún momento, y empiezan a recorrer la primera planta de la cabaña. Lo que encuentran a primera vista cubre sus expectativas.

CJ y Gin, que van molestándose entre ellos, se dirigen hasta un pequeño salón, exquisitamente decorado, pero no hacen mucho caso a los detalles, porque lo que buscan es la manera de acceder al patio.

De un rápido vistazo, ya todos en la cabaña se dan cuenta de que parece que no hay rincón que no tenga cámaras instaladas, aunque son tan pequeñas que creen que pronto se olvidarán de su existencia.

Al entrar, Gin ve cómo CJ se acerca al jacuzzi y se quita la sudadera, dejando al descubierto sus musculados brazos, todavía morenos, que contrastan con el pálido tatuaje ya dilatado por el tiempo de una cerveza espumosa que lleva en uno de ellos, así como otros más que tiene desperdigados sin un sentido concreto.

Se arregla el pelo castaño con las manos en un intento de dejarlo decentemente peinado.

—¿En serio, CJ? —le pregunta Gin, divertida.

—Oye, ¿se puede saber de qué te ríes? —contesta este intentando simular enfado. Pero realmente se enfada tan pocas veces que incluso le cuesta fingirlo.

Gin ríe cada vez más.

—¿De verdad necesitas fardar delante de las cámaras? ¡Acabamos de llegar y estamos a unos cero grados!

Gin ve cómo en la cara de su amigo empieza a dibujarse una sonrisa de lado.

«Va a decir una de las suyas, anda que no lo conozco», piensa.

—No estarás celosa, ¿verdad?

—Oh, ¡venga ya! —grita ella, divertida, mientras sale de nuevo al pasillo conteniendo la risa.

Mientras, al otro lado de la cabaña, Conor camina en silencio detrás de Rebeca y Edgar. Ve que hablan bajito sobre algo y prefiere no interrumpirlos. Los dos son amigos desde la infancia y cuando está con ellos a solas, aunque Edgar haga lo posible para que se sienta cómodo, nunca siente que encaje del todo. Por eso siempre prefiere los planes grupales.

Así que mientras va absorto en sus pensamientos, los tres entran en una amplia cocina con una mesa alta y taburetes alrededor de una pequeña isla, separada por una puerta corredera que da a un gran comedor con una enorme mesa de madera.

Cuando Conor entra, despistado y pensativo, a la zona del comedor, se gira asustado al sentir un aire frío en el cuello. Va a decir algo cuando se da cuenta de que no hay nadie más con él, y un mal presentimiento le recorre la espalda.

Rápidamente se apura a alcanzar a Rebeca y Edgar, que ya están revisando el gran salón.

La pared del fondo está formada por un gran ventanal con vistas a las montañas, ya apenas visibles en la oscuridad.

En uno de los laterales destaca una gran chimenea cerca de varias estanterías, y en el medio, dos mesas: una grande, pero no tanto como para caber todos sentados alrededor, y otra más pequeña, al lado de varios sillones de color beige.

Leo y Mía van a lo suyo, les apetece un poco de intimidad e incluso intentan aislarse de los demás.

—¿Subimos? —le pregunta Mía a Leo señalando las escaleras.

Él la sigue con una sonrisa y, cuando llegan arriba, la aparta hacia un rincón oscuro que separa las escaleras de un pasillo.

—Igual podríamos quedarnos un rato… Aquí no hay cámaras… —le susurra Leo al oído mientras dirige su mano hacia la hebilla del cinturón de Mía.

—Ey, ¡para! —ríe ella mientras se escabulle por debajo de los brazos de él.

—Joder… —Leo se aleja mosqueado y le da la espalda.

—Oye, no me puedo creer que de verdad te hayas molestado por...

Pero la frase de Mía se queda ahí.

Ante ellos, un enorme pasillo se va iluminando poco a poco, como si un rayo atravesara el suelo, dejando ver varias puertas a cada lado.

—Estas deben de ser las habitaciones —señala Leo a Mía, que va un paso por delante para demostrarle que sigue molesto por su rechazo.

—¡Mira! —exclama Mía, y Leo se da la vuelta.

Encima de cada puerta está escrito el nombre de cada uno de los participantes.

—Esta es la mía y la tuya está al lado. No me lo puedo creer, pensé que íbamos a dormir juntos —resopla él.

Ella le agarra el brazo con cariño y lo atrae hacia sí.

—No creo que haya problema con eso —le acerca un poco más—, seguro que tener una pareja en el programa les da más audiencia.

A Leo le enternece ese intento de Mía de acompañar su frase con una sonrisa sexy; no pega nada con su forma de ser. Pero cuando abren la puerta de la habitación, los dos se vienen abajo. Cada estancia cuenta con un baño privado de mármol, un armario de madera que combina perfectamente con la cabaña, un espejo, una cajonera, una gran ventana, una mesita de luz con pequeños cajones... y una cama individual.

—Mierda.

2

La norma más importante

Cuando Leo y Mía bajan, se encuentran con que todos están reunidos en el salón principal.

Conor mira a través del gran ventanal mientras los demás se ríen sentados en los sofás ante las ocurrencias de unos y otros.

CJ ya tiene una cerveza en la mano y Rebeca apaga un cigarro en otra lata ya vacía. Al verlos llegar, la atención del grupo se centra en la pareja.

—¿Dónde estabais, picarones? —pregunta CJ, que no pierde la oportunidad de dar otro trago a la cerveza.

—Viendo las habitaciones —contesta Leo, un poco seco.

Rebeca se remueve nerviosa e incómoda en el sofá, y Edgar, que está sentado a su lado, le pone la mano en la rodilla para tranquilizarla.

—¡Aquí hay de todo! CJ ha encontrado una nevera enorme y un montón de comida y bebida. ¡Tenemos para hacer fiestas durante un montón de días! —les grita Gin, emocionada, con un brillo en sus ojos azules.

—Estamos en medio de la nada —señala Conor, aún observando por el ventanal.

Su tono es tan apagado que todos lo miran. Es de noche y es imposible que esté viendo nada más que oscuridad.

—Oye, ¿se puede saber qué te pasa? —le pregunta Edgar, sorprendido.

—No sé, algo no me huele bien. Y no lo digo por el humo del tabaco. —Mira a Rebeca de reojo—. Hemos venido a un programa de televisión y no hay nadie para recibirnos. Todavía no nos han explicado nada y llevamos aquí ya una hora.

—Conor... —dice Mía con la dulzura que tanto la caracteriza—, de eso trata el programa. Se supone que también tenemos que dar juego, ¿recuerdas? Todo tiene que sorprendernos, nuestra incertidumbre por el concurso en el que vamos a participar también cuenta... —Se le acerca por detrás y le aprieta los hombros con suavidad. El cuerpo de Conor es tan frágil que parece que va a romperse—. Seguro que pronto sabremos algo.

Edgar se levanta de repente y capta la atención del resto, algo desconcertados.

—¿Qué pasa? ¿Acaso vosotros no tenéis hambre? —pregunta con una sonrisa.

Todos se miran aliviados y le siguen hasta la cocina, menos Gin, que de camino se para en el baño con la intención de ver cómo va su tatuaje. Cuando abre la puerta, la luz se enciende de golpe iluminando un baño de mármol que parece sacado de un catálogo de lujo. «Solo con lo que ha debido de costar este baño me hubiese podido pagar la universidad sin necesidad de...». Gin mueve la cabeza intentando que ese recuerdo se desvanezca, y se acerca al espejo. Mira el tatuaje con agrado y repasa los delgados filamentos rojos que se entrelazan entre ellos. «Al menos vale lo que me ha costado», sonríe.

Cuando llega a la cocina, los demás ya han preparado varios boles de patatas fritas y están calentando dos pizzas en dos hornos diferentes.

—A veces pienso que ya hemos ganado el concurso con solo tener el lujo de pisar este lugar —comenta Rebeca mientras picotea patatas sentada en uno de los taburetes de la cocina.

Una vez que ya tienen la comida preparada, cada uno elige las bebidas. La mayoría se decanta por unas botellas de buen vino; Gin y CJ prefieren continuar con las cervezas, y Conor se sirve un vaso de agua. Después, todos se dirigen juntos al comedor.

—¡Ey! ¿Qué es eso? —pregunta Leo.

En el centro de la gran mesa hay colocados siete sobres.

—Eso no estaba ahí antes —observa Conor, a quien ya empiezan a sudarle las manos.

—¿Cómo lo sabes?

—Porque cuando he pasado por aquí la mesa estaba vacía.

—Quizá no te fijaste bien —le rebate Edgar con suavidad.

Conor se gira hacia él. Por una vez su cara refleja algo de vida, y como si usase toda la fuerza de su cuerpo, nuevamente le aclara:

—No, no estaba.

—Vale, vale, no pasa nada. —Leo se adelanta y todos se acercan.

—¡Tienen el nombre de cada uno de nosotros! —grita Rebeca, emocionada.

Pero cuando coge el suyo para abrirlo, la televisión situada en la esquina superior del comedor se enciende.

La voz jovial de un hombre los sorprende y en la pantalla aparece, como en un teleprónter, el mismo mensaje que se va escuchando:

¡Bienvenidos! ¡Gracias por venir y por animaros a participar! Espero que os esté gustando la cabaña.
Os tenemos que comentar que hemos tenido una idea.
¡Va a ser todo mucho más emocionante! Añadiremos unas cuantas reglas al juego. ¿Os parece? ¡Allá vamos!

La primera regla es que cada uno podrá dormir solamente en su propia habitación. Leo y Mía, lo siento, son las normas.

La segunda es que cada prueba será personal e intransferible. Asimismo, no podréis contarle a nadie lo que os ha tocado.

Y sé que esta os dolerá un poco, pero... cada uno deberá estar dentro de su habitación a las doce de la noche, porque las puertas se cerrarán automáticamente y no podréis volver a abrirla hasta las siete de la mañana. Pero, tranquilos, ¡tenéis un baño dentro!

¿Qué pasa? ¿Acaso no os parece divertido?

Pues bien, ¿qué os parece si empezamos?

Delante de vosotros tenéis siete sobres con vuestros nombres. Cada uno deberá coger el suyo, pero, y recalco, no podréis abrirlo hasta que terminéis de cenar.

Lo hacemos por vuestro bien, sé que tenéis ganas de descubrir lo que hay dentro, pero ¡no queremos que os atragantéis!

Por último, os recuerdo también las tres normas fundamentales para respetar la dinámica del concurso:

– No se puede abandonar la casa bajo ninguna circunstancia.
– El juego no acaba hasta que haya un único finalista.
– Seguir las reglas al pie de la letra será la única forma de ganar.

¡A disfrutar!

Los siete concursantes se miran asombrados entre ellos. No obstante, la ilusión y la incertidumbre se refleja en sus caras, salvo en tres de ellas: en la de Leo, la de Mía y la de Conor, que empieza a temblar. Desde que ha pisado la cabaña, no hace más que intuir que algo va mal. Quizá tanto tiempo gastado en leer historias de terror en el ordenador le está jugando una mala pasada.

CJ coge una patata y la muerde, dispuesto a romper el hielo.

—No soy muy de seguir las normas —dice—, pero creo que ganaré esto con los ojos ce...

El comentario de CJ se queda a medias cuando una pequeña risa vuelve a salir del televisor y todos se giran hacia él.

¡Perdonad, chicos! ¡Con tanta norma me he olvidado
de comentaros la más importante!
Si no seguís las normas, o alguna de las instrucciones,
moriréis.
Ahora sí, ¡a disfrutar!

Conor se palpa los bolsillos buscando desesperadamente un inhalador.

3

Alguien se ha saltado las reglas

Mientras todos están en estado de shock, Rebeca no puede evitar reírse.

—¿Qué os pasa? Os habéis puesto pálidos. Está claro que solo intentan asustarnos. Supongo que el que «muera» deberá abandonar la cabaña.

En los demás se aprecia cierto alivio al escuchar a Rebeca, pero ahora, aparte de la de Conor, la cara de Mía también refleja cierta preocupación.

—¿Qué creéis que habrá en cada sobre? —pregunta CJ mirando fijamente el suyo mientras empieza a comer un trozo de pizza.

—Yo creo que serán pruebas tipo «haz un baile ridículo», «canta una canción estúpida»… —comenta Edgar.

—O hacer un estriptis —apunta Leo con una sonrisa picarona mientras se peina hacia atrás el pelo rubio, del que se nota que está más que orgulloso. Rebeca lo mira de reojo.

—Pues más vale que no le toque a CJ o el ganador tendrá que usar el premio para pagarles un psicólogo a todas las chicas del país —dice Gin riendo mientras le tira un trozo de patata.

Todos se muestran algo más relajados, pero, aun así, no pueden evitar comer con prisa.

En veinte minutos la cena ya ha terminado y las botellas de vino han ido vaciándose a un ritmo asombroso.

Lejos de estar cansados, la efusividad les hace sentir que esa noche, si no fuera por una de las normas que les han impuesto, no tendría fin.

Una vez recogen todo y ponen en marcha el lavaplatos, se sientan de nuevo a la mesa.

Leo sigue sirviendo vino a quien se lo pide y Gin ha cogido dos cervezas para ella y CJ. Conor les dice que prefiere beber agua y Rebeca alza los ojos cada vez que le oye decir eso. «Creo que si tengo que convivir con ellos mucho tiempo, no voy a parar de mirar hacia el techo», piensa mientras ríe sola y le da un sorbo a su copa.

—¿De qué te ríes? —le pregunta Mía con esa voz tierna que siempre ha puesto tan nerviosa a Rebeca.

—De nada, bobadas —le responde ella con una sonrisa, que se deshace más rápido de lo normal.

Conor es el último en sentarse a la mesa porque ha ido a la entrada, donde continúan las maletas, para coger sus medicamentos. Vuelve al comedor con tres cajas en la mano. Edgar lo mira asombrado y quiere hacer una broma, pero se calla, no quiere hacerle sentir mal.

—¿Empezamos? —pregunta Conor.

Todos asienten y se miran nerviosos.

—¿Quién empieza? —pregunta Mía.

Nadie responde.

Quiere quitarse el miedo de encima, así que, nerviosa, coge el sobre con su nombre.

—Venga, yo misma —dice.

Lo abre y saca una nota que lee en silencio.

Mía:

Cuéntale a Conor que robaste su examen para conseguir las prácticas en el Museo del Prado y que él se quedase fuera de la selección.

«¿Qué es esto?», piensa Mía. No da crédito a lo que le están pidiendo y empieza a sudar. Se le nubla la vista, y eso que no recuerda haber bebido tanto vino.

—¿Qué ocurre? ¿Qué pone? ¿Mía? —preguntan preocupados los demás.

Ella trata de tranquilizarse. «No es para tanto. Es Conor, él lo entenderá. Al menos no querrá pegarme. Pero, joder, ¿cómo lo saben? ¿Y si me niego? Si me niego, tendré que irme y no sé cuánto tiempo estaré separada de Leo. Además, no me vendría mal el dinero…».

—Conor, tengo que contarte algo… —Mía lo mira a la cara y apenas le salen las palabras. «Hazlo rápido. Venga, ya. Suéltalo», le susurra su voz interior para animarla a que dé el paso.

—¿Qué… qué pasa? —pregunta Conor mientras su mano izquierda empieza a buscar un ansiolítico.

La cara de Mía le confirma que ha sido acertado proveerse tan bien de medicamentos.

—Yo robé tu examen para el Museo. Por eso conseguí las prácticas en el Prado y tú no. Eras tú el que se merecía esas prácticas. Yo… lo siento mucho, de verdad.

El rostro de Conor parece cambiar de color por momentos. No puede evitar mirarla fijamente. Por su mente pasan muchos recuerdos dolorosos a la vez: sus padres gritándole, decepcionados porque no había sido el mejor de la clase; las recriminaciones por perder la beca y no haber conseguido aquellas prácticas; el divorcio posterior, del que le culparon desde el primer momento; su madre dejando el trabajo por el que había luchado toda la vida, y todas las visitas al psiquiatra a las que acudía a escondidas, porque sus padres consideraban que solo los débiles iban a esas consultas.

Y, sobre todo, hay algo que le duele todavía más.

Que se lo hubiera hecho ella precisamente...

Los demás no han dicho ni una palabra; todos clavan la vista en el suelo, menos Rebeca, que simula que juguetea nerviosamente con el borde de su copa. «Vaya con la mosquita muerta», piensa mientras mira fijamente a Mía.

—¿Quién va ahora? —espeta Conor de repente.

Los mira a todos con crudeza y ellos no pueden evitar sorprenderse por su actitud. Entonces Leo coge rápidamente su sobre y lo abre. Los demás lo observan en silencio, roto tan solo por el ruido que hace CJ al sorber su cerveza, que nota que ya no le baja bien.

Leo:

Cuéntale a Mía que le pusiste los cuernos con su prima.

Nota que el sudor empieza a cuajarle la frente. «¿Qué cojones es esto? Hemos venido aquí para arreglar las cosas, no para romper». Leo dobla el papel. Respira despacio. Todos lo miran, expectantes. «Es un juego, joder, un maldito juego. Mía lo ha dicho, así que yo también tengo que hacerlo. Sé que si me voy, la perderé para siempre. Si se lo cuento, quizá al menos tenga la oportunidad de explicárselo».

—Mía...

Leo se gira hacia ella y la toma de las manos.

En la cara de ella se dibuja una mirada de horror.

—¿Leo...?

—Me besé con tu prima.

Mía retira las manos de golpe. El corazón le palpita muy rápido. Puede sentirlo en los oídos. Está mareada. Un hilo de voz sale de su boca mientras lo mira a los ojos:

—Dime… dime que es mentira, Leo.

—Lo siento, Mía, sabes que te amo. Aquello fue un error. Por eso hemos venido aquí, para arreglarlo todo. Por eso quiero ser sincero. Mía…

Pero ella ya no le escucha. Se levanta de golpe tirando una copa a su paso y tiñendo el sobre ya abierto de un color rojo sangre.

—Ella… ella es como mi hermana, y tú lo sabías. Y ambos me lo ocultasteis. ¿Cómo pudiste…? —Se le empiezan a cortar las palabras y huye corriendo al baño.

—Este juego es una mierda —dice CJ, y deja otra cerveza vacía en la mesa—. Esto no mola nada.

Gin se levanta.

—Voy a ver cómo está Mía.

Edgar mira a Rebeca de reojo. Cree que está preocupada, igual que los demás. «Está asustada», piensa. Pero entonces llega a ver una leve sonrisa en sus labios.

Mientras Gin va a buscar a Mía, Conor se levanta a por más agua, que se va derramando de camino a la mesa debido al temblor de sus manos. Rebeca fuma nerviosa un cigarrillo detrás de otro.

CJ se dirige a la cocina. «Necesito algo más fuerte. No quiero ni pensar qué me puede tocar. Espero que no sea lo que me temo. Los del programa no pueden saberlo… ¿o sí? ¿Cómo saben lo de Mía y Leo?».

Entonces se sirve una copa y se rasca el brazo izquierdo. El tatuaje de un corazón rodeado de espinas empieza a perder tinta y una cicatriz comienza a asomar a través de ella.

Cuando regresa al salón, Mía y Gin se han cambiado de sitio. Está claro que Mía no quiere estar al lado de Leo ni que Conor tenga visión directa de su cara. Sus facciones parecen desfiguradas de dolor ahora que se ven claras detrás de los trazos de rímel corrido que Gin le ha intentado limpiar en el baño sin mucho éxito.

Entonces esta se apura a abrir el sobre con su nombre y, como sus compañeros, saca la nota y la lee en privado.

Ginebra:

Cuéntales a tus amigos que te pagaste la universidad vendiendo drogas y que tu mejor cliente fue tu amigo CJ. Y también que la policía te siguió los pasos y perdiste prácticamente todo tu dinero para pagar abogados, costear juicios e intentar cubrirte las espaldas para no ser condenada ni entrar en prisión.

«Joder, pero ¿qué...? Mierda, tengo que hacerlo, ellos lo han hecho. No puedo ser la primera en perder».

—Chicos, la verdad es que no me gusta nada tener que contar esto —empieza—. Me da muchísima vergüenza, pero me pagué la universidad vendiendo drogas y, bueno, uno de mis mejores clientes fue CJ... Después lo dejé, pero hubo un chivatazo y alguien se lo contó a la policía... y ahí perdí casi todo mi dinero pagando a abogados y demás cosas para no ir a la cárcel. Por eso necesito la pasta. Siento habéroslo ocultado...

La sala se tensa aún más, pero nadie dice una palabra. ¿Quién se atrevería a juzgarla?

CJ no la mira; sabe que no puede reprocharle nada.

—Tío..., tú ya no consumes, ¿verdad? —le pregunta Edgar a CJ mientras lo mira con pena, más preocupado por si su amigo sigue metido en esa mierda.

—Lo dejé en el último curso. Os lo juro.

Conor, Edgar, CJ y Rebeca se miran entre sí. Los dos últimos estiran el brazo, pero Rebeca duda y lo retrae. CJ sigue adelante y coge su sobre. Nota las axilas sudorosas, su respiración cada vez más agitada y el aliento apestando a alcohol. No está borracho, aunque, cuando abre el sobre, le gustaría estarlo.

CJ:

Cuéntale a Ginebra que le diste drogas a su hermana y que ibas con ella el día del accidente.

Olor a tabaco y a sudor, sabor a cerveza, palpitaciones, mareos. Quiere tomarse una caja entera de los ansiolíticos de Conor, pero sabe que eso sería una fórmula explosiva. Y él, sobre todo, quiere ganar. Lo necesita. «Al fin y al cabo, no puedo vivir más con este secreto».

—Gin, yo le di drogas a tu hermana aquel día. Y yo... iba con ella en el coche. La... la carretera no tenía ni una sola curva, no podía pasar nada... Ella me las pidió y... tú, tú sabes que ella me gustaba, siempre lo has sabido. Pero... al verla ahí, yo... no, no pude hacer nada para salvarla. Tuve miedo. Llamé a la policía con número oculto y me fui. Sí, hui. Gin, yo... lo siento mucho. —La voz de CJ se quiebra—. La echo de menos cada puto día. —CJ se toca la cicatriz tapada por el tatuaje—. Fue ese mismo día, sí. Ese día dejé de drogarme.

Gin ve todo borroso. «Todo es un juego, esto no es real. Se lo está inventando todo. Si esto es así, yo le vendí las drogas que mataron a mi hermana. No, no, no tiene sentido. Voy a matarlo». El fuerte humo del cigarro de Rebeca la despierta de golpe de la pesadilla en la que se ha hundido y mira a CJ, que no es capaz de levantar la mirada.

—¿Por qué nunca me lo dijiste? ¡Eres mi amigo, joder! —Aprieta tan fuerte su lata de cerveza vacía que esta se dobla con un gimoteo metalizado.

—Para protegerte.

Gin sabe que CJ dice la verdad. De haberlo sabido antes, ella no hubiese podido soportarlo. Estira el brazo y coge una caja de ansiolíticos de Conor y saca dos. Conor se sobresalta e intenta pararla.

—Oye, no deberías… ¿Sabes la reacción que puede tener mezclar los ansiolíticos con tanto alcohol? Ni siquiera has mirado cuál vas a tomarte.

—Cállate, Conor —espeta CJ, mirándolo fijamente.

Gin se mete las dos pastillas a la vez en la boca y se las traga de golpe ayudándose con la cerveza que todavía no se ha bebido. En la sala solo se respira nerviosismo. Para ser un juego, todos piensan que es un asco. En una sola noche parecen haberse cargado la amistad entre todos ellos.

Rebeca coge su sobre; sabe que ni siquiera necesita leerlo para adivinar su contenido. «Qué hijos de puta, seguro que me van a joder el plan».

Rebeca:

Confiésales a todos que estás enamorada de Leo y que tu estrategia es intentar ligártelo en el concurso.

Deja el sobre en la mesa. Da una última calada a su pitillo y se dispone a hacer la confesión. «Esto incluso me viene bien. Ahora que Mía y Leo están enfadados, tal vez sea mi momento. Pero qué maldita vergüenza tener que decirlo delante de todos ellos».

Edgar se revuelve nervioso en su asiento.

—Yo, bueno, estoy enamorada de Leo y mi plan era conseguir estar con él durante el concurso.

Leo deja en la mesa la copa de vino que pensaba llevarse a la boca. Mira a Rebeca y finge sorpresa, pero en el fondo él ya lo sabía. Ha jugado también con ella. Por la mañana no había podido reprimir el impulso de mirarla en el aeropuerto y Rebeca se había dado cuenta.

Se oye el estallido de una copa. La mano derecha de Mía está sangrando, pero no siente dolor. No siente nada, solo rabia y asco hacia Leo y Rebeca. Se siente una estúpida.

Conor, que se ha equipado perfectamente para el concurso y para los imprevistos, va a por unas vendas de su equipaje y le cubre la mano a Mía, pero ella ni siquiera se da cuenta.

Solo dos sobres continúan aún en el centro de la mesa. Edgar mira a Conor, pero este le rehúye la mirada. Se da cuenta de que está muy asustado, así que coge el suyo.

Cuando lo lee, no hay tristeza, no hay dolor, no hay empatía; solo ira. ¿Cómo pueden hacerle eso? No está dispuesto a perder a su mejor amiga. Para él sus amigos son su familia. Su talón de Aquiles.

Unos meses antes, durante el proceso de preparación al concurso, Edgar había recibido una llamada del programa. Ya desde el principio, una voz robótica al otro lado de la línea le aclaraba que la conversación era confidencial y que sería grabada. Él, sorprendido, había aceptado creyendo que era una llamada que recibirían cada uno de ellos y esperó atentamente a que le pasaran con un agente.

—Buenos días, ¿hablo con Edgar Llorente?

—Buenos días, sí, soy yo.

—Encantada, Edgar, soy Emilia, de VM. Antes de nada, quería felicitarte por ser uno de los seleccionados para este programa. Nos alegra mucho que os hayáis animado a participar.

—Muchas gracias a vosotros por darnos esta oportunidad, seguro que será divertido.

—Por supuesto, estamos convencidos de que supondrá una experiencia que os cambiará la vida. Y no solo por la fama. Pero bueno, Edgar, te llamaba porque desde el comité te informamos de que hemos evaluado ya vuestros test psicológicos y después de revisar también las redes sociales de cada uno, hay consenso en el equipo, y creemos que eres la persona que tiene más posibilidades de que los espectadores lo voten como ganador. Así que haremos lo posible por que así sea. Sin embargo, hay una condición.

—¿Cuál? —preguntó Edgar, sorprendido y un poco nervioso.

—Necesitamos que nos digas el mayor secreto que esconde Rebeca.

—¿Qué? No puedo hacer eso. Es mi mejor amiga.

—Lo sabemos, pero esto es un concurso, Edgar.

—Perdona, pero no veo esto muy justo, yo…

—¿Necesitas el dinero, Edgar?

—Sí… —contestó después de un pequeño silencio y de tragar saliva nerviosamente.

—Entonces solo responde a la pregunta. Nunca sabrán que lo hiciste. Recuerda que esta conversación es completamente confidencial.

Edgar se levanta con rapidez de la mesa bajo la mirada asustada de los demás y con la velocidad de un rayo le roba el mechero a Rebeca, que va directa a encenderse el décimo cigarrillo de la noche.

—¿Qué coño haces? —le pregunta, asombrada.

Y Edgar, delante de todos, quema el sobre. Ninguno se lo puede creer.

—Mierda, tío, ¡¿qué estás haciendo?! —Leo se levanta asustado y los demás también se ponen de pie sin saber muy bien qué hacer.

—¿Que qué estoy haciendo? ¡Quemar esta mierda! Vinimos aquí para estar todos juntos y pasarlo bien, pero en media hora todo se ha ido a tomar por culo. Así que si me preguntas de verdad que qué estoy haciendo, te lo diré…

Apoya los restos del sobre en el plato para no quemarse los dedos y, mirándolos, responde:

—Irme.

Y tan rápido como se ha levantado, se dirige hacia la puerta de la cabaña.

Edgar se arrepiente de haberlos traicionado a todos, de intentar ganar el premio a toda costa, revelando incluso el secreto de su mejor amiga. No puede hacerles eso. No quiere ni siente que pueda seguir adelante.

Conor grita e intenta recordarle las normas, y Leo y CJ salen corriendo detrás de él. Pero no llegan a tiempo. Un ruido seco los detiene en mitad del pasillo. Lo conocen muy bien. Es el que han oído varias veces en el campo de tiro al que iban a divertirse algunas veces después de las clases para distraerse. Un disparo. El corazón les late tan rápido que no oyen los gritos de los demás.

La que no sabe qué ha sido ese ruido tan fuerte es Rebeca, que pasa corriendo en medio de ellos, empujándolos y gritando desesperada el nombre de Edgar. Pero cuando llega a la puerta, le costaría decir si la cara totalmente desfigurada que hay encima de un gran charco de sangre es exactamente la de su amigo.

Una ya conocida y perturbadora voz proveniente del televisor retumba por todos los rincones de la casa. En el comedor, los demás ven escrito también el mensaje:

Vaya, parece que alguien se ha saltado las reglas.

4

Encerrados

Un grito desgarrador recorre la cabaña y todos se acercan a la entrada.

«¡¿Qué ha pasado?!». «¿Edgar? ¡¿Edgar?!». «¡¿Rebeca, estás bien?!». Las voces de unos y otros se mezclan y confunden. En cuanto ven el charco de sangre en el suelo, se detienen.

Sin embargo, Mía avanza para mirar de cerca, aunque Leo intenta impedírselo. Ella se libra de su brazo y se acerca al cadáver.

Se queda en shock al ver el cuerpo de Edgar con la cara totalmente destrozada.

Hay sangre también en la pared y en varias maletas. Otra vez la sensación de mareo.

Los gritos de Rebeca son indescriptibles. Está de rodillas al lado del cuerpo, pero no quiere mirar su cara. «No es él. No puede ser él. Es imposible».

—¿Quién cojones le ha disparado? —Gin se tambalea al ver lo que ha quedado del rostro de su amigo. Siente que va a desmayarse.

Conor saca el inhalador y lo usa varias veces con manos temblorosas hasta que nota que se ha vaciado por completo.

CJ está totalmente paralizado. «No puede ser, otra vez no, otra vez no, otra vez no». El recuerdo de la cara ensangrentada de Isa, la hermana de Gin, vuelve a su cabeza mientras contempla la escena, totalmente mudo.

—Ha intentado salir, ha abierto la puerta y hemos oído el disparo —contesta Leo sin poder dejar de mirar las salpicaduras de sangre que han manchado la caja de los fusibles.

«Tenía que haberle detenido, tenía que haber corrido más rápido, podría haberlo impedido…». Leo llora tan fuerte que parece que tiene convulsiones. A Mía le tiembla todo el cuerpo.

—¿Alguno de nosotros ha hecho esto? —pregunta Gin al borde de un ataque de nervios, tratando de buscar una respuesta.

—Imposible, todos estábamos en la sala —contesta Conor, que no quiere ver el cadáver.

—CJ y Leo han salido detrás de él, ¿cómo sabemos que no han sido ellos? —Mía los mira fijamente, dejándose llevar por la furia acumulada, y luego busca la aprobación de los demás.

—Le han disparado al abrir la puerta, desde fuera —le recrimina CJ duramente—. Leo y yo estábamos intentando alcanzarle cuando hemos oído el disparo.

El ruido de un chasquido los sobresalta. Todos se giran hacia la puerta principal de la cabaña. Acaban de encerrarlos.

—Estamos… encerrados… No es broma. Le dije que tenía que seguir las reglas. —Conor está temblando como si tuviese una hipotermia y Mía le ofrece su chaqueta.

Rebeca corre hacia el comedor, y de camino va dejando huellas de sangre de Edgar que no ha podido evitar pisar.

—Ey, hijos de puta, ¡¿qué habéis hecho?! ¡Lo habéis matado! Quiero salir de aquí, joder. ¡¿Qué clase de broma macabra es esta?!

El televisor se enciende de golpe.

*Os dimos unas reglas muy claras y uno de vosotros
ya las ha incumplido.
A modo de regalo, os dejaremos que no continuéis
con el juego. Ha sido suficiente por hoy.*

Cuando Rebeca se gira, todos están apelotonados en la puerta del comedor.

—Deberíamos subir el cuerpo de Edgar a su dormitorio —sugiere Leo en voz baja—. CJ…, ayúdame a subirlo.

El reloj del salón marca las once y media. CJ asiente en silencio y cogen una alfombra para envolver el cadáver y subirlo con cuidado por las escaleras. Los demás se dirigen al salón principal.

Gin abraza a Rebeca, que no puede parar de llorar, y Mía se acurruca en un sofá sin dejar de temblar. Al rato, Conor se sienta a su lado y le coge la mano, lo cual la sorprende. Conor tiene la mano helada, pero de alguna manera la reconforta.

—Todo va a estar bien, Mía. Todo va a estar bien. —Ninguno de los dos se lo cree, pero prefieren mentirse—. Vayamos a dormir, hemos tenido un largo viaje y necesitamos descansar. Mañana… mañana limpiaremos todo.

Poco después, Mía le ayuda a subir la pesada maleta por las escaleras mientras intenta no mirar las salpicaduras de sangre en los escalones.

—No sé qué llevas aquí, pero espero que tengas una buena ración de ansiolíticos.

Conor la ve sonreír, aunque con tristeza. Diez años después de terminar la universidad, sus rasgos se han afinado, pero aun así no dejan de ser dulces. Conor mira fijamente su rostro y le sonríe. Trata de aparentar la mayor calma posible, aunque por dentro siente miedo, mucho miedo.

—Oh, no te preocupes. Tengo tantos que todos podríamos dormir hasta que esto acabe.

Cuando llegan al piso de arriba, Leo y CJ ya están metiendo el cuerpo de Edgar en la habitación.

Antes de entrar, Leo la mira.

—Mía… —le dice tímidamente.

Solo quiere que ella espere un momento para poder hablar, pero Mía se da media vuelta y se mete en su dormitorio.

Leo sacude la cabeza y entra en el cuarto de Edgar. Una vez colocan el cuerpo sobre la cama y lo cubren con una sábana, Leo le dice a CJ que se ha olvidado algo en el comedor, que vuelve en un momento.

CJ le recuerda, preocupado, que no queda mucho para las doce.

—Será rápido, no te rayes. Descansa, que ha sido una noche de mierda. —Le da una palmada amistosa en la espalda, pero CJ lo abraza.

Cuando se sueltan, Leo sale del cuarto, no sin antes echar un último vistazo al cuerpo tapado de Edgar.

Baja corriendo por las escaleras, va directamente al comedor y sus sospechas se hacen realidad. El sobre que contiene el secreto de Conor ya no está. «¿Quién lo habrá cogido? ¿El mismo Conor… o alguien más?».

El reloj vuelve a sonar a modo de recordatorio; son las doce menos cuarto.

Gin y Rebeca suben al primer piso intentando no mirar la sangre derramada por el suelo.

Gin se mete en su habitación y Rebeca se da cuenta de que la suya está al lado de la de Leo. Sonríe un poco, pero le parece que Leo la está observando en la penumbra, al final del pasillo. «¿Me está mirando con cara de asco?».

Un escalofrío le recorre el cuerpo y decide no quedarse a averiguarlo. Coge rápido su maleta, se mete en la habitación y cierra la puerta.

5

Infidelidades

Mía

Mía se despierta sobresaltada. Tiene el estómago revuelto y va corriendo al baño a vomitar. Se mira al espejo, y el reflejo le devuelve una cara demacrada con los ojos hinchados.

Mientras se desenreda las ondas castañas de una melena que siempre cuida con esmero, el cadáver de Edgar vuelve a su cabeza, pero también recuerda la confesión de Leo.

No puede evitar entonces regresar a la adolescencia.

Su madre siempre había perdonado las infidelidades de su padre. Ella nunca había podido entenderla, hasta tal punto que un día se escapó de casa.

Cuando por fin, después de la universidad y de las prácticas, consiguió el trabajo en la galería, se permitió alquilarse una habitación en un piso compartido con cinco personas, pero el dinero no le llegaba para nada. Sin embargo, tenía claro que no quería volver a casa de su madre, porque aunque finalmente había pedido el divorcio, ahora era ella la que se sentía una hipócrita. Ahora era ella quien perdonaba a Leo una y otra vez.

Esta noche, en la cabaña, la confesión de Leo la ha descolocado. ¿Con su prima? No deja de darle vueltas a la cabeza porque no tiene claro que esto tenga solución.

Después de una larga ducha, se viste con un jersey fino de color verde que combina con sus ojos y unos vaqueros y sale de la habitación. Al abrir la puerta, encuentra un sobre en el suelo. Cuando mira alrededor, ve que todos tienen uno. Recoge el suyo y entra de nuevo en el dormitorio para leer la nota tranquila.

Mía:

Has pasado una mala noche. Es tu día de descanso. Disfruta todo lo que puedas.

Con los ojos aún hinchados, piensa que al menos esta vez no le toca ninguna prueba. Rompe el papel y sale del cuarto.

6

El anillo

Leo

Leo lleva horas despierto, dándole vueltas a la cabeza sin parar. Ha estado atento a cada ruido que salía de la habitación de Mía hasta que ha oído que cerraba la puerta para dirigirse hacia las escaleras. Suspira. No tiene ganas de nada y se arrepiente de todo.

Ojalá no hubiesen venido, así Edgar seguiría vivo.

Y ojalá nunca le hubiese puesto los cuernos a Mía.

Ella siempre se había portado muy bien con él, incluso se quedó a dormir en el hospital en un sofá incómodo durante los dos meses que estuvo ingresado por un accidente con la moto. Y así se lo había pagado.

Está seguro de que anoche, con su confesión, se cargó los once años de relación. Con lo que le había costado que ella le aceptara… Pero las chicas se le tiraban tanto encima que a veces era imposible contenerse.

Abre el cajón de su mesilla de noche y saca una pequeña cajita azul aterciopelada. La abre y mira el anillo con un pequeño diamante incrustado. Ha pedido un préstamo para pagarlo y el concurso era la oportunidad perfecta para poder recuperar el dinero y, de paso, llevar a cabo el plan que tenía en mente: pretendía pedirle matrimonio delante de toda la audiencia. Pero en ese instante se siente un gilipollas.

Vuelve a guardar el anillo y se levanta para meterse directamente en la ducha. Necesita algo que haga menguar su dolor, de modo que abre el grifo del agua fría. «Soy un maldito imbécil».

Cuando sale de la habitación, ya vestido, encuentra un sobre en la puerta. Se mete en el cuarto otra vez y lo abre con rapidez. Dentro, solo hay una nota:

> Leo:
>
> No te has portado muy bien precisamente. Hoy deberás besar a Rebeca delante de Mía. Y recuerda una de las normas más importantes: no puedes contarle a nadie en qué consiste la prueba, y menos a ella. Porque, si lo haces, lo sabremos.

Cabreado, rompe la nota, lanza los pedazos de papel al inodoro y tira de la cadena.

Acto seguido, sale de la habitación con la cara desencajada.

7

Enamorada

Rebeca

Rebeca apenas ha podido dormir. Cada vez que cierra los ojos, la cara destrozada de Edgar vuelve a su memoria. Sabe que no quiere seguir allí.

Edgar había sido su mejor amigo desde la infancia. Se habían conocido en el colegio, habían ido juntos al instituto y a los dieciséis años él le había confesado que era gay. Ella lo abrazó y lo apoyó en todo momento cuando su propia familia no lo hizo. Lo acogió en su casa hasta que pudieron ir juntos a la universidad, unidos además por el amor por las obras de arte que habían empezado a estudiar desde el instituto. Y ahora que Edgar yacía muerto en la habitación de al lado, ya no podría hablar nunca más con él. En ese momento, en el dormitorio, los recuerdos universitarios visitan a Rebeca.

Cuando el primer día de universidad vio entrar a Leo en la clase, supo que se había enamorado. El pelo rubio peinado hacia atrás, la cara angulosa, la nariz perfecta y la forma impecable con la que vestía aquel chico le llamaron la atención desde el primer momento. Cuando él se sentó en la fila de atrás, ella intentó girarse disimuladamente. Entonces Leo la miró, y Rebeca supo que nunca podría olvidar esos ojos negros tan atrapantes.

Edgar se dio cuenta desde el inicio e intentó ayudarla a conquistar a Leo.

Un día le recomendó al chico rubio que se uniese a un grupo de estudio que estaban organizando él y Rebeca. Ella sabía que a su amigo le venía muy bien hacer de celestino porque últimamente no le iban muy bien las cosas en el plano sentimental. Edgar hacía poco que había tenido su primer desencanto amoroso y necesitaba concentrarse en otros asuntos. Había salido con un chico del que se había enamorado locamente hasta que descubrió que en el móvil tenía descargadas tres aplicaciones de citas, y que él era solo uno de muchos otros tontos que habían caído en sus redes. Rebeca se quedó a su lado varias noches y él quiso devolverle el favor. Al menos uno de ellos merecía ser feliz.

La primera vez que se reunió el grupo de estudio, ella estaba emocionada y Edgar, a pesar de tener aún el corazón roto, compartió la emoción con su mejor amiga. Habían conseguido a tres compañeros más para que se unieran a ellos. CJ, un chico robusto, de pelo castaño, con unos bonitos hoyuelos, divertido y algo pasota que les amenizaba los estudios; Conor, un muchacho escuálido y nervioso, de ojos tristes, y Gin, una chica que entre los tatuajes y el pelo moreno en contraste con sus ojos azules ya parecía una obra de arte.

Todo parecía ir bien; Leo había empezado a echarle miraditas a Rebeca en las distintas sesiones del grupo y solía acompañarla cuando ella salía a fumar un cigarro. A veces, incluso él fumaba uno también.

Pero todo cambió el día que una chica de pelo castaño, ojos verdes, cara angelical y un precioso vestido amarillo les preguntó si se podía unir. Todos dijeron que sí, mientras que

Rebeca se quedó callada. Pudo ver perfectamente cómo Leo repasaba de arriba abajo a la nueva y que luego sonreía. Esa joven era Mía.

Notó que Edgar la observaba y supo que su mejor amigo era consciente de que se le acababa de romper el corazón en mil pedazos.

Días después, Leo había dejado de mirarla y ya apenas la acompañaba cuando salía a fumar. Cada vez lo veía más unido a Mía.

Se enteró por Gin, con quien quedaba a veces para tomar alguna que otra cerveza, de que Mía y Leo estaban quedando por su cuenta para estudiar juntos, ajenos al grupo de estudio. Luego supo que Mía al principio se había negado a empezar nada serio con Leo, pero que él no se rindió y, en el último curso, se hicieron inseparables.

El día de la graduación, mientras todos celebraban el fin de carrera, les contaron que estaban juntos. «No me lo ha puesto fácil, pero tengo claro que es el amor de mi vida», confesó Leo delante de ellos, y Mía le besó en los labios con dulzura y timidez.

Mientras todos celebraban que por fin estaban juntos, Rebeca puso una excusa para salir corriendo de allí e irse a casa.

De vuelta en el presente, Rebeca consigue las fuerzas necesarias para levantarse. Ni siquiera se ducha. Se viste rápido, se alisa el pelo rubio con las manos frente al espejo y sale de la habitación, pero encuentra un sobre frente a la puerta.

—Joder, no…

8

Hermanos

Conor

Como cada mañana desde hace ya muchos años, Conor se despierta angustiado.

Ha conseguido dormir gracias a la medicación, pero cuando abre los ojos, la sensación de que una plancha de metal le oprime el pecho sigue ahí.

Inconscientemente, se lleva dos dedos al cuello y nota cómo el corazón le palpita tan rápido que tiene la sensación de que se le va a parar de golpe.

Coge una pastilla de la mesilla de noche y se dirige rápidamente al baño. Saca el cepillo de dientes del vaso y lo llena con agua del grifo. Ni siquiera nota cómo la pastilla cae por su garganta; ha tomado tantas que esa sensación su cerebro ya la reconoce como habitual. Vuelve a la cama y se sienta en el borde.

Se nota muy cansado. Los acontecimientos de anoche aparecen borrosos en su mente...

Y entonces recuerda lo ocurrido.

Los gritos, la sangre de Mía en los restos de la copa rota, la voz en el televisor, Edgar... Pero entonces le viene a la cabeza lo que Mía le confesó después de la cena. Y de esa simple confesión, todo lo que ha estado intentando olvidar durante esos años vuelve a salir a la luz.

Conor tenía diecisiete años y compartía habitación con Marco, su hermano mayor, aunque nadie podría asegurar que eran de la misma sangre si no fuera por la partida de nacimiento de ambos.

Conor era miedoso, introvertido y pasota. Después del instituto, se pasaba el día metido en la habitación leyendo *creepypastas*, historias de terror que la gente compartía en internet y aseguraban que eran reales. Sus padres aborrecían esta actitud y no soportaban su forma de ser. Por el contrario, de Marco sí estaban orgullosos y nunca trataron de disimular que era su hijo favorito. Era superdotado, capaz de aprenderse todas las capitales del mundo en un solo día y de hacer sumas kilométricas en dos segundos como si de una calculadora humana se tratase. Lo llevaban a muchos concursos de televisión, en los que siempre solía ganar. A él no le gustaba ir, pero lo hacía para que ellos se quedasen satisfechos y le dejasen hacer lo que le diese la gana. Conor siempre había vivido a la sombra de su hermano.

Todo se vino abajo el día que Conor leyó una historia de terror sobre un personaje llamado Slenderman y quiso ir en su búsqueda. Convenció a su hermano para ir al bosque de noche con la misión de encontrarlo. Marco dudó, pero como su amigo virtual con quien tenía programadas unas partidas de un juego al que estaban muy enganchados le falló, porque le habían invitado a una fiesta, terminó por unirse a la aventura.

Conor y Marco mintieron a su madre contándole que iban al cine y que en la mochila llevaban patatas fritas y bebidas para colarlas en la sala. La mochila de Conor era, como

47

siempre, la más pesada, ya que en realidad había metido en ella varias cosas útiles para la búsqueda: una brújula, linternas, vendas, pilas, dos chubasqueros, agua y varios «porsiacasos» más.

Al salir de casa se miraron emocionados. Marco por fin le pidió a Conor que le contara la historia de ese tal Slenderman, y mientras este se la contaba de camino, se adentraron más y más en el bosque. Esa noche había luna nueva, por lo que todo parecía más oscuro de lo normal.

—Dicen que aparece en el bosque, no tiene cara, es muy alto, viste traje y sus brazos son muy largos. Solo unos privilegiados pueden verlo. Sobre todo la gente joven.

—Eso no es que me dé buen rollo, la verdad.

—Vaya, no te consideraba un gallina, hermano.

Marco sonrió y aceleró el paso para alcanzar a Conor. Después de media hora caminando, el primero se dio cuenta de que se habían alejado demasiado y las linternas apenas iluminaban más allá de dos pasos.

—Creo que deberíamos regresar —le dijo mientras miraba alrededor—. Ya no se ve nada, ni siquiera distinguiríamos al Slender ese.

—Escucha —le detuvo Conor—, ahí hay un riachuelo, vamos a acercarnos.

Cogieron el camino de la derecha y un río con una fuerte corriente apareció delante de ellos. La luz de la linterna apenas iluminaba el tramo y no eran capaces de apreciar el peligro que corrían.

—¡¿Qué es eso?! —gritó Conor mientras señalaba algo que brillaba en el fondo del agua.

—¿El qué? —preguntó Marco mientras se acercaba cada vez más a la orilla para intentar ver lo mismo que su hermano.

Pero Marco de repente se resbaló en la orilla, perdió el equilibrio y cayó directamente al agua. La ropa mojada y fría se le pegó con rapidez a la piel.

—¡Mierda, Conor! ¡Ayúdame!

Marco era un genio y podía hacer un montón de cosas, pero tenía un punto débil que solo unas pocas personas conocían, incluido Conor: no sabía nadar. Mientras la fuerte corriente arrastraba rápidamente su cuerpo hacia dentro y le hundía, siguió pidiendo ayuda a su hermano y, asustado, consiguió extender una mano para que le sacase de allí. Conor se acercó hasta la orilla y agarró la mano de Marco, pero una duda le pasó por la cabeza. Fue solo un momento, pero bastó para que le soltase de repente.

—¡Conor! ¿Qué...?

La voz de Marco se hizo cada vez más lejana y su cuerpo desapareció rápidamente río abajo. Conor siguió un rato por el camino cercano al riachuelo y se cercioró de que su hermano no había salido del agua. Al alumbrar con la linterna el río, le pareció ver que el cuerpo flotaba boca abajo.

Conor, sin la más mínima expresión en la cara, volvió solo a casa. Más tarde se dio cuenta de que aquello que había imaginado, en aquel breve momento de duda al soltar la mano de Marco, no estaba saliendo como pensaba. Después de hablar con la policía, le ofrecieron ayuda psicológica. Tenían claro que había sido un accidente y que no tenía que ser fácil perder a un hermano.

Una vez hubo acabado la investigación policial y regresaron a casa, su madre no dejaba de llorar y su padre no era siquiera capaz de mirarle a la cara. Conor tan solo había deseado no tener competencia, no sentirse menos que su hermano cada día. No era justo que Marco fuera siempre el mejor, el que más ligaba, el que ganaba siempre... No era justo que sus padres lo quisieran más que a él.

Conor sintió que, desde la muerte de Marco, sus padres lo odiaban más todavía. Cuando entró en la facultad un año después, en un desesperado intento de cubrir el vacío que había dejado su hijo favorito, empezaron a presionar a Conor. Debía ser el mejor de la clase, le cronometraban las horas de estudio y a las diez en punto tenía que estar en la cama. Solo cuando consiguió la beca, su madre había esbozado una sonrisa. «Por fin eres capaz de hacer algo bien», le soltó su padre sin dejar de mirar el periódico.

Después de mucho esfuerzo y horas de estudio, las notas de Conor eran buenas, pero no lo suficiente. Con tanta presión, acabó colapsando y perdió la beca. Su última oportunidad era conseguir las prácticas que ofrecía el Museo del Prado al final de la carrera, su primera prueba de acceso al mundo laboral. Si accedía a ellas, tal vez sus padres empezarían a quererlo, aunque tenía asumido que ese amor no alcanzaría ni una quinta parte del que habían sentido por su hijo mayor.

Conor empezó a tomar pastillas para mantenerse despierto y estudiar horas y horas. Mía se enteró de lo que estaba haciendo tras preguntarle qué le pasaba, un día en que lo vio llegar a la facultad con los ojos enrojecidos.

—Llevo diez días estudiando para el examen sin parar. Necesito conseguir las prácticas —le confesó a su amiga mientras tragaba saliva—, por mis padres.

Ella intentó sonsacarle más información, pero él no quiso hablar más. Nadie en la facultad sabía que había tenido un hermano, y su idea era que continuara así. Necesitaba enterrar ese recuerdo.

—Tranquilo. —Mía lo miró con cariño—. Seguro que las consigues.

Sin embargo, cuando publicaron las notas en el tablón, Conor vio que donde debía estar su nota había solo dos letras, «NP», de «no presentado». Salió corriendo para hablar con el tutor del curso, pero no pudo hacer nada. Este le dijo que ya había corregido todos los exámenes y que el suyo no había aparecido por ninguna parte. Conor le suplicó que los revisara otra vez y el profesor accedió, aunque de nuevo sin éxito. El examen había desaparecido, y así perdió definitivamente las prácticas, su única oportunidad de conseguir una pizca de empatía con sus progenitores.

Cuando llegó a casa, sus padres le esperaban ansiosos. Por fin volvían a tener un hijo medianamente exitoso, pero sus ilusiones desaparecieron cuando vieron su cara. Helen, su madre, se dio la vuelta sin mediar palabra y se metió en el dormitorio, donde estuvo varios días sin salir.

—¿Qué le pasa a mamá? —le preguntó a Filippo, su padre, una vez se quedaron solos en el salón.

—Echa de menos a tu hermano —le contestó sin siquiera mirarle.

Finalmente, Helen terminó con una depresión severa que la obligó a dejar de lado su trabajo en una gran inmobiliaria, un puesto que no solo le había costado conseguir, sino en el que siempre se había volcado. Pasaron varios años y no fue capaz de superar la muerte de su hijo predilecto. El hecho de que Conor no consiguiese las prácticas solo la reafirmó en una idea: el único hijo que le quedaba era un fracasado, y eso la había hecho fracasar a ella también. La depresión acabó con su matrimonio.

El día que su padre hizo las maletas y se fue de casa, antes de cerrar la puerta se giró hacia él.

—Es culpa tuya —le espetó—. Todo es culpa tuya. Ojalá no hubieses nacido.

Conor de golpe echó de menos a su hermano y también cómo eran las cosas antes de que falleciese. Se dio cuenta de que aquello sí que era un hogar. Se acordaba de su madre en la cocina, mientras hacía esas galletas al horno que tanto les gustaban. Del orgullo de sus padres cada vez que Marco salía en la televisión en un nuevo concurso. Esos momentos en los que él leía tranquilo en el ordenador las cosas que le interesaban… y nadie le molestaba.

Se sentó en el suelo en ese mismo lugar donde su padre le había soltado esas duras palabras y, al levantar la vista hacia la ventana, le pareció distinguir la figura de Marco que lo miraba fijamente.

A partir de ese momento buscó un psiquiatra. Luego fue cambiando cada cierto tiempo de terapeuta, pues tenía miedo de que algún día hablara de más y contara lo que en realidad le había pasado a su hermano.

Conor deja de recordar; es demasiado doloroso volver la vista atrás.

Se pone en pie, se viste y sale de la habitación.

Ni siquiera se sorprende al ver una caja en su puerta. Nervioso, la desenvuelve ahí mismo.

Al abrirla, se encuentra una cajita de cristal con seis cartas de la baraja española y un sobre con las normas de un juego que conoce muy bien: *El asesino*, el juego favorito de su hermano.

9

Camellos

Gin

¿Puedo preguntar qué estás bebiendo?

Cuando Gin alza la mirada, ve que un chico moreno de penetrantes ojos azules, muy alto, de pelo oscuro y vestido con una chupa de cuero la mira sonriente. Tiene en su mano una cerveza.

—Ginebra con limón —responde ella mirándole fijamente, y se le escapa una sonrisa al ver la de él.

—¿Puedo? —pregunta señalando la silla que hay frente a ella.

—Estoy esperando a unas amigas.

Él mira alrededor.

—Vaya, yo no las veo.

Ella vuelve a sonreír y le hace un gesto con la mano dándole permiso para que tome asiento.

—Soy Rober, encantado. —No deja de sonreír ni aparta los ojos de ella—. ¿Y tú eres…?

—Ginebra.

Él se echa a reír.

—¿Es que quieres otra copa?

—Me llamo Ginebra —contesta ella, algo avergonzada—. Mi padre es fan de la historia del rey Arturo —vuelve a sonreírle—, pero mis amigos me llaman Gin.

Él acerca la silla un poco más a la mesa y da un sorbo al botellín de cerveza.

—Entonces, Gin, cuéntame, ¿qué haces aquí sola?

Gin se despierta sudando. Otra vez el mismo sueño, tan realista que duele. Siempre se ha sentido tan bien en ese bar… Y vuelve a pensar en Rober. En aquel día, ese que se repite en sueños, el día que se conocieron.

Ahora está ahí, en la cabaña, pero el pasado regresa con fuerza a su mente.

Desde esa misma noche, Rober y ella se convirtieron en inseparables. Él la hacía sentir especial y ella empezó a engancharse a él a una velocidad que nunca hubiese imaginado.

A la semana, Rober ya le había presentado a su familia y rápidamente ella se sintió totalmente integrada. Él estudiaba Programación y por las mañanas iba a clase. Era por la tarde cuando los dos aprovechaban para estar juntos en la habitación de Rober y escuchar la música que les gustaba. A las dos semanas, ella se entregó completamente a él.

A pesar de todo, Gin no estaba preparada para presentárselo a su familia. Ellos eran muy distintos, no comprenderían que hubiese conectado de esa manera con Rober y en tan poco tiempo. Él le decía que no se preocupase, que tendrían todo el tiempo del mundo; ella por fin notó que alguien la comprendía. Lo sabía: se estaba enamorando. Un día se encontraron con Isa, su hermana, en la fiesta de una amiga común, y esta la apartó discretamente de él pidiéndole que la acompañase al baño. Una vez dentro, Isa le confesó que Rober no le gustaba nada. Gin no le hizo caso.

—Eres muy pequeña, Isa, no lo entenderías —le contestó mientras aprovechaba para retocarse el pintalabios rojo en el espejo.

—Solo tienes dos años más que yo, eso no es nada. —Gin no le contestó—. OK, haz lo que te dé la gana, como siempre. Luego no me digas que no te lo advertí.

Si Isa sabía algo, nunca llegó a contárselo.

Al mes siguiente, Rober la convenció para que se hicieran un tatuaje los dos y se acercaron al centro de un amigo suyo.

—No puedes hacer trampa. Hazme caso, tú mírame a mí —le dijo Rober mientras la obligaba dulcemente a que no mirase el brazo que su amigo le estaba tatuando.

—No puedo con la intriga, ¿qué es?

—Ya lo verás, flor, te va a encantar.

Era su primer tatuaje, y al notar la aguja pensó que no iba a aguantar el dolor, pero Rober le cogió la otra mano.

—¿Estamos practicando para el parto? —bromeó ella mientras se la apretaba.

Cuando acabó, le dijeron que se bajase la manga de la camiseta corta que llevaba y que no mirase el tatuaje hasta que le hicieran a Rober el suyo. Para no ver lo que le tatuaban, ella se acercó a la pared a mirar los bocetos de tatuajes anteriores. Sintió que se había enamorado, pero era otro tipo diferente de amor. «Son jodidas obras de arte», pensó.

—¡Ya estoy!

Gin casi se había olvidado de Rober, inmersa como estaba en todos esos dibujos tan perfectos. ¿Cómo eran capaces de hacer eso? Ella no era buena dibujando, pero quería saber más.

—¿Gin? —Rober la miró extrañado—. Ya estoy.

Ella se giró de repente y salió de su ensimismamiento.

—¿Vamos? ¡Quiero verlos ya! —gritó, emocionada.

Ambos se habían tapado los tatuajes hasta ponerse delante de un espejo de cuerpo entero.

—A la de tres. Una, dos...

Pero Gin ya había levantado la manga de su camiseta y miraba el reflejo en el espejo. Acto seguido, se fijó en el brazo de Rober. No tenía palabras y una lágrima se deslizó por su rostro.

—¿Te gusta? —le preguntó, abrazándola con dulzura.

—Me… me encanta.

En aquel espejo de un pequeño salón de tatuaje se reflejaba una joven pareja enamorada, pegada en un abrazo que unía sus tatuajes. En el de ella, una corona de reina con una pequeña inicial de una «R» en la punta. En el de él, una corona de rey, que contenía una «G». Rober levantó el rostro de ella hacia el suyo y la miró fijamente a los ojos.

—Siempre serás mi reina, Ginebra.

Aquel fue el mejor día de su vida. Pero, unos meses después, algo cambió y Rober comenzó a tratarla diferente. Lo notaba distante y esquivo, y había días en que no sabía nada de él.

Gin no quiso contárselo a nadie, ni siquiera a su hermana Isa, pero sabía que esta se había dado cuenta de que no comía y de que estaba cada vez más delgada. No quería preocuparla más de lo que ya estaba, pero ella se notaba cada vez más apagada. No dejaba de mandarle audios a Rober y no recibía ninguna respuesta.

Un día, mientras Gin intentaba dormir, sin resultado, le pareció oír unos golpecitos en la ventana. Cuando se levantó y vio a Rober en la calle, su corazón dio un vuelco. Corrió rápidamente a arreglarse el pelo, se puso unas zapatillas y bajó corriendo las escaleras de puntillas intentando no hacer ruido.

—Hola, flor…

Gin corrió hacia Rober y él la estrechó entre sus brazos. Cuando lo miró, él no sonreía, su cara había cambiado y estaba demacrado.

—Rober…, ¿qué está pasando?

—¿Podemos dar un paseo?

—Claro…

Caminaron en silencio unos diez minutos hasta llegar a un parque. Gin temblaba más de los nervios que de frío. Al darse cuenta, Rober se quitó la chaqueta y se la colocó sobre los hombros. Ella le sonrió agradecida.

—Vamos a sentarnos —le dijo él, y Gin lo siguió hasta un banco apartado.

Notó que Rober le rehuía la mirada. No dejaba de observarse las manos, muy nervioso, y al final escondió su cara entre ellas. Gin le abrazó y se quedaron en silencio. Cuando lo soltó, él parecía más tranquilo. Gin le peinó el pelo con los dedos con cariño.

—Amor…, ¿qué ocurre?

—Tengo… problemas, Gin, problemas serios.

Esa noche Rober le contó que tiempo atrás, antes de conocerla, un amigo lo había invitado a una partida de póquer. Le había dicho que los otros no eran buenos jugadores, pero que tenían mucha pasta. Era una buena manera de hacer dinero fácil. En efecto, el resto de los jugadores eran malos y mientras ellos ganaban, los demás iban apostando más y más.

Tras conseguir esa noche una buena suma de dinero, su amigo lo invitó una semana después a otra timba con los mismos jugadores. En las primeras partidas, Rober ganaba sin parar, pero entonces todo cambió y perdió las tres siguientes. Siguió apostando con la esperanza de que solo fuera un bache, pero cuando quiso darse cuenta, lo había perdido todo. Rober les suplicó que le perdonaran la deuda, no le quedaba ni un euro en la cuenta bancaria. Los demás se miraron y le dijeron que solo tenía una opción. Sacaron una maleta grande y la abrieron ante él. Dentro debía de haber miles de euros en cocaína. Y así, de repente, se convirtió en un camello, e incluso se metió en varias peleas, ganándose muy mala fama.

—No me ha ido bien —terminó la historia mirando a Gin con lágrimas en los ojos—. Todavía les debo bastante dinero y veo que no puedo hacer frente a la deuda. Creo que pronto me darán un aviso…

—Yo te ayudaré, cariño —le respondió ella al momento, sin dudarlo.

—¿Estás… estás segura?

—No hay nada que yo no hiciese por ti.

Y así fue como Gin también se convirtió en camello de la noche a la mañana. Acudía a los bares y vendía tanto que a veces se guardaba algo de dinero para ella.

Ese mismo año decidió también que iría a la universidad para estudiar Historia del Arte, y quería pagarse la carrera sin pedir dinero a sus padres. Una vez hubo conseguido los ahorros suficientes, ingresó en la universidad y, además, se volvió adicta a los tatuajes. Aprovechaba las fiestas de las facultades para vender, y cuando conoció a CJ en el grupo de estudio, aparte de convertirse en uno de sus mejores amigos, pasó a ser su comprador más fiel.

Durante aquella época, Gin y Rober estuvieron más unidos que nunca.

Ella se pagó los cuatro años de carrera y también un cuarto en una residencia en la que Rober solía colarse para quedarse a dormir.

Cuando le pareció que ya habían ganado suficiente dinero, una noche, mientras estaban juntos en la cama, le dijo a Rober que se lo había pensado y que estaba decidida: ya no iba a vender más droga. Él se lo tomó muy mal, se levantó de la cama y le soltó que no podía hacerle eso.

—¡Claro que puedo!

—¡No, no puedes!

—Sí que puedo, joder, ¿qué coño te pasa?

Rober se sentó de nuevo en el borde de la cama y le cogió las manos.

—Gin, tú eres la que más vende, yo no consigo llegar ni al treinta por ciento de lo que consigues tú.

—Pero ya has pagado la deuda y tenemos dinero suficiente, Rober.

—Dime que vas a seguir.

—No, no voy a hacerlo.

La cara de Rober estaba desencajada de ira.

—Dijiste que harías cualquier cosa por mí.

Rober se puso en pie bruscamente. Gin pensó en responderle, pero no le dio tiempo a reaccionar. Él salió de la habitación dando un portazo y no volvió a verlo hasta años después.

Esa misma noche alguien llamó al móvil a las tres de la madrugada. Estiró el brazo de golpe con la esperanza de que fuese él, pero cuando descolgó, no fue su voz la que escuchó al otro lado del teléfono. Segundos después, su móvil cayó al suelo y se quedó paralizada. Su mente iba a cien por hora.

«No puede ser. No puede ser. Isa, Isa, no».

Esa misma noche su vida se derrumbó por completo.

Gin se mete rápido en la ducha intentando olvidar todo. Entre eso y lo de ayer, no sabe cómo mantenerse en pie. No entiende muy bien qué es lo que está pasando en esa cabaña y en qué tipo de concurso están. Cuando se enjabona el pelo, el champú cae por su brazo y pasa por encima del tatuaje de un dragón japonés. Cuando lo mira, le parece que la «R» de su antiguo tatuaje todavía puede verse y se lo frota con fuerza, intentando sin resultado que la inicial vuelva a aparecer.

Una vez lista, abre la puerta y encuentra un sobre con una nota muy breve:

Coge la carta número 6.

«¿Qué demonios es esto?».

10

La promesa

CJ

CJ se despierta el último, justo cuando el reloj marca las nueve de la mañana.

Le duele la cabeza. «¿Desde cuándo tengo yo resaca?». Pero otro pensamiento más doloroso le atraviesa la mente: «Ya no eres un veinteañero, CJ».

Edgar, Isa... El recuerdo de sus cuerpos sin vida empeora su malestar. Se levanta de la cama en calzoncillos y se acerca a la ventana.

A pesar del dolor de cabeza que le produce mirar hacia la luz, él alza la vista al cielo. «No hay un día en que no piense en ti, te lo juro. Cumpliré la promesa que te hice aquel día y no pararé hasta conseguirlo. Ganaré este concurso».

Se vuelve a tumbar intentando que se le pase el dolor y, al cerrar los ojos, revive todo como si fuese una película.

Cuando estaba en el último año de instituto, CJ se pasaba las noches jugando online y chateando con gente desconocida en el ordenador. Siempre eran conversaciones casuales que no llegaban a ningún punto y que incluso le aburrían.

Hasta que aquel «¡Hola!» en su chat lo cambió todo. Así conoció a Isa.

Ella le escribió y le comentó que su cara le sonaba de algo, pero no sabía de qué.

Todo empezó con una divertida conversación y, sin apenas darse cuenta, comenzaron a hablar todos los días. Sus conversaciones eran tan naturales que se pasaba las clases escribiéndose con ella a escondidas por el móvil.

Después de dos semanas de charlar sin parar, él le preguntó si podían conocerse en persona, e Isa, sin dudarlo, lo invitó al cumpleaños de una amiga suya.

Cuando la vio, a ella se le iluminaron los ojos. Él pensó que era la chica más bonita que había visto en su vida.

Esa noche bailaron y bebieron juntos durante horas.

—¡Ey, ahí está mi hermana! —gritó para hacerse oír por encima de la música alta—. Y ese debe de ser su novio, me ha hablado varias veces de él. ¡Vamos a presentarnos!

Pero CJ se quedó petrificado.

—¿Ese es el novio de tu hermana? —le preguntó, esperando que Isa estuviese equivocada.

—¡Sí!

Isa lo miró extrañada al ver que a CJ se le había borrado la sonrisa de la cara.

—¿Qué pasa? ¿Lo conoces?

—No, yo no. Por suerte, no he tenido ese placer. —CJ bajó más la voz—. Pero ese tío es peligroso, Isa.

—¿Por qué lo dices? —le preguntó ella con los ojos muy abiertos.

—No te lo puedo contar, lo siento, pero he oído hablar de él. Me metería en problemas muy gordos si me fuera de la lengua. No quiero tener líos.

—CJ, es mi hermana. Necesito saberlo.

—Isa… Isa, lo siento, de verdad, no puedo.

Entonces vio cómo ella iba directa hacia su hermana y se la llevaba al baño. Al salir, Isa estaba muy nerviosa y quiso marcharse de la casa.

Cuando CJ fue detrás de ella, pudo ver cómo se subía a un taxi y desaparecía.

Al coger el móvil para escribirle, se percató de que le había bloqueado en todas las redes.

Un año después, CJ se sorprendió al reconocer a la hermana de Isa en su propia clase en la universidad, y más aún cuando coincidieron en el mismo grupo de estudio. Gin y él se hicieron buenos amigos.

Un día él intentó advertirle de que Rober se había metido en varias peleas y que desde hacía tiempo estaba involucrado en temas de drogas, pero la respuesta de Gin le sorprendió: «¿Es que tú no te drogas, CJ? Le estoy ayudando, y podría… ayudarte a ti también». Él la miró unos instantes, pero luego pensó: «¿Por qué no?». Su vida era una mierda y, sinceramente, era mejor comprárselas a Gin que a aquellos que se la habían estado pasando esos años, porque no eran buena gente.

Todos pensaban que era genial vivir en una mansión que solamente disfrutaba él, porque sus padres se pasaban el año viajando por negocios y apenas los veía por casa. Pero detrás de su apariencia alegre y divertida, CJ se sentía solo. Y, sobre todo, echaba de menos a Isa, y no había tenido agallas de confesarle a Gin que la conocía.

CJ empezó a consumir para no pensar, ya que acceder a las drogas le era ahora mucho más fácil gracias a Gin. Se convirtió en el mejor cliente de su amiga y le hizo ganar mucho dinero. Al fin y al cabo, el dinero no era un problema para él. Organizaba fiestas en la mansión casi a diario y se acostaba con la primera chica que le hacía un poco de caso.

Un día, cuando estaba ya en el último año de la facultad, no escuchó cómo se abría la puerta principal ni el grito que siguió a continuación. Pero sí le despertó un taconeo rápido que conocía bien.

Sus padres habían llegado antes de tiempo.

Cuando abrió los ojos, algo mareado, se encontró a su madre, que miraba fijamente la mesa del salón, donde había una raya de cocaína a medio consumir.

Tampoco dijo nada cuando vio el preservativo tirado al lado del sofá.

Ese mismo día, sus padres le echaron de casa y le cortaron el grifo.

CJ descubrió que en realidad no tenía tantos amigos como pensaba, pues la gente se fue alejando de él porque ya no podía organizar fiestas. Leo fue el único que le ayudó cuando su vida se torció: puso un colchón en el garaje de su casa y le dejó quedarse allí hasta que pudiese encontrar un sitio donde vivir.

Aunque todos los del grupo de estudio siguieron en contacto con él y preocupados, cada uno a su manera, de su situación.

Una de esas noches incómodas en las que apenas podía dormir, le llegó un wasap de un número desconocido:

Hola, CJ..., ¿te acuerdas de mí? Soy Isa...

CJ se dio prisa en contestarle.

Ella se disculpó por haber desaparecido de esa manera. Le comentó que era consciente de que habían pasado varios años, pero él no le guardaba ningún rencor. Es más, se moría por volver a verla.

Quedaron al día siguiente a tomar un café.

Cuando CJ la vio, se quedó sin aliento, pero intentó que no se le notase y se quedó quieto, ya que no tenía muy claro cómo saludarla. Sin embargo, cuando Isa le vio parado en la puerta de la cafetería, corrió a abrazarle sin siquiera pensárselo dos veces.

Ambos pidieron dos cafés en la barra y se los llevaron a una mesa apartada pegada a un gran ventanal que daba a la calle.

Isa miró a través del cristal y luego lo miró a él. Ahora ninguno de ellos tenía claro cómo enfrentar la situación.

—Lo siento.

Los dos habían pronunciado las palabras al mismo tiempo.

—CJ, yo...

Pero él le cogió la mano.

—Espera, Isa. Por favor, deja que hable yo primero.

Ella no retiró la mano y le miró a los ojos. Su cara estaba seria y los hoyuelos que siempre acompañaban su sonrisa habían desaparecido.

—Claro —contestó ella ante la seguridad de él.

CJ se lo confesó todo. La soledad que había sentido desde muy pequeño debido a que sus padres siempre estaban viajando por trabajo, algo que en su momento le había avergonzado contarle, y también que se había metido en las drogas para no pensar.

Por último, le confesó que aquella noche no dijo nada porque era la pandilla con quien había visto a Rober la que le pasaba la droga y sabía que no eran buena gente. Temió sincerarse en aquella fiesta. No podía meterse en problemas y tampoco quería que Isa se formase una imagen pésima de él la primera vez que se veían en persona.

Isa no le interrumpió mientras escuchaba atentamente. Él le había soltado la mano y jugueteaba con los azucarillos esparcidos alrededor de su taza de café.

Cuando terminó, fue ella quien le agarró de la mano con cariño.

—Lo siento mucho, CJ. Yo... Dios, no sabía nada de esto. Siento mucho que te hayas sentido así todo este tiempo y no... no haber estado a tu lado. Siento haber desaparecido así, pero Gin... Gin es mi hermana, y aunque a veces no nos entendamos, yo la quiero con todo mi corazón. —Calló un momento en el que volvió la vista hacia la calle con mirada melancólica. Recordaba aquella noche como si hubiese sido ayer—. Te bloqueé de todos lados porque me dolió que si sabías algo que la podría poner en peligro no me lo contases. Pero ahora, si vuelvo la vista atrás, siento que mi reacción fue exagerada. Que no debí dejarte así, por muy enfadada que estuviera. Reconozco que el enfado me duró un tiempo, bastante. Pero el otro día encontré mi antiguo móvil y antes de formatearlo miré los mensajes y vi los que nos enviamos en su momento… Y quise escribirte. No sabía si conservarías el mismo número de teléfono, y me alegro de que así fuera… Estoy feliz de volver a verte.

Él le sonrió y los hoyuelos reaparecieron en su cara. No quisieron perder más tiempo y ahondar en viejas heridas, así que decidieron ponerse al día.

Isa le contó que estaba en segundo de Marketing y que le iba muy bien.

—Creo que soy muy creativa —le dijo con cierta vergüenza.

También le explicó que acababa de sacarse el carnet de conducir y que había tenido un novio durante el primer año de la universidad, pero que la relación había durado poco porque él era muy celoso.

A CJ no le extrañaba nada, porque Isa había cambiado en esos años. Estaba aún más guapa que la única y última vez que la había visto en persona. Incluso se dio cuenta de que los hombres no podían evitar mirarla cuando se cruzaban con ella mientras los dos paseaban juntos, después del café.

Empezaron a salir juntos todos los días. CJ se quedó varias noches en el piso de estudiantes de Isa y dormía en el sofá. Sus compañeros ya lo conocían, disfrutaban de su compañía y le trataban como a uno más.

Gin se enteró de su amistad y se convenció de que a él le gustaba su hermana.

—Como le hagas daño…, te-ju-ro-que-te-ma-to —le dijo, amenazante, dándole pequeños toquecitos con el dedo índice en el pecho, recalcando así cada sílaba. Acto seguido, le abrazó—. Cuídala mucho, por favor. Sé que ella te quiere.

Semanas después, CJ le dijo a Isa que tenía una sorpresa para ella. Le pidió la moto a Leo y la llevó a la montaña. Ella lo miraba sin entender nada.

—Espera —le dijo él, sin dejar de sonreír.

De su mochila sacó una gran toalla y la tiró en el suelo. Ella observaba todo, extrañada, con la duda en su rostro.

—¡Venga, túmbate! —exclamó, emocionado.

Isa le hizo caso y CJ pudo ver cómo abría la boca con asombro. Ella sintió cómo él le tiraba una manta por encima y se metía debajo con ella.

—Es precioso. —Isa miró encandilada el cielo estrellado que se abría delante de ellos; nunca había visto tantas juntas.

—¿Ves esa línea de estrellas? —CJ señaló un punto concreto del cielo—. Es una constelación, la Osa Mayor. Y eso de ahí, que parece una estrella y que tiene un color anaranjado, es Marte.

—¿Marte? ¡No pensé que pudiera verse desde aquí! —gritó Isa, sorprendida.

—Pero hay una estrella aún más brillante, ¿sabes? Una que brilla aún más que la luz del sol.

—¿Qué dices? ¿Cuál? —preguntó ella mirando hacia el cielo en busca de aquella estrella.

CJ no respondió, solo se acercó un poco más a Isa.

—Tú.

Los ojos de ambos brillaron mientras se miraban fijamente, y se besaron. Pasaron la noche en esa cama improvisada hablando y riendo hasta el amanecer.

Ella de repente se quedó en silencio, pensativa.

—¿Sabes? Me gustaría ser más valiente, arriesgarme más —le dijo a CJ—. Ser como mi hermana, tomar riesgos y no pensar tanto las cosas. De mayor me gustaría ser actriz. Sé que me daría miedo y que pasaría mucha vergüenza, pero me gustaría no ser yo por un rato.

Él la abrazó en silencio.

—¿Y tú? ¿Cuál es tu sueño? —le interrogó, acurrucándose más junto a su cuerpo.

—En realidad, nadie lo sabe, pero me gustaría tener un taller de impresión. ¿Sabes? Es una tontería, pero me gustaría poder imprimir camisetas, artículos… Quizá incluso tú con tus conocimientos podrías ayudarme y darme buenas ideas —le confesó CJ sonriendo tímidamente.

—¡Me encanta la idea! ¡Tienes que hacerlo!

—Isa, no sé si podré, ya apenas tengo dinero y duermo en un garaje.

Ella le observó fijamente.

—Prométemelo. Promete que lo harás, pase lo que pase. Que conseguirás tu sueño.

Él no pudo resistirse, esa chica le había robado el corazón.

—Está bien. —Le acarició el pelo—. Lo conseguiré, te lo prometo.

CJ abre los ojos con ese último recuerdo en la mente. Una lágrima recorre su mejilla, pero el dolor no se le pasa. «Fijo que Conor tiene alguna pastilla para darme», se dice.

Cuando abre la puerta de la habitación, encuentra un sobre. Se mete dentro y lo rasga con lentitud, y también con miedo.

CJ:

Hoy habrá un juego en la cabaña y solo tienes una misión. Debes confundir al policía. Buena suerte.

Guarda el papel en la mesilla de noche y sale de nuevo de la habitación. No ha entendido nada del mensaje y, en ese momento, el que se siente bastante confundido es él.

11

El beso

Cuando CJ llega al salón, los demás ya están allí. Todos parecen ensimismados y enfrascados en sus propios pensamientos.

Mira a Conor, que parece estar comiendo un trozo de pastel de manzana.

—Tengo que desayunar, por... ya sabes, la medicación. No puedo estar con el estómago vacío —se justifica nerviosamente cuando ve que su amigo lo mira.

CJ se sienta junto a él y le sonríe, mientras vuelve a echar un vistazo a los demás.

—Oye, Conor, no tendrás una pastilla para la resaca...

—Para la resaca, no sé, pero para el dolor de cabeza, sí —le contesta mientras saca una del bolsillo del pantalón, contento de poder ser útil.

—¿Siempre llevas medicamentos encima? —le pregunta CJ, extrañado.

Cuando Conor va a responder, este se queda con la palabra en la boca.

—¿Qué vamos a hacer? —pregunta Gin de repente en un tono muy alto, interrumpiendo la conversación.

—La cosa es si hay algo que podamos hacer —contesta Leo, que está sentado en uno de los sofás.

—Deberíamos irnos. Me da igual si tenemos que salir por la ventana —sugiere Rebeca sin mirarlo.

—No creo que podamos hacer eso... Las ventanas no pueden abrirse ni romperse. Lo comprobó CJ ayer cuando revisamos todo. Son a prueba de balas, y además... es la primera norma —le recuerda Conor mientras se atraganta con el último pedazo de pastel.

—¿Cómo no vamos a poder hacerlo? ¡Estamos en un programa de televisión! ¡Han matado a Edgar, joder! Lo dejamos y listo. No pueden obligarnos a seguir en un «juego» en el que ha muerto alguien. —La cara de Rebeca se va enrojeciendo de furia a medida que habla—. Además, por si no os habéis fijado, ya no hay rastro de la sangre de Edgar, lo que quiere decir que han estado limpiando esta noche, así que si ellos pueden entrar, ¿quién nos asegura que no entrarán en cualquier momento a matarnos?

—Quiero creer que la policía está en camino —comenta CJ en un intento por tranquilizarlos—. Lo de ayer ha tenido que verlo mucha gente. De hecho, lo único que me extraña es que no estén aquí ya.

—Tienes razón —comenta Mía, aliviada con la idea—. Deben de estar buscándonos, seguro que pronto nos encuentran.

—Odio decir esto —comenta Conor—, pero nos han encerrado, y creo que lo más seguro es quedarnos en la cabaña hasta que lleguen y seguir las reglas para evitar...

—Pero ¡¿qué cojones dices, Conor?! Tenemos que salir de aquí ya, como sea, esto es una locura... —exclama Rebeca, incrédula ante lo que está escuchando, pero palidece cuando se da cuenta de que nadie le sigue la corriente, incluso evitan mirarla. «¿Qué está pasando aquí? No puede ser que quieran...»—. No podéis estar hablando en serio, ¿queréis seguir con esto? Tenéis que estar de broma.

Después de un largo silencio, CJ habla:

—Creo que Conor tiene razón; por ahora, quedarnos es lo más seguro. Dios sabe que yo quería mucho a Edgar, pero ya no podemos hacer nada por él. Se saltó las reglas. Si nosotros las seguimos, no tiene que volver a pasar. Quiero creer que simplemente habrá un ganador.

—Yo... también lo pienso. —Leo baja la cabeza, avergonzado—. Creo que Conor y CJ tienen razón. No tiene por qué volver a pasar algo... así.

Mientras los demás se quedan en silencio, Rebeca no se cree lo que está escuchando. Se levanta con la cara desencajada y se dirige a una de las cámaras que les graban.

—¡Me rindo! ¿Me oís? ¡Renuncio! ¡Quiero salir de aquí!

Silencio.

—¡Joder, decid algo! —grita desesperada, y al no obtener respuesta alguna, coge una lámpara, arrastra rápidamente una silla a la que se sube con agilidad y golpea la cámara con fuerza, fuera de sí.

—¡Rebeca, para! —grita Leo, pero ella no le escucha—. ¡Rebeca!

Entonces él se acerca, la coge de la cintura para bajarla de la silla e inmediatamente la besa en los labios.

La lámpara que sostiene Rebeca en la mano cae al suelo. Siente que está flotando, aunque no entiende muy bien qué es lo que está pasando.

Los demás los miran boquiabiertos. Mía cierra los puños tan fuerte que se clava las uñas, y la venda que aún lleva en la mano vuelve a teñirse de sangre.

Buenos días, chicos, veo que alguno de vosotros no se ha levantado hoy con buen pie.

Leo suelta a Rebeca y todos miran hacia un altavoz colocado en una de las esquinas del techo del salón.

Conor ha hecho bien en recordaros las reglas, todas ellas son importantes. Pero, bueno, ¡no pongáis esas caras! ¡Hoy va a ser un día divertido! Os hemos preparado un juego que seguramente todos vosotros conocéis.
Por favor, dirigíos al comedor a las doce del mediodía... Hasta entonces, podéis disfrutar de la lujosa cabaña. Que tengáis un buen día y, sobre todo, vuelvo a repetirlo por si acaso, ¡no olvidéis seguir las reglas!

Rebeca mira embobada a Leo, pero este ya se ha alejado de ella y está estratégicamente situado cerca de Mía.
«Cabrón», piensa enfurecida.

12

Conversaciones

Conor va directamente a su habitación y decide quedarse allí hasta la hora indicada. No le apetece estar con los demás, así que aprovecha para releer las reglas del juego.

«¿Dónde nos hemos metido?», se pregunta, preocupado, aunque a la vez trata de convencerse de que todo va a ir bien si se ciñen a las normas.

Mientras, CJ se dirige a la cocina, rebusca hasta encontrar unas aceitunas que echa en un pequeño bol de plástico y se sienta en uno de los taburetes de la barra.

—¿Puedo acompañarte? —le pregunta Leo, que le ha seguido hasta la cocina.

—Por favor —le responde CJ con una sonrisa cómplice.

Leo coge un zumo de la nevera y se sienta al lado de su amigo. Después de un rato picando aceitunas mano a mano, CJ ya no aguanta más la curiosidad y se atreve a sacar el tema:

—Oye, lo de antes con Rebeca…

—Mejor no preguntes —contesta él mirando al frente.

—Pero ¿ella te gusta?

—No te voy a negar que es muy atractiva, pero yo amo a Mía... —Da otro sorbo a su zumo—. Y eso no va a cambiar.

—Entiendo —contesta CJ, ofreciéndole a Leo la última aceituna y dando por finalizada la conversación.

Gin está cansada y tiene mucho frío. Se ha quedado sola en el salón y arrima uno de los sofás a la chimenea. Coge unos cuantos troncos de la pila de leña amontonada en una pirámide perfecta, echa un par de ellos dentro y empieza a rebuscar en los cajones cercanos en busca de unas cerillas. Cuando por fin las encuentra, siente aún más frío, así que se apura a rociar la leña con un acelerante que ha encontrado para que prenda. Se tumba en el sofá y, con todos los nervios que tiene acumulados y el sonido del crepitar del fuego, se queda profundamente dormida.

Rebeca encuentra a Mía sola en el pequeño y confortable salón. Este cuenta con dos sofás, una escultura de un busto de mujer en la esquina y un ventanal.

Mía se vuelve al notar que hay alguien en la puerta y, al verla, se gira.

—¿Puedo pasar? —le pregunta Rebeca con suavidad.

Pero no recibe contestación. Mía sigue mirando a través de la ventana. Rebeca entra con cautela y se sienta en un sillón cercano a ella. Ya que finalmente han acordado que no intentarán marcharse, al menos quiere que todos hagan piña para que no pueda volver a pasar nada, así que debe acercarse un poco a Mía, por mucho que la deteste.

—Oye... —Esta sigue sin mirarla y Rebeca ve que tiene la venda de la mano llena de sangre—. Mía, estás sangrando —le dice, sorprendida.

—¿Qué quieres, Rebeca? ¿Hay algo más mío que quieras para ti? —le contesta con rudeza.

—Oye, yo... lo siento, de verdad. Me enamoré de Leo el primer día de clase, antes de que vosotros os conocierais.

—No fue culpa mía que se fijase en mí. Lo estuve rechazando durante tres años porque sabía que a ti te gustaba, ¿entiendes?

—Nunca me lo dijiste y, sobre todo, nunca me preguntaste nada.

—Porque nunca te acercabas a mí, siempre me rehuías.

—Pero aun así quedabas para estudiar a solas con él en vez de venir con nosotros.

Mía no puede evitar sentirse cada vez más molesta.

—¿Qué importa eso ya? Llevo once años con él. Él me ama a mí, ¿lo entiendes, Rebeca? ¡A mí!

Rebeca, lejos de enfadarse, desecha rápidamente la idea de acercarse a Mía que había tenido minutos antes y sonríe con bastante mala leche. Sí, al final va a seguir jugando, y ya que tiene que quedarse en la cabaña, va a intentar pasárselo bien a su costa.

—Pues, visto lo que ha pasado antes, nadie lo diría —le espeta mientras se dirige hacia la puerta, pero antes de salir, se vuelve hacia ella—. Por cierto, besa mucho mejor de lo que imaginaba.

Cierra la puerta mientras Mía llora, pero no de tristeza, sino de rabia. «Hija de puta». Siente asco y náuseas, y sale corriendo hacia el baño para vomitar.

13

¡Que empiece el juego!

El reloj resuena por la cabaña marcando las doce menos cuarto, y Rebeca sube al dormitorio. Abre el armario y saca el sobre que le han dejado en la puerta esa mañana. Lo abre y vuelve a leer las instrucciones. Después extrae una pequeña bolsita de dentro con solo una pequeña etiqueta pegada: «Setas alucinógenas». Rebeca la mira indecisa, pero la arranca con rapidez y se guarda la bolsita en el bolsillo de los vaqueros antes de bajar al comedor. «En realidad, se lo merece. No le vendrá mal un viajecito».

A las doce en punto, todos van sentándose alrededor de la mesa. El último en llegar es Conor, que ha bajado con la cajita de cristal con las cartas y un sobre, y se sienta en silencio al lado de Rebeca.

Nada más hacerlo, la televisión del comedor se vuelve a encender:

Pero ¡qué grupo más puntual! Lo estáis haciendo todos muy bien, os felicito. No voy a entretenerme. Como os he comentado antes, hoy jugaréis a un juego muy divertido, *¡El asesino!* Tranquilos, tranquilos, que ya os estoy viendo las caras. Nadie va a mataros. Uno de vosotros tiene la baraja y un sobre con las reglas, pero seguro que ya las conocéis. ¡Esperamos que os divirtáis!

El mensaje termina ahí y todos miran directamente hacia Conor.

—Ya... ya, ya voy —dice este, nervioso, al tiempo que saca las seis cartas de la cajita y coge el sobre con el papel que dicta las reglas.

Conor quiere demostrar que no es tan frágil, se lo ha propuesto y va a conseguirlo. Carraspea, traga saliva y lee en voz alta y clara, dejando ese tono que casi parece un susurro y que tanto le caracteriza:

—Ahí van las reglas del juego. Os leo las normas para que refresquemos la memoria: «En este juego se pondrán seis cartas en el centro de la mesa. Cada uno de vosotros elegirá una al azar. Solo vosotros podréis saber la carta que os ha tocado y, una vez la veáis, deberéis volver a colocarla encima de la mesa delante de vuestros sitios, que quedarán asignados todo el tiempo que dure el juego, boca abajo. Esta es la versión más simple porque jugaremos con solo dos personajes principales, el asesino y el policía. Los demás seréis simplemente civiles. El que tenga el as de espadas será el asesino y quien tenga el rey de oros será el policía, pero este último sí deberá enseñar su carta a los demás desde el principio. Como en el juego tradicional, el asesino matará a los demás guiñándoles un ojo y el policía tendrá que descubrir quién es. Pero para ponerlo un poco más difícil, como todas las cartas se quedarán en la mesa, cada vez que uno muera tendrá que dejar pasar cinco minutos y deberá poner su carta boca arriba. El asesino tendrá que conseguir matar a tres personas. A las ocho de la tarde, tendréis que estar todos en el salón y el policía dirá en alto el nombre del asesino. Solo tendrá una oportunidad de acertar. ¡Buena suerte e intentad no morir!».

Conor se queda mirando el papel que ya ha releído varias veces.

—Venga, tío, ¿a qué esperas? Ponlas ya encima de la mesa —le suelta CJ, impaciente.

Conor se pone en pie y coloca en círculo todas las cartas.

Gin empieza a mirarlas rápidamente mientras su nerviosismo aumenta. «¡Están todas boca abajo! ¿Cómo cojones voy a saber cuál es la número 6?». Entonces lo ve, en la esquina inferior derecha de una de las cartas, un diminuto y casi imperceptible seis.

—¿Quién empieza? —dice Mía.

Nada más formular la pregunta, Gin ya se ha abalanzado a por una de las cartas. Los demás siguen su ejemplo, escogiendo con rapidez. Así que Mía es la última y coge la única carta que queda encima de la mesa.

«Mierda, ¿soy la policía?». Gin observa el rey de oros y se apura a analizar las expresiones de los demás al descubrir sus cartas, antes de poner la suya boca arriba. Seguro que pueden darle alguna pista. Los mira uno a uno mientras van dejando sus cartas boca abajo sin expresión alguna, pero repara en CJ: tiene una ceja un poco más elevada de lo normal y se le escapa una sonrisa rápida. A continuación, pone cara de póquer y deja su carta boca abajo como los demás.

Todos observan a Gin, que es la última en dejar su rey de oros boca arriba para que todos la vean.

—Bueno... —dice Leo—. ¡Pues que empiece el juego!

Pero nadie le sigue la broma.

—No será... peligroso, ¿verdad? —pregunta Conor.

—No creo —le contesta Rebeca—. Solo debemos jugar y seguir las normas. Es imposible que nos vaya a dar un infarto solo porque alguien nos guiñe un ojo... —Se gira hacia Leo y sonríe—. O quizá sí.

Mía aprieta tan fuerte la mandíbula que siente un pinchazo de dolor en la cabeza.

—Bueno, a ver, ya es casi la una y, menos Conor, ninguno de nosotros ha desayunado. Deberíamos preparar algo. —Rebeca se levanta esperando que todos la sigan, pero nadie lo hace. Conor no quiere ni mirarla—. Oh, ¡venga ya! Yo no soy la asesina. —Ríe—. Pero bueno, si seguís aquí, quizá muráis, por un guiño o por hambre…

A Leo le ruge el estómago al pensar en comida. Todos evitan quedarse enfrente de otro compañero, porque ninguno quiere que le guiñen un ojo. Todos menos Gin, que los vigila a cada uno de ellos.

—Venga, va, Rebeca tiene razón, vamos. Al fin y al cabo, si morimos, es solo un juego… espero. Y si vamos todos juntos a la cocina, será más difícil para el asesino —comenta Leo.

Gin sospecha y se pregunta si no será una estrategia de Leo.

Se dirigen todos juntos a la cocina, en fila, casi sin mirarse.

—¿Qué comemos?

—Cualquier cosa rápida, no me apetece cocinar —comenta Gin, sentándose en el taburete.

—Yo creo que voy a tomarme un batido de estos naturales con avena —dice CJ—. Tengo que desintoxicarme un poco de tanta cerveza que bebí ayer.

Mía está pálida, pegada a la pared de la cocina.

—Yo no me encuentro bien del estómago.

—Ey, Mía. —CJ la mira preocupado—. Te hago otro para ti, ¿vale?

—Vale… Gracias, CJ.

Gin le trae una silla del comedor para que pueda sentarse cómodamente y Mía se derrumba sobre ella.

Leo, que está cerca de la nevera, saca los productos que CJ le va indicando y los deja en la encimera de la cocina.

—Mierda.

—¿Qué pasa? —pregunta Leo mirando de reojo a CJ, extrañado.

—Esta licuadora es muy pequeña.

—Aquí hay otra —le dice Rebeca, que está revisando los cajones—, puedes hacer un batido en cada una.

—¡Genial, gracias!

—De nada. Gin, Conor, Leo, ¿qué os parece un bocadillo? Hay barras de pan congeladas y todo tipo de embutidos en la nevera.

Los tres asienten y van hacia la nevera a elegir qué ponerse en el bocata. Se ayudan unos a otros sin mirarse mucho a la cara.

Una vez Rebeca se ha preparado un bocadillo con lechuga, pavo y tomate, se acerca a CJ, que está terminando uno de los batidos.

—¿Quieres que yo vaya preparando el otro? —le pregunta.

—Te lo agradecería, así iremos más rápido.

«Perfecto». Rebeca va triturando los mismos ingredientes que CJ cuando se percata de que todos van a lo suyo, rehuyendo las miradas. Todos menos Gin, que los observa fijamente. Necesita que no esté tan atenta.

En un momento en que comprueba que nadie se está fijando en ella, se coloca de espaldas para que nadie pueda ver lo que está haciendo y saca rápidamente las setas para echarlas en la licuadora.

—¿Puedes pasarle esto a Mía? —le pregunta a Conor dándole el vaso largo del batido—. Se me ha olvidado echarle mayonesa a mi bocadillo.

—Claro.

—¡Puaj! ¡Esto sabe horrible! —exclama Mía, quien, después de dar el primer sorbo, no puede aguantar una arcada.

CJ ya está bebiendo el suyo. A él tampoco le gusta, pero no le parece que sea para tanto.

—Vamos, Mía, sé que no es un batido de chocolate, pero te aseguro que te sentará bien.

Todos se quedan a comer en la cocina y están en ello todavía cuando, de pronto, ven a Conor aparecer por la puerta del comedor; nadie se había percatado de que había salido de la cocina.

—¿Qué pasa? ¿Dónde estabas? —le pregunta Rebeca, extrañada—. Si ni siquiera has terminado de comer.

—Estaba poniendo mi carta boca arriba —contesta él—. Estoy muerto.

Acto seguido, se sienta a terminarse el bocadillo y los demás le siguen mientras miran hacia abajo.

—Sé que… que no estamos en nuestro mejor momento, pero ya que tenemos que pasar el día juntos por lo del juego, deberíamos hacer algo para matar tiempo —propone Gin, limpiándose las migas de la boca.

—Me parece bien. ¿Os acordáis de lo que nos reímos hace unos años jugando a *Adivina quién soy* en el piso de Rebeca? —recuerda Leo.

Todos están de acuerdo y mientras dejan los trastos apilados en el fregadero, se dirigen al salón.

Leo se acerca a Mía con cautela.

—Mía…, ¿estás mejor?

Ella lo mira, pero no tiene fuerzas ni para hablarle con enfado.

—Sigo sin encontrarme bien del todo. Además, desde hace unos minutos me noto un poco rara.

—Será que estás mareada… Seguro que en un rato se te pasa. Ven.

Le echa el brazo por debajo de los suyos y la ayuda a levantarse para conducirla hasta el salón y luego la tumba en uno de los sofás. Pero Mía empieza a tener la sensación de que la habitación es más grande de lo normal. Mientras, los demás van distribuyéndose por los sofás y los sillones vacíos; todos menos CJ.

—¡Empiezo yo! —exclama, y se coloca en el centro del salón, mirándolos a todos fijamente, sin miedo alguno.

Gin se fija en él. «Pondría la mano en el fuego de que el asesino es él. Aunque sería un poco obvio. No lo tengo claro». Mira el reloj. «Son las dos y cuarto. Me quedan menos de seis horas para dar con la solución. No voy a apresurarme, tengo que fijarme también en los demás».

CJ carraspea y camina encorvado por la sala con el ceño fruncido. Entonces se acerca a la mesa y hace el gesto de tirar papeles al suelo mientras repite, insistente:

—No, no, no, no.

Los demás lo miran divertidos. Entonces se agacha y deja que los pantalones se le bajen ligeramente para enseñar la raja del culo.

Gin estalla en carcajadas.

—¡Dios mío! ¡No puede ser! ¡Ya sé quién es! ¡Es aquel profesor que tuvimos el último año, el de Crítica de Arte que tiraba nuestros trabajos al suelo!

Los demás se unen a las risas, menos Mía, que cada vez se siente más extraña. Observa la escena como si no estuviese en ella. Los objetos del salón cada vez tienen colores más intensos y brillantes.

—¡Es verdad! —Leo no puede dejar de reír mientras CJ sigue un poco más con la imitación.

—Ha sido buena. Eh, Gin, ya sabes, ¡te toca!

CJ ha parado ya de imitar al profesor y aprovecha para reírse mientras se recoloca los pantalones.

Gin se levanta del sillón y se acerca al centro de la estancia; en realidad, todavía no tiene nada pensado. Entonces empieza a caminar de puntillas a la par que hace un ruido para simular que lleva tacones. Todos sonríen al verla imitar una forma de andar que no le pega nada. Gin camina por el salón, observando todo fijamente, y entonces abre mucho los ojos mientras se dirige hacia la mesa pequeña. Los demás ven cómo se acerca mucho a ella, pasa el dedo por encima, lo huele y se lo lleva a la boca con cara de disgusto. Parece enfadada. Luego se agacha al lado de uno de los sofás en los que están sentados sus amigos. Se agacha, aún de puntillas y a punto de perder el equilibrio, hace como que coge algo pringoso y lo levanta con asco por el borde. El ataque de risa de Leo resuena por toda la cabaña.

—Serás cabrona, tía, ¡cómo te pasas! ¡Eres la madre de CJ!

CJ mira a Leo y luego a Gin, y une todas las pistas. ¿Cómo no se le había ocurrido antes? Mira a Gin de nuevo, que lo observa sin poder parar de reír, pero con cierta cautela, como si temiese su reacción, pero entonces se une al ataque de risa de sus dos buenos amigos y los demás no solo se muestran aliviados, sino que sueltan una carcajada.

—Te juro por mi madre —dice intentando recuperar el aire— que esa no me la esperaba, Gin.

Todos vuelven a reír ante el ingenioso comentario y Leo se levanta. Es el siguiente.

Se pone también en el centro del salón para comenzar, pero de repente se da cuenta de que ha cometido el error de mirarlos. Acaban de matarle.

Gin nota cómo Leo se queda un momento de pie, paralizado, pero luego se relaja, porque piensa que no es nada más que un juego y que además tienen que pasar cinco minutos para poner su carta boca arriba en la mesa del comedor, así que todavía le da tiempo para hacer su actuación.

Leo anda simulando que tiene un palo en la mano. Da pisadas muy fuertes y de vez en cuando mira de reojo con asco hacia atrás. Ha pasado un rato, pero nadie parece saber quién es. Entonces simula que lanza un escupitajo al suelo y emite un gruñido.

—¡Esta me la sé! —grita Conor, emocionado, y los demás lo miran sorprendidos. Es muy difícil verlo disfrutar tanto con algo—. Es el señor ese tan raro que nos trajo a la cabaña.

Todos caen en que tiene razón y vuelven a reírse. La risa de Mía suena por encima de todos ellos, parece que se lo está pasando muy bien y los demás piensan que eso es señal de que ya se encuentra mejor.

—Vaya, Conor, me has pillado —le dice sonriendo.

A continuación, Leo sale por la puerta ante el asombro de todos.

—¿Leo? ¿Adónde vas? —le pregunta Gin, que está segura de saber la respuesta.

—A poner mi carta boca arriba —contesta con una mueca.

«Vaya, vaya», piensa Gin mientras mira hacia CJ, Rebeca y Conor, que están sentados en el sofá. Cada vez le quedan menos opciones, pero no está nada segura.

Mientras esperan su vuelta, Conor aprovecha para ir al baño y los demás se quedan comentando las actuaciones. Mía es incapaz de parar de reír. Todos parecen felices, incluso da la sensación de que han olvidado la muerte de Edgar, pero por dentro no hay ninguno de ellos que no esté sufriendo. Son conscientes de que tienen que permanecer en la cabaña y seguir adelante, así que no les viene mal divertirse un poco.

Leo y Conor vuelven a la vez al salón, pero Conor se queda de pie.

«Necesito perder el miedo, reírme y disfrutar, así que allá voy».

Camina muy erguido, con orgullo. Los demás lo miran sorprendidos, parece otra persona. Coge una de las sillas, se sienta en ella y extiende los pies sobre la mesa. Hace como que se arregla una chaqueta muy ancha y se coloca una gorra. Luego simula hacer unas bolitas de papel y lanzarlas a una papelera imaginaria. Acto seguido, se tira un pedo.

Todos lo miran boquiabiertos. ¿De verdad es el mismo Conor que conocen? Pero no pueden evitar reírse por la valentía que ha tenido de hacer eso. Nadie sospecha a quién está representando, pero disfrutan de ese nuevo Conor. Están más interesados en la actitud de su amigo y en la actuación que en averiguar a quién imita.

Viendo que nadie dice nada, Conor sigue con su actuación. Hace como que saca una cajetilla de tabaco y se enciende un cigarro.

—Esto, cabrones, esto es lo que importa. Las reglas son una mierda y nada me da más placer que saltármelas fumándome un pitillo aquí dentro.

Esa frase es la clave. Mía lo mira y cree que la actuación que está haciendo Conor es totalmente real.

—¡Jonathan! —grita levantándose, y todo el salón se mueve a su alrededor.

Se mira las manos y ve que los dedos se han convertido en lápices. Se sienta de nuevo rápido en el sofá y es entonces cuando los demás se dan cuenta de que Mía está muy rara. Incluso tiene los ojos diferentes.

Leo se acerca a ella y la mira, a pesar de que ella parece no verle.

—No creo que Mía esté en condiciones de jugar, deberíamos pasar al siguiente.

Pero ella se levanta bruscamente intentando mantener el equilibrio. Mira a los demás y, por alguna razón, su euforia inicial empieza a tornarse en una horrible sensación de cabreo.

—Conor, estabas representando a Jonathan, el pasota de clase, ¿verdad?

—¡Sí! —le responde él, orgulloso de su valor con la representación que ha hecho.

Cuando se sienta a su lado, CJ le da una palmada en la espalda.

—Lo has hecho de puta madre, chaval —le dice—, nos has sorprendido a todos.

—Bueno, ya que he ganado, ¡es mi turno! —grita Mía en un tono mucho más alto de lo normal.

Se sitúa rápidamente en el centro y empieza la actuación. De repente se tambalea y Conor se levanta asustado, pero ella le frena alzando la mano hacia él. Ante el desconcierto de los demás, Mía se desabrocha los botones de la camisa hasta que asoma el encaje de su sujetador, y se acaricia el pelo de forma sexy.

«¿Qué cojones hace?», se pregunta Leo, preocupado.

Mía hace como si sacara varios cigarrillos y se los fumara uno tras otro.

«Mierda, no», piensa Gin, que se está dando cuenta de lo que está pasando.

Pero Mía sigue con la imitación.

—Oh, Leo… Leo, deja a Mía. Yo estoy más buena, aunque sea una zorra. Oh, Leo, ven y fóllame, ¡fóllame encima de la mesa! —grita mientras sigue desabrochándose los demás botones de la camisa—. Abandona a Mía. Mírame las tetas. Oh, ¿no te ponen? Joder, cómo me ha excitado tu beso esta mañana. Debería estar tocándome ahora mismo.

Y empieza a desabrocharse los vaqueros.

—¡Mía, para! ¡Esto no tiene gracia! —grita Leo.

Corre hacia ella porque quiere taparla, pero ella le empuja y continúa con su actuación.

—Oh, Edgar, Edgar, siento que hayas muerto, pero cuantos menos seamos en la cabaña, más podré acercarme a Leo. Tu muerte hará que él me consuele y seguramente acabará follándome por todos los rincones de la casa.

—¡Rebeca! —CJ se levanta e intenta detenerla, pero ya es tarde.

Rebeca, quien se ha levantado hecha una furia, aparta a CJ de un brusco empujón que lo tira al suelo y se abalanza sobre Mía. Ella no deja de reír sin parar a pesar de notar el peso del cuerpo de Rebeca sobre el suyo.

—Oh, Leo, fóllame, fóllame —repite una y otra vez—. Leo, llevo tantos años deseando que lo hagas.

Rebeca le da una bofetada en la cara, pero como esta no deja de reírse, empieza a tirarle del pelo, piensa dejarla totalmente calva.

Conor se levanta corriendo y empuja a Rebeca con tanta fuerza que esta se sorprende por su reacción. Leo ayuda a CJ a levantarse y Gin corre rápido hacia Mía.

—Mía, Mía, ¿qué te pasa? ¡Tú no eres así!

—Solo estaba actuando —aclara ella mientras se palpa la mejilla en la que ha recibido el bofetón—. Y, sinceramente, he sido la más realista de todos —añade antes de soltar una carcajada.

—¡Será zorra!

Rebeca se pone en pie y se va furiosa hacia la cocina.

Mientras Leo y CJ ayudan a Mía a levantarse y la llevan entre los dos hasta el sofá, Conor también va a la cocina a por hielo para ponérselo en la cara. Allí se encuentra a Rebeca llorando, desconsolada, apoyada en la mesa que hay delante del taburete en el que está sentada. Conor se acerca a ella en silencio y se sienta a su lado. Le pone la mano encima del brazo, con cautela pero también con cariño.

—Rebeca, yo… siento lo de antes, no quería golpearte tan fuerte.

Ella lo mira y le sonríe con lágrimas en los ojos.

—No pasa nada, Conor, has hecho bien. Si no llegas a pararme, yo… yo… no sé qué hubiese hecho. —Llora sin parar—. ¿De verdad pensáis eso de mí? ¿Creéis que me alegro de la muerte de mi mejor amigo? ¿Que me beneficiaría de algo tan horrible solo para dar pena a Leo y que se acercase a mí? —le pregunta mientras lo mira a los ojos, expectante, buscando en ellos la verdad.

—Rebe… —empieza Conor, sin apartar la mirada—, no sé qué le ha pasado a Mía. Se le ha ido la cabeza completamente. Pero estoy seguro de que no piensa nada de lo que ha dicho y solo buscaba herirte por lo del beso de hoy. Escúchame bien, solo te lo voy a decir una vez. —Conor le aprieta el brazo y Rebeca siente que él es más fuerte de lo que parece—. Nadie, escúchame bien, nadie piensa eso de ti. Todos tenemos nuestras cosas y también cometemos errores, ayer mismo lo vimos con los secretos que contenían los sobres. Somos muy diferentes, yo sobre todo, pero hay dos cosas que siempre nos han unido, y es que nos aceptamos y nos queremos unos a otros tal y como somos, y que siempre nos hemos perdonado.

Rebeca, emocionada y agradecida, le da un gran abrazo.

14

Alucinaciones

Después de un buen rato, Rebeca y Conor vuelven al salón.

Gin, CJ y Leo están alrededor de Mía, que está tumbada en el sofá.

—¿Qué es eso? ¡Brilla un montón! —grita Mía señalando hacia el techo.

Todos alzan la mirada.

—Mía…, ahí no hay nada.

—¡Claro que sí! ¿Es que no lo veis? ¡Tiene unos colores preciosos!

Leo se arrodilla al lado y le toca la frente; está ardiendo. Conor se acerca con el hielo, y Leo le pide que se la toque también.

—Tiene mucha fiebre —dice Conor, preocupado.

Mientras, CJ aparta a Gin hasta un rincón del salón para que nadie más los oiga.

—Alguien la ha drogado —dicen ambos a la vez. No tienen ninguna duda.

—¿Quién querría hacerle eso? —le pregunta CJ a Gin en un susurro.

—¿Rebeca?

—Ella le ha preparado el batido —contesta, pensativo—. De hecho, ella misma se ofreció a hacérselo.

—Debemos decírselo a los demás.

Gin se dirige al sofá donde están los demás, pero CJ la coge del brazo.

—¿Qué haces? —le pregunta, sorprendida.

—Gin, no podemos decir nada.

—¿Cómo que no?

—Piénsalo… No estamos totalmente seguros de que haya sido Rebeca. Y si así fuese, no creo que lo esté haciendo porque quiere.

—¿A qué te refieres?

CJ se le acerca al oído y se tapa una parte de la cara para que las cámaras no puedan leerle los labios.

—Es posible que sea una prueba. La suya o la de otra persona. En ese caso, no sabemos qué pasará si la descubrimos.

Gin se aleja y lo mira.

—Tienes razón… —responde susurrando—. No diremos nada. Con suerte, en unas horas se le habrán pasado los efectos.

Conor sube corriendo a su habitación a por medicación, luego se dirige a la cocina a por un vaso de agua y aparece sudoroso en el salón con una caja de antipiréticos para bajarle la fiebre a Mía.

Cuando Gin se da cuenta de lo que va a hacer, le detiene.

—No lo hagas —le pide ella.

Conor y Leo la miran sin entender nada.

—Esta medicación le bajará la fiebre —trata de explicarle Conor.

—Hazme caso, no le des la medicación. Ponedle paños fríos en la frente.

Conor y Leo se miran dudosos, pero notan a Gin demasiado segura, como si supiese algo más que a ellos se les escapa, y deciden hacerle caso.

Gin mira el reloj del salón. No ha sido consciente de que ha pasado un montón de tiempo. Son ya las seis y media de la tarde. «Me queda solo una hora y media para averiguar quién es el asesino y solo he descartado a las víctimas. Debo ponerme en serio con esto, no sé qué puede pasarme si me equivoco...».

Cuando sale de camino al baño, se cruza con CJ, que le sonríe y parece que va a guiñarle un ojo, pero no lo hace y se va riendo de nuevo. CJ ha ido a la cocina a por una bolsa de patatas fritas y refrescos para intentar calmar un poco los nervios de todos. Gin se gira mientras su amigo desaparece por el pasillo. «CJ me confunde mucho, quizá sea el asesino y esté intentando ayudarme diciéndomelo a la cara. O tal vez sea lo contrario..., que no sea él e intente confundirme. Pero ¿por qué haría eso? Sabe que solo tengo una oportunidad».

En el salón, Leo y Conor atienden a Mía.

—¿Cómo está? —pregunta Rebeca desde lejos, avergonzada.

—Mejor —le contesta Leo, cortante—. Le ha bajado la fiebre.

Mía se quita el paño de la frente y se incorpora. Leo le coge la mano asustado.

—Tranquilo, estoy bien. —Pero Mía miente; siente como si estuviese dentro de la portada de un CD psicodélico, aunque a la vez es capaz de discernir perfectamente las siluetas de cada mueble—. Necesito... necesito un poco de aire. Necesito estar sola.

Se levanta y, a pesar de todas las figuras que se mueven a su alrededor, intenta ir hacia la puerta.

—No creo que sea buena idea que estés sola —le aconseja Leo.

—Entonces no seré la única que tiene ideas de mierda hoy.

Mía le da la espalda y sale por la puerta. Leo se queda callado. «*Touché*».

Mía se mueve despacio apoyándose en las paredes del pasillo, nota como si estuviese flotando sobre el suelo. Los colores son muy bonitos y puede oír cada ruido de la casa. Los pasos, una lata que se abre… Y también se va fijando en cada detalle de la decoración de la cabaña.

Cuando llega a las escaleras, es consciente de que no le será fácil subir. Entonces se dirige al salón pequeño, el mismo en el que ha tenido el encontronazo con Rebeca por la mañana. Se sienta de nuevo al lado del ventanal. Le parece que fuera hay muchas luciérnagas que crean formas divertidas. Ella las mira sonriendo.

—Mía…

«¿En serio? ¿Otra vez? No puede ser».

—Rebeca, ¿qué quieres?

Mira a Rebeca, que se acomoda en el sillón de enfrente con un movimiento ondulante, como si le faltasen los huesos.

—Mía, escúchame, siento lo que te dije esta mañana. —Tras la conversación que ha tenido con Conor, es consciente de que se le ha ido de las manos—. Sé que me pasé, pero estaba enfadada. Leo me besó, pero sé que él no sintió nada, y si te digo la verdad, creo que yo tampoco. Después de lo que ha ocurrido, me he dado cuenta de que simplemente era un amor platónico, que no estaba enamorada. No volveré a intentar interponerme entre vosotros. Y sé que nunca hemos sido amigas, que siempre te he rehuido por celos, pero la verdad es que entiendo a Leo… Si yo fuera él, también elegiría a alguien como tú. Y siento… siento el golpe en la cara —añade señalando su mejilla colorada.

—Rebeca, yo también siento el daño que te he causado. Nunca quise enamorarme de Leo. Lo intenté, de verdad que lo intenté. Empecé a quedar para estudiar con él a solas porque me decía que vosotros habíais cancelado las sesiones de estudio, aunque tiempo después, cuando ya estábamos juntos, me confesó que no era verdad… —Mía siente una especie de niebla en la cabeza—. Y creo… creo que antes te he imitado… No lo recuerdo bien, tengo todo borroso, pero perdóname. Ojalá algún día podamos ser amigas.

—Yo también lo espero —le contesta Rebeca con una sonrisa sincera, y se levanta para marcharse.

—Por cierto… —dice una de ellas.

—Oh…

Poco después, Gin abandona el salón para ir a la cocina y se cruza nuevamente con CJ. Al pasar por su lado, él se acerca mucho a ella.

—¿Qué pasa? ¿Me estás siguiendo? —le pregunta seductoramente mientras Gin nota su aliento en el cuello y se le eriza la piel.

«No puede ser… CJ… ¿Estoy tonta o qué?».

CJ se da cuenta de la reacción de Gin y se va riendo, mientras ella continúa confusa su camino. Cuando se mete en la cocina, algo le llama la atención: la puerta que da al comedor está abierta. «Así que no eras tú, CJ». Entra pensando que es su carta la que encontrará boca arriba, pero rápidamente se da cuenta de que no es así. La carta que está a la vista es la que está delante de la silla donde se había sentado Mía ese mediodía. Y ahora sí que está totalmente confundida.

15

Código secreto

Queda solo un cuarto de hora para las ocho.

Gin ha subido a su habitación y está pensando a toda velocidad: «¿Rebeca o CJ?». Recapitula desde la primera muerte, la de Conor. Recuerda que fue Rebeca quien le pasó el batido de Mía a Conor, pudiendo en ese momento mirarle a los ojos.

En el juego de las imitaciones, Leo se quedó paralizado; estaba segura de que le habían matado en ese momento. Cuando miró al primer sofá, allí estaban sentados Rebeca, CJ y Conor, así que esa información no le servía para nada.

Y en cuanto a la muerte de Mía, en ese momento ya todos se habían desperdigado por la cabaña. «Pero ¿a dónde habría ido Mía? ¿Y quién de ellos la había seguido? ¿Rebeca, que ha desaparecido sin dejar rastro, o CJ, que ha estado merodeando todo el tiempo por la cabaña?».

Cuando mira el reloj, sale corriendo por las escaleras a toda velocidad y llega al salón a tiempo. Los demás ya están allí, graciosamente colocados como formando una especie de barrera. Suspiran de alivio al verla entrar.

¡Buenas noches a todos! Estoy orgulloso de vosotros, ¡siempre tan puntuales! A pesar de que hemos visto algunos... pequeños altercados, parece que lo habéis pasado bien. Venga, al grano: Asesino, ¡felicidades! Has conseguido matar a tres de los civiles. Pero aún queda la parte más importante: Rebeca, CJ, dad un paso adelante y colocaos frente a Ginebra. Los demás, por favor, quedaos donde estáis. Y ahora, sin más dilación, Ginebra, por favor, dinos... ¿quién es el asesino? Recuerda que solo tienes una oportunidad.

Gin no sabe qué contestar. Tiene la mente totalmente en blanco. Cualquiera de los dos podría ser el asesino.

Bueno, visto que parece que no tienes la solución clara, quizá esto te ayude a arriesgarte un poco más. ¡Una cuenta atrás! Tienes diez segundos para decir el nombre del asesino. El tiempo empieza ya: diez, nueve...

Gin mira a Rebeca.

Ocho...

Gin mira a CJ.

Siete, seis...

Gin vuelve a intentar reconstruir los hechos rápidamente.

Cinco, cuatro...

«Voy a tener que arriesgarme».

Tres...

Pero entonces Gin se fija en Rebeca, que en un lento movimiento, fingiendo nerviosismo, se toca el pelo.

Dos...

Gin recuerda el código secreto de señas que había creado con Rebeca para poder chivarse respuestas entre ellas en los exámenes. Si una le preguntaba a la otra por un «sí» o un «no», si esta se tocaba la barbilla era un «no», pero, si se tocaba el pelo, era un «sí».

Uno...

—¡Es Rebeca! —exclama.

¡Felicidades, has encontrado a la asesina!

Todos se miran entre ellos y corren, aliviados, a abrazar a Gin.

—¡Lo has hecho genial! —le dice Leo—. ¿Cómo lo has sabido?

Gin mira a Rebeca de reojo, que le sonríe y le guiña un ojo disimuladamente.

—Intuición, supongo —responde—, aunque debo admitir que este cabrón de aquí —dice mientras pasa un brazo por encima del cuello a CJ y tira de él— no me lo ha puesto nada fácil.

CJ se zafa de su brazo.

—¿Acaso pensabas que te lo iba a poner en bandeja? ¡No tendría ninguna gracia! —le contesta este, contento en realidad por haber cumplido también con su prueba.

—¿Y si hubiese fallado? ¿Y si...?

Pero ante su sorpresa, CJ la abraza.

95

—Tranquila, no hubiese permitido que te pasara nada.

Gin duda, pero por su salud mental y emocional decide creerle.

Después de esa pequeña celebración, todos tienen ganas de picotear y beber unas copas.

Mía se encuentra cada vez mejor y se adelanta a la cocina para ir preparándolo todo; de repente nota la boca extremadamente seca y coge lo primero que encuentra a mano. Y así es como se toma los últimos sorbos del batido que no se había terminado antes.

Todos entran en la cocina apelotonados. CJ saca unos nachos. Conor elige una bolsa de *nuggets* para calentar en el horno. Leo saca bebidas con alcohol. Y Rebeca pone en una cazuela agua para hervir unas salchichas.

Gin se coloca a su lado disimuladamente para abrir con un cuchillo los panes de los perritos, se asegura de estar dándole la espalda a las cámaras y sin mirarla, susurra:

—Gracias…

—No me las des —le contesta Rebeca hablando muy bajito, disimulando la sonrisa—. Aunque no nos sirvió de nada en la universidad, por fin le hemos dado una salida decente.

Mía se dirige al baño; aunque hacía un rato parecía que sí, no termina de encontrarse bien. Se está mareando de nuevo y tiene ganas de vomitar, pero no puede. Mira hacia abajo y le parece ver pequeños bichos por el suelo que se acercan a ella. Entra en pánico y sale corriendo del aseo para irse a su habitación. Se tambalea e intenta no caerse por el camino. Empieza a subir las escaleras, pero se tropieza con uno de los últimos escalones, ni siquiera lo ha visto. «¿De dónde ha salido?», se pregunta mientras nota cómo su cuerpo se va cayendo hacia atrás, a cámara lenta. Entonces siente que alguien apoya las manos en su espalda, frenando la caída.

—El equilibrio no es lo tuyo, ¿eh, Mía? —CJ la mira con una sonrisa tierna y la ayuda a estabilizarse—. He visto que salías de la cocina y luego he oído la puerta del baño. Solo quería asegurarme de que estás bien.

Mía lo mira, pero no sabe quién es; le parece que esa persona tiene cara de alienígena, pero deja que la guíe hasta el dormitorio. Siente cómo la tumba en la cama y la tapa con el edredón, y ella se deja hacer sin rechistar.

Antes de irse, el alienígena le recomienda que descanse un rato.

Un poco más tarde, abajo, Conor está animado, así que ante la sorpresa de los demás, bebe alcohol y pasa de los ansiolíticos. Una noche es una noche.

CJ, Gin, Rebeca y Leo lo vitorean por la decisión mientras comentan lo que ha ocurrido durante el día. El grupo se dispone a cenar y, cuando terminan, les apetece jugar en el salón al *Yo nunca* para distraerse un poco y olvidarse de las tensiones.

Conor no ha jugado antes, así que le explican que cuando alguien dice «yo nunca», los que lo hayan hecho deben beber un trago de su copa.

Así que nada más terminar de explicárselo, empiezan el juego.

—Yo nunca me he meado encima estando borracho —dice Leo con una sonrisa.

—Qué cabrón. —Ríe CJ mientras da un sorbo a su bebida—. Yo nunca... —empieza, pensativo— me he sentido atraído por Malena, la friki de clase.

—Joder, pensé que había sido discreto —dice Conor riendo, y bebe de su copa de Malibú con piña.

—Venga ya, Conor... ¡Si hasta el tutor lo sabía! —exclama Gin.

—Pues menos mal que me entero aquí. Me lo llegáis a decir en ese momento y me tiro por un barranco de la vergüenza. —Ríe—. De todos modos, sois unos desgraciados.

Rebeca también está muy animada.

—Va, Conor, ¡es tu turno!

—Yo nunca me he enrollado con un compañero de clase en el baño de la facultad.

Leo y CJ beben.

—¿En serio, tíos? —Rebeca no puede parar de reír—. ¡Con lo asquerosos que estaban esos baños!

—Bueno, ya sabes, cuando te da el calentón…, pues mal —replica CJ, sonriente.

—¡Veeenga, va, me toca! —dice Gin, y le da un trago a su copa—. Yo nunca he potado en mitad de un pub.

—Mierda, vais a acabar conmigo —dice CJ, volviendo a beber—. Rebeca aún no ha jugado.

—Venga, voy —contesta ella, divertida—. Yo nunca me he metido a participar en un programa de televisión del que realmente no sabía nada.

Todos ríen a carcajadas y dan otro trago a sus bebidas. El tiempo pasa sin darse cuenta y beben sin parar, pero no a todos les sienta bien.

La cara de Rebeca se entristece de repente y suspira.

—Yo nunca he perdido a un gran amigo.

La alegría general se corta de golpe y todos apuran sus copas en silencio en un acto de respeto hacia Edgar. Después de eso deciden dejarlo.

Gin y Conor se sienten muy cansados y se van a dormir.

Leo sube un momento a su habitación a por su antiguo MP3, se pone los cascos y vuelve al salón. Se sienta en el sofá para escuchar música al calor de la hoguera.

Rebeca, que aún no está cansada, dice que tiene ganas de probar el jacuzzi, que con todo lo que ha ocurrido desde que han llegado nadie se ha bañado todavía. A CJ le encanta la idea y se ofrece a acompañarla.

Ambos suben también a la habitación. CJ se pone un bañador corto y ajustado, mientras que Rebeca escoge un bikini rojo que combina genial con su pelo rubio. Ambos salen tapados con el albornoz que hay colgado en el baño, las pantuflas y una toalla.

Cuando abren la puerta para acceder a la zona del jacuzzi, llegan al pequeño patio acristalado. Hay un rústico banco al lado de la puerta, el jacuzzi y una sauna cubierta totalmente de madera para que no se vea el interior.

A CJ de repente se le ocurre una idea, pero al dar un golpe al cristal, mientras Rebeca lo mira sorprendida, confirma sus sospechas.

—Este también es un cristal a prueba de balas. En caso de ser necesario, tampoco podríamos romperlo.

Cuando encienden el jacuzzi y se meten dentro, ambos se relajan de golpe al sentir el agua caliente sobre sus cuerpos. Disfrutan de los chorros contra sus espaldas y durante unos minutos logran desconectar de esa tensión que sienten por todo lo que han vivido.

Quince minutos después, CJ sale y, mientras se seca con la toalla, le comenta a Rebeca que está reventado y que el jacuzzi le ha ayudado mucho a relajarse. Va a intentar aprovechar el tirón para tratar de dormir. Rebeca le dice que hace bien, que aproveche, pero que ella se quedará un rato más.

—Disfruta entonces, rubia —le dice CJ mientras sale del patio acristalado.

Poco después, Rebeca decide probar también la sauna.

16

Calor insoportable

Mía se despierta de golpe al oír la puerta del dormitorio de CJ cerrarse.

Se levanta sin saber muy bien qué le ocurre. De nuevo siente los colores tan nítidos que entrecierra los ojos.

Va al baño y ve cómo su cara está rodeada por miles de auras.

Sale de la habitación con toda la discreción que puede y llega hasta la escalera. Le parece ver a alguien que gira por el pasillo hacia la cocina, pero no logra llamar su atención.

Para bajar, se agarra fuertemente al pasamanos. Nota sus dedos débiles, como fideos cocidos.

Una vez abajo, escucha ruidos cerca del salón pequeño, pero no se encuentra con nadie. Entonces se dirige a la zona del jacuzzi mientras se apoya en las paredes para no caerse.

Con los sentidos más agudizados por la droga, le parece oír ruido dentro de la sauna. El bloque de madera que la cierra por fuera está apoyado de pie, delante de ella. Mía cree escuchar a dos personas dentro. Su cabeza pierde el control y de nuevo le embarga la ira. Abre de golpe la puerta de la sauna y ve a Rebeca; también busca a Leo, porque está segura de que está con ella.

Rebeca se tapa con una toalla y mira a Mía desconcertada al ver la brusquedad con la que acaba de entrar en la sauna.

—¿Dónde está? —le pregunta con agresividad y con las pupilas totalmente dilatadas.

—¿Dónde está quién? —pregunta Rebeca, confundida.

—Leo —contesta Mía, cada vez más furiosa.

Rebeca empieza a sentir verdadero miedo.

—Creo que está en el salón.

—No me mientas, Rebeca, sé que estás aquí con él.

—Pero ¿qué dices, Mía? Estoy sola. ¿Es que no lo ves? Mira a tu alrededor.

Pero Mía no le hace caso, tiene claro que Rebeca le está mintiendo. Se acerca mucho a ella y la agarra del brazo con tal fuerza que la tira al suelo. Rebeca está aturdida por el golpe e intenta levantarse. No entiende nada. Mía parece drogada todavía, pero la última vez que hablaron parecía que ya se le habían pasado los efectos.

—Mía…, ¿qué estás haciendo?… Por favor, para. Esta no eres tú…

—Cállate, Rebeca. Eres una zorra. Una puta mentirosa. Siempre lo has sido.

Rebeca no puede levantarse. Mía está fuera de control y le da una patada en el estómago para que se quede ahí tumbada.

—Solo te lo repetiré una vez. —No queda nada de la dulzura que tanto la caracteriza—. ¿Dónde-está-Leo?

—Ya te lo he dicho…, está en el salón —gime Rebeca protegiéndose la tripa porque siente de pronto un intenso dolor.

—Mentiras, mentiras y más mentiras. Nunca vas a cambiar, así que me encargaré de que no puedas volver a hacerlo.

Mía coge la toalla de Rebeca, rodea con ella el cubo repleto de carbón que da calor a la sauna y, con un brusco movimiento, se lo arroja entero por encima.

Rebeca grita desgarrada de dolor.

Siente cómo se le va quemando la piel y su pelo empieza a chamuscarse. No puede moverse, y tiene mucho calor, demasiado calor. Pero nadie la escucha. Sus gritos son cada vez más y más débiles, mientras su piel blanca se ennegrece y se cubre de ampollas.

Mía la mira por última vez mientras disfruta de su dolor. Luego sale de la sauna y echa a andar sin remordimiento alguno. Todo le da vueltas, le marea la variedad de intensos colores y no para de oír ruidos que le molestan soberanamente.

Entonces se da la vuelta, se acerca de nuevo a la sauna, coge la barra de madera y la coloca en los soportes para que no pueda abrirse. Y se ríe como si estuviese loca, pero no hay nadie que escuche su risa.

De repente le entran unas ganas terribles de orinar y corre hacia el baño como puede. Por el camino le parece que se interponen diferentes figuras que no reconoce e intenta sortearlas como puede.

Cuando se levanta del inodoro, nota que la cabeza no le funciona bien, no recuerda nada y se sienta en el borde de la bañera. «¿Dónde estoy? ¿Qué me ha pasado en la mano?», se pregunta mientras se toca el vendaje caliente y negro. Se lo quita y lo tira al cubo de basura pequeño que hay debajo del lavabo. Tiene cortes en la mano, pero no recuerda cómo se los ha hecho. Le parece ver que sus heridas ya están cerradas y sale del baño.

Mientras, al otro lado de la cabaña, Leo no escucha los pasos de Mía ni la puerta del baño. Tiene los cascos de su antiguo MP3 puestos y está enfrascado en sus propios pensamientos mientras escucha música.

Se pasa la mano por encima del bolsillo y palpa la cajita aterciopelada.

No se ha enterado de absolutamente nada.

Mía llega hasta el salón pequeño que tanto le gusta, se tumba allí y se queda profundamente dormida.

Una hora después se despierta y mira desconcertada a su alrededor. Las cosas ya no se mueven y todo vuelve a tener su color original. Se frota la mejilla, que le duele un poco. «¿Qué ha pasado? ¿Por qué no tengo ningún recuerdo desde este mediodía?». Se levanta, aturdida y algo mareada. «Debería ir a un lugar un poco más abierto».

Unos minutos más tarde, Mía está sentada en el banco del patio, incapaz de recordar que el cuerpo de Rebeca totalmente quemado se encuentra a solo unos metros de ella.

Leo asoma la cabeza por la puerta.

—¿Puedo? He oído a alguien, pero no sabía que eras tú…

—No creo que pueda impedirte que salgas al patio…

—Estás temblando.

Leo entra de nuevo en la cabaña y regresa con una manta para cubrirla.

Se sienta también en el banco, pero deja algo de distancia entre ambos para no agobiarla. Mía no se encuentra bien, no es capaz de recordar las últimas horas. Pero sí recuerda el beso que le ha dado su novio a Rebeca esa misma mañana.

—Mía…, lo de esta mañana… no ha significado nada, te lo juro —dice Leo.

A ella se le hace un nudo en la garganta, la cabeza le pesa y está confundida, pero su corazón se acelera cuando nota que él le coge la mano. Ella no retira la suya. «Supongo que es buena señal», piensa Leo. Pero entonces Mía desliza su mano por debajo de la de él.

—¿Con cuántas, Leo? —Mía se vuelve para mirarlo con lágrimas en los ojos—. ¿Con cuántas más me has engañado? Y no me mientas esta vez.

—Con cuatro… —dice él, avergonzado—. Una de ellas fue Sara, la chica por la que te enteraste de todo, pero fue ella quien se me tiró encima. Otra fue… tu prima. Yo estaba muy borracho y ella también. Solo fueron un par de besos, te lo prometo. Y las otras dos, bueno, no sé si cuentan, porque fue cuando nos habíamos dado un tiempo y, en realidad, creo que no deberían contar…

—Me dijiste que no habías estado con nadie en ese tiempo.

—Porque tuve miedo de que si te lo contaba quisieras que lo dejásemos definitivamente, y yo… yo no quiero perderte, Mía, te amo y quiero demostrártelo.

—No sé si puedo perdonarte, Leo. Sobre todo después de lo de hoy.

Leo siente una fuerte tentación de contarle la verdad, que era una prueba, que él no quería, que había odiado besar a Rebeca, pero no puede saltarse las normas.

Cuanto más lo piensa y cuanto más tiempo pasa sin que llegue la policía, más fuerte se hace la idea en su cabeza de que no van a rescatarlos. Aunque no ha comentado nada a los demás para no asustarlos, tiene miedo, no quiere morir.

—Mía, te juro por mi vida que no significó nada, sabía que era la única manera de que dejase de golpear las cámaras.

Ella lo mira poco convencida, pero él la conoce y sabe que Mía acabará creyéndole.

—Leo, yo… yo te quiero, pero no soportaría otro engaño más. A veces… a veces dudo que de verdad me ames.

—Mía. —Le toca suavemente el rostro—. ¿Recuerdas lo que les dije a los demás el día de la graduación, cuando les contamos que estábamos juntos?

—Sí…

—¿Qué dije?

—«No me lo ha puesto fácil, pero tengo claro que es el amor de mi vida» —contesta ella en un tono bajo, cercano a un susurro.

Sus rostros están muy cerca.

Leo se levanta del banco en silencio e hinca la rodilla delante de ella. Mía lo mira perpleja, siente que el corazón se le acelera.

Él saca una cajita azul aterciopelada del bolsillo de su pantalón y la abre. Mía contempla el anillo con un pequeño diamante encima.

Se levanta de un salto, abrumada. Su mente repasa toda la información que acaba de proporcionarle, sus infidelidades con aquella chica llamada Sara, su prima, las dos extrañas, Rebeca… Pero todos esos pensamientos parecen ahogarse de repente. Lo ama, lo ama locamente.

—Mía…, aquel día no mentí. Te amo desde la primera vez que te vi hace catorce años. Cuando apareciste delante de mí supe que eras tú. Sé que he cometido muchos errores y no sabes cuánto me arrepiento, pero hay algo de lo que nunca he dudado, y es de que tú, Mía, y solo tú, eres el amor de mi vida.

Ella lo mira estupefacta, no puede articular palabra. Su cabeza vuelve a funcionar perfectamente. Todos los mareos, los miedos, los rencores…, todo ha desaparecido.

—Mía Ramos Méndez…, ¿quieres casarte conmigo?

Mía se tapa la cara y Leo se asusta, pero decide esperar.

Cuando por fin la deja al descubierto, sus ojos brillan más que nunca.

—Leo García —dice ella lentamente—, nada me haría más feliz que ser tu esposa.

Él cree que se le va a salir el corazón por la boca, se levanta de un salto y se unen en un beso apasionado con sabor a sal. Ambos lloran emocionados.

Cuando se separan, Leo saca el anillo de la cajita, toma la mano de su prometida y le desliza el aro por el dedo con delicadeza. Los dos lo miran.

—Te queda perfecto…

Leo, cariñoso, le seca las lágrimas con las mangas del jersey.

—Es… es precioso. —Mía no puede dejar de contemplarlo. Entonces ríe, feliz—. Menos mal que me hice la manicura antes de venir aquí.

El reloj suena, son las doce menos cuarto.

Mía lo mira con pena.

—Deberíamos ir subiendo a las habitaciones…

Leo la abraza con fuerza.

—Solo… solo cinco minutos más.

Ella sonríe.

Los dos llegan a sus habitaciones tres minutos antes de que vuelva a sonar el reloj marcando la medianoche.

17

La pistola

Leo

Leo se despierta al escuchar a Mía canturreando en la ducha. «Eso significa que está feliz», piensa sonriente, y le da rabia no poder compartir habitación con ella.

Pero no pasa nada, tienen toda la vida por delante para eso.

Esa mañana se da una ducha caliente, tranquilo. Parece que ya todo está bien encarrilado. Por su cabeza vuelve a pasar la imagen de Edgar y su sangre desparramada por el suelo de la entrada, pero logra que se imponga la de Mía con el anillo en su dedo. «Mi futura esposa...». No hay nada que pueda ya arruinar su día. Es imposible.

Se da cuenta de su error cuando abre la puerta y encuentra esta vez un paquete con su nombre. El sudor empieza a empapar esa camisa blanca e impoluta que se acaba de poner.

Al levantarlo, nota que dentro hay algo pesado.

Entra en la habitación, se sienta en la cama y se dispone a desenvolverlo rápidamente. Un mal presentimiento le recorre todo el cuerpo.

Cuando lo abre, ve que se trata de una pistola y una nota. Acaba de ducharse, pero ya está empapado. Todo resquicio de alegría ha desaparecido; está muy asustado por las instrucciones que está leyendo.

Leo:

Esta pistola tiene solo una bala. Deberás disparar a la persona que se siente enfrente de ti hoy en la cena. Solo tienes una oportunidad. Y recuerda: las reglas son las reglas.

—Tiene que ser una broma...

18

La prueba

Mía

Mía se despierta confundida, sigue sin recordar varias horas del día anterior.

Pero entonces se siente feliz, eufórica, cuando, nada más darse la vuelta en la cama, ve el anillo de compromiso.

Lo coge entre las manos, se lo pone y lo observa durante unos segundos, para luego dejarlo otra vez en la mesilla. Se lo pondrá de nuevo después de ducharse.

Entra en la ducha canturreando y decide regalarse unos minutos más de relax.

Cuando sale, contempla su reflejo en el espejo mientras se seca con la toalla. Le parece que tiene mucha mejor cara que el día anterior, más rosada y brillante, aunque le duele la mano. No recuerda haberse quitado el vendaje, y se asombra de los cortes profundos que se hizo al romper la copa la primera noche que llegaron a la cabaña.

Rebusca entre los cajones de debajo del lavabo y finalmente encuentra un botiquín. «Lo tienen todo pensado». Lo abre y comprueba que dentro hay tiritas, hilo para coser heridas, alcohol, agua oxigenada y, por suerte, también varios rollos diferentes de vendaje.

Una vez se ha vendado con la mano izquierda, no sin cierta dificultad, se apura a vestirse y, sobre todo, a ponerse de nuevo el anillo. No puede dejar de mirarlo, se muere de ganas de contárselo a los demás. Ya ni siquiera le importa herir los sentimientos de Rebeca, después de lo mal que quedaron las cosas entre ellas en el salón el día anterior por la mañana.

De lo demás no se acuerda de nada… hasta que Leo entró en el patio y le entregó el anillo.

Se pone un vestido blanco de punto grueso y se mira en el espejo. «Hoy es un día de celebración, creo que este es el vestido perfecto».

Sale de la habitación y tropieza con un pequeño paquete alargado con su nombre.

—Mierda, ya casi me había olvidado de esto…

Cierra la puerta y abre la cajita. Al ver lo que hay dentro piensa que va a desmayarse y se apoya en el primer mueble que encuentra a mano. «No puede ser».

Mía:

¡Felicidades! Pero hoy solo puedes contárselo a Leo. No queremos que los demás sepan todo de golpe, ¡hay que mantener un poco la intriga!

Muchas emociones diferentes la recorren de repente: asombro, miedo, inseguridad… ¿Emoción? ¿Alegría?

Coge la prueba de embarazo que hay debajo de la nota y va corriendo al baño. Hasta ese momento no se había dado cuenta de las ganas que tenía de hacer pis.

Tras hacerse el test, lo deja apoyado encima del lavabo.

Está nerviosa. Muy nerviosa. Y entonces recuerda los vómitos de los últimos días, las náuseas, los mareos… «Pero también he pasado muchos nervios, puede ser simplemente eso. ¿Y si da positivo?». Da vueltas por el baño sin parar. «No sé si quiero tener hijos todavía. Acabamos de prometernos y entre los dos realmente apenas tenemos ahorros».

Muchas dudas pasan por su cabeza.

Mira el reloj; ya han pasado cinco minutos y, temerosa, se acerca al predictor. «No quiero mirar. No quiero mirar. No quiero mirar». Dos rayitas rosas.

De golpe, todas las dudas se disipan.

—No sé cómo he podido dudar si quería tenerte o no —dice en alto mientras se toca el vientre, asombrada y con una sonrisa dibujada en los labios.

19

La culpa

Conor

Conor camina por el bosque; es de noche y no sabe bien qué busca, pero tiene la certeza de que busca algo.

Está muy oscuro y la linterna comienza a parpadear. Le da unos golpecitos en la culata para que vuelva a funcionar y, cuando alumbra de nuevo el camino, ve cómo desde detrás de un árbol empieza a asomar el cuerpo pútrido de su hermano, con el estómago hinchado y sucio de algas y barro.

Marco se arrastra hacia él.

—Conor..., ¿por qué no me ayudaste?

No puede escapar, está paralizado.

—Conor..., ¿por qué me mataste?

Justo cuando su hermano llega hasta él, despierta agitado y con el corazón totalmente desbocado.

Corre al baño, llena el vaso de agua y se toma dos ansiolíticos de golpe. Nervioso, se apoya en el lavabo y, cuando levanta la mirada, le parece que su hermano le está observando desde dentro de la habitación. Se vuelve rápidamente, pero allí no hay nadie.

Luego coge su inhalador y lo usa un par de veces, parece que le cuesta respirar. Se sienta en la cama y toma aire un par de veces para soltarlo lentamente, tal y como le explicó que hiciera la psicóloga de la policía aquella fatídica noche.

Por fin nota que su corazón vuelve a funcionar a un ritmo normal.

Se viste lentamente, pero con un mal presentimiento en el cuerpo, y al salir por la puerta se topa con un pequeño sobre.

Conor:

Hoy, en mitad de la cena, deberás cambiar tu asiento con la persona que se sienta a tu derecha.

—En fin, al menos no parece muy difícil...

20

La sonrisa

Gin

Gin se despierta con un ligero dolor de cabeza por haber bebido demasiado la noche anterior. Ha dormido del tirón y, cuando mira la hora, ve que son ya las doce del mediodía. Pero no le importa, se levanta y se da una ducha; no le apetece pensar en nada.

Sin embargo, no puede evitar acordarse de Rober y se le escapa una lágrima.

Regresa a aquella primera vez que le vio, la facilidad con la que se acercó a ella en ese bar, sin ser consciente todavía de que ese simple gesto cambiaría el resto de su vida.

Se enfrasca entonces en el recuerdo de los hipnotizantes ojos azules, la boca…

Mientras en su mente Rober comienza a sonreír, dos hoyuelos aparecen en sus mejillas.

Pero Rober no los tiene. Gin sabe de sobra que solo hay una persona cercana a ella con ese rasgo. CJ.

Sorprendida, borra de golpe la sonrisa de su propia cara. Nerviosa, empieza a apretar sin cesar el bote de jabón colocado en un estante de la ducha y se frota el cuerpo con fuerza, intentando arrancarse ese pensamiento de la cabeza.

Cuando sale de la habitación, casi media hora más tarde, encuentra un pequeño sobre en la puerta.

Ginebra:

Ayer encontraste al asesino; por ello, hoy es tu día de descanso y no tendrás ninguna prueba. ¡Felicidades de nuevo!

Gin suspira aliviada y sale al pasillo.

21

Nieve

CJ

CJ se levanta de un salto de la cama y, como siempre, se acerca a la ventana para mirar el cielo. Está muy nublado.

«Ya estoy más cerca, Isa, más cerca de ganar. Estoy seguro de que lo conseguiré. Ojalá pudieras verme ahora, sé que estarías orgullosa de mí».

En ese mismo instante empieza a nevar.

Y entonces recuerda aquella noche. Una conversación que no olvida.

—¿Qué es lo que más te gusta? —le preguntó Isa, besándolo a la luz de las estrellas.

—No sé… Ah, sí, lo sé. ¡Tú! —le respondió CJ mientras restregaba de manera cariñosa su nariz contra la de ella, que reía alegremente.

—¿Y a ti?

Isa miró hacia el cielo.

—A mí… —Se quedó pensativa un momento antes de contestar—. Sé que te parecerá una tontería, pero a mí lo que más me gusta es la nieve.

CJ vuelve a la realidad, a ese cuarto, a esa cabaña. Se le escapan las lágrimas mientras sonríe y se queda un rato más pensando en ella, mientras fuera no para de nevar.

Cuando se quiere dar cuenta ya es muy tarde, así que se viste con rapidez, y cada tanto se gira hacia la ventana para cerciorarse de que sigue nevando, para cerciorarse de que ella sigue cuidando de él.

Por debajo de la puerta de su habitación asoma un pequeño sobre con una nota dentro. Lo coge y lo lee.

CJ:

Hemos visto que ayer se te dio muy bien la prueba. Hiciste dudar a Ginebra hasta el último momento. Así que hoy tenemos una nueva misión para ti. Debes cerciorarte de que Leo cumpla con la suya. No olvides lo que hay en juego.

«Joder, ¿cómo voy a saber cuál es su prueba? ¿Y por qué me tocan siempre retos tan raros?».

22

Acusaciones

Es tan tarde que CJ, Gin y Conor se quedan en el salón jugando a las cartas mientras esperan la hora de comer.

Mía y Leo están solos en el salón pequeño, abrazados en el sofá al lado de la ventana, viendo nevar.

Ella lo nota tenso.

—¿Pasa algo? —le pregunta.

—No, nada —responde él para tranquilizarla—. Es solo que estoy feliz de que por fin vayas a ser mi esposa. —Sonríe y luego mira hacia la ventana.

—Es un día precioso.

Mía contempla su anillo, orgullosa, y después se queda observando la nieve.

—Tú sí que eres preciosa —dice Leo con un brillo en los ojos—. Ese vestido blanco te queda genial. Incluso podrías usarlo para la boda. —Ríe mientras le da un beso en la frente.

—Me muero por contárselo a los demás.

—Bueno, y entonces ¿a qué estamos esperando?

Leo la coge de la mano y van juntos hacia el salón.

Mía, sintiéndose traviesa, decide entonces que le dará la sorpresa del embarazo por la tarde.

Cuando entran en el salón, todos se quedan mirándolos sorprendidos al verlos de la mano, riéndose como dos tortolitos.

—¿Me he perdido algo? —pregunta CJ, confundido.

—¡Mía! —grita Gin sonriendo—. ¡Estás preciosa!

—Gracias.

Mía se sonroja.

Conor la observa en silencio. «Gin tiene razón, está preciosa…», piensa.

—Tenemos que daros una noticia —les anuncia Leo, y luego sonríe a Mía, a la que sigue teniendo cogida de la mano.

—Un momento —dice Gin—. ¿No esperamos a Rebeca?

Leo y Mía se miran entre ellos y saben que piensan lo mismo.

—No hace falta —contesta él—. Creo que no le va a hacer mucha ilusión.

Los demás contienen el aliento, aguardando la noticia.

Gin se levanta de la mesa emocionada, tirando la silla sin querer.

—¡No puede ser! ¿Vais a…?

Mía le sonríe y levanta la mano izquierda mostrando el anillo.

Los tres se quedan atónitos.

—¡Sí! —contesta ella, entre avergonzada y emocionada—. ¡Vamos a casarnos!

—Joder, ¡sí que cambian rápido las cosas en esta cabaña de un día para otro! —suelta CJ, levantándose para darles un fuerte abrazo.

Gin le imita.

Mía mira a Conor y es consciente de que él no comparte la felicidad de sus amigos.

Cuando él ve que ella lo mira, fuerza una sonrisa y suelta un débil «felicidades».

—Voy… voy a… voy a por champán para brindar —balbucea, y hace lo posible por escabullirse rápidamente hacia la cocina.

Mía se queda extrañada al ver su comportamiento, pero no deja que le quite la ilusión y la emoción del momento.

Los cuatro están de pie y Gin y CJ les hacen preguntas sin parar.

—¿Cómo ha sido? —quiere saber Gin.

—¿Te ha chantajeado? —le pregunta en broma CJ a Mía.

—Leo, ¿lo tenías todo planeado desde el principio? —inquiere Gin.

—Habrá barra libre en la boda, ¿verdad? —sugiere CJ.

Leo y Mía se ríen cogidos de la cintura, porque les están preguntando tantas cosas a la vez que no tienen tiempo de contestar a ninguna de ellas.

Conor vuelve después de un rato con una botella de champán y cinco copas de cristal que apoya en la mesa.

—Bueno, qué, ¿brindamos? —propone CJ, entusiasmado.

Conor le detiene.

—Chicos, estoy muy contento por vosotros —les dice intentando parecer sincero—, pero al final somos un grupo, ¿no? Y aunque ayer Rebeca y Mía tuvieron… un roce fuerte, no creo que debamos dejarla de lado en algo tan importante como esto.

Mía lo mira sorprendida, ¿cómo se ha enterado Conor de que había discutido con Rebeca la mañana anterior en el salón si solo estaban ellas dos? ¿O es que había pasado algo más? Está claro que tiene demasiadas lagunas de lo ocurrido.

—Estoy de acuerdo. —Leo busca la aprobación en los ojos de su prometida—. ¿Mía?

Ella asiente con la cabeza. Rebeca no es santo de su devoción, pero tampoco quiere ser ella la mala que la deje de lado.

—Voy a despertarla —se ofrece Conor.

Mientras esperan, CJ aprovecha para abrir la botella de champán. Juega con ella y apunta a los demás como si fuese a disparar el corcho hacia alguno de ellos. Todos echan a correr divertidos por el salón, intentando cubrirse con el mobiliario.

De repente, el corcho sale disparado hacia la puerta y cae al lado de Conor, que acaba de aparecer con cara de preocupación.

Gin sale de detrás de uno de los sofás.

—Conor, ¿qué pasa?

Está temblando, nervioso.

—Rebeca no está en la habitación y tampoco tiene una prueba en la puerta.

Todos van saliendo de los escondites y se miran desconcertados.

—¿Has mirado dentro del baño? —le pregunta Leo.

—Sí, allí tampoco está.

—Bueno, pues vamos a buscarla —dice CJ—, la cabaña no es tan grande, pero después de lo de ayer, quizá hoy ha preferido estar sola.

«¿Lo de ayer?, ¿qué de ayer?», se pregunta Mía.

Gin y Conor la buscan por la planta baja y CJ, Leo y Mía deciden revisar las habitaciones.

—¡Rebeca! ¡Rebeca, tía, ¿dónde estás?! ¡Rebeca!

Los gritos resuenan por toda la cabaña, pero no reciben respuesta.

Leo mira a Mía y ve que está de pie, dudosa, delante de la habitación de Edgar.

Él se acerca y le toca el hombro con dulzura.

—Tranquila, cielo, ya lo hago yo. Tú sigue buscando por las demás habitaciones.

Leo agarra el picaporte y se queda mirándolo un rato. No quiere entrar, no tiene ganas de volver a ver el cuerpo cubierto de su amigo. Y tampoco querría encontrarse dentro a Rebeca llorando junto al cadáver.

Cuando por fin se arma de valor, abre la puerta y le golpea un olor nauseabundo. Aguanta una arcada y se tapa la nariz.

Echa un vistazo rápido a la habitación y, aunque no quiere, termina fijándose en las manchas de sangre de la sábana que cubre el rostro de Edgar, que ya son marrones por haberse secado.

Rebeca no está ahí, así que se apresura a cerrar la puerta y da una gran bocanada de aire limpio en mitad del pasillo.

CJ sale en ese momento de otra habitación y se cruza con Leo, que está encorvado, con las manos en las rodillas, intentando respirar. Cae en la cuenta de que acaba de salir de la habitación de Edgar. Se acerca a él y le apoya una mano en la espalda.

—Ey, hermano, ¿estás bien?

—Sí, sí —contesta Leo, poniéndose recto de nuevo—. Rebeca no está aquí y la habitación olía...

—No hace falta que me lo cuentes, ya me lo puedo imaginar. Venga, vamos.

Mía sale de su propia habitación y ambos arquean una ceja a la vez.

—¿Qué pasa? —pregunta ella defendiéndose—. Quizá me estaba preparando alguna jugarreta.

De repente un grito llega hasta el piso de arriba y, asustados, los tres se lanzan por las escaleras en tropel.

Siguen el sonido de los gritos y los ruidos hasta el patio y se quedan paralizados en la puerta mirando la escena.

Gin está llorando como una loca dentro de la sauna y, fuera, Conor está doblado por la cintura, vomitando sobre el suelo.

Cuando se acercan un poco más, vislumbran unos restos chamuscados de pelo que alguna vez fueron rubios, pero que ahora parecen unas enredaderas intentando escapar por la puerta.

—¡¿Es ella?! —grita CJ, corriendo hacia la sauna.

Al ver el cuerpo lleno de grandes ampollas de su amiga, gran parte de la piel ennegrecida y la cabeza quemada con algunas zonas ya sin pelo, él también sale y empieza a vomitar sin control.

Leo está totalmente perplejo, asustado, y el corazón le va a mil.

Mía también se acerca a la sauna, pero CJ levanta el brazo delante de ella formando una barrera.

—No lo hagas.

Entonces Mía consigue ver un poco el cuerpo de Rebeca desde fuera y camina lentamente de espaldas, con la mirada fija en la puerta de madera abierta. «No, no, no, Rebeca…». Nunca la había considerado una amiga, pero al verla tendida en el suelo, recuerda la última conversación que mantuvieron, esa en la que habían discutido en el pequeño salón.

Al salir, Rebeca no la había tratado bien, pero, antes de eso, ella le había gritado a la cara que Leo solo la amaba a ella. Sabía que ese comentario le partiría el corazón, llevaba más tiempo que ella enamorada de él, y no tenía que haber sido nada fácil verlos juntos durante tantos años. Y ahora ya era tarde, ya nunca podría pedirle perdón.

Leo finalmente reúne fuerzas para acercarse a la sauna. Por las reacciones de los demás, sabe perfectamente que Rebeca está dentro y que la visión del cuerpo no debe de ser especialmente agradable. CJ vuelve a vomitar y Conor, que parece estar sufriendo un ataque de pánico, no para de usar el inhalador. Los mira y se mete en la sauna.

Se queda atónito al ver la escena, porque es mucho peor de lo que esperaba.

Rápidamente levanta a Gin, que está llorando arrodillada al lado del cuerpo de Rebeca, y se la lleva fuera.

Todos intentan recomponerse poco a poco y en silencio. Ya no solo están hechos polvo por la muerte de sus dos amigos, sino que están totalmente aterrorizados.

—¿Quién ha sido? —pregunta Conor, de repente, mirándolos uno por uno.

—No pensarás que uno de nosotros ha hecho semejante barbaridad —le contesta CJ.

—Sí, lo creo —le responde con tono cortante.

—Pero ¿es que se te ha ido la puta olla? —interviene Leo, que no se puede creer lo que oye.

Está abrazando a Mía, que no deja de llorar, y la suelta instintivamente, enfadado ante las sospechas de Conor.

Gin no los mira, está sentada en el suelo, fuera de la sauna, en estado de shock.

—Tienen que haber sido los del programa —continúa Leo—. Ninguno de nosotros haría esto.

—Los del programa no entran hasta pasadas las doce de la noche, cuando nos cierran las habitaciones —responde Conor.

—Pudo quedarse aquí hasta pasadas las doce de la noche. A lo mejor se quedó dormida y se saltó las normas, y por eso… —A CJ se le quiebra la voz.

—Oí a alguien ir hacia allí por la noche —asegura Conor mientras tiembla de rabia, tristeza y miedo.

—Fui yo —dice Leo—. Oí a alguien al apagar la música, vine hacia aquí y me encontré a Mía sentada, estuvimos hablando y fue cuando le pedí matrimonio. No había nadie más aquí.

—Quizá ya estaba muerta dentro de la sauna y ni siquiera os enterasteis.

—Coño, pero ¿de qué cojones vas, Conor? ¡Nos estás acusando a uno de nosotros de matarla! ¿Tú te estás oyendo? —Lágrimas de furia empiezan a correrle por la cara—. ¿Y cómo sabemos que no has sido tú? —le espeta directamente—. Hay algo que no me cuadra, ¿estabas realmente durmiendo en tu habitación?

—Fui a por un vaso de agua, tenía sed porque había bebido demasiado alcohol —contesta Conor—. Cuando me asomé un segundo al salón, te vi sentado escuchando música, pero antes de eso oí que alguien bajaba por las escaleras. —Mira a

Mía—. Pero no le di importancia y subí a la habitación poco después.

Todos se quedan en silencio y Conor sigue hablando:

—Alguien bajó y fue hacia el lado contrario de la cabaña, hacia el patio, lo sé porque no me crucé con esa persona.

—¿De verdad estás insinuando que Gin mató a Rebeca? —pregunta CJ mientras se acerca a Conor cada vez más furioso. Ha nombrado a Gin por descarte.

—No —responde Conor—. Gin tiene su habitación pegada a la mía. La oí ir al baño cuando volví a subir, así que no pudo ser ella.

Leo se queda sin respiración, lleno de ira.

—¿Es que acaso te estás atreviendo a acusar a Mía?

Conor observa a Mía, y esta le devuelve la mirada, incrédula por lo que está oyendo.

—Ella tuvo movida ayer con Rebeca, o sea que podría...

Leo no le deja terminar la frase y se lanza hacia Conor rápidamente.

—¡Serás hijo de puta! —Lo agarra del jersey y tira de él tan bruscamente que lo levanta del suelo—. No te atrevas ni a nombrarla, y menos a acusarla. ¡¿Me escuchas?! ¡Ni te atrevas!

Mía se acerca furiosa y hace que Leo suelte a Conor. Entonces se dirige a él sin dar crédito a la acusación:

—¿De verdad tienes los cojones de llamarme asesina tú a mí, Conor? ¿De verdad?

Él la mira asustado, pero ella sigue hablando.

—Ya que te atreves a acusarme de matar a alguien del grupo —grita Mía alzando la voz para que todos puedan oírla bien—, ¿por qué no les confiesas a los demás que tú sí eres un asesino? —Poco a poco se le acerca, mirándole fijamente a los ojos—. ¿Por qué no les cuentas que dejaste morir a tu hermano?

Todos se quedan inmóviles observando la escena sin entender nada.

Conor se queda de piedra, las manos le sudan más que nunca, nota una presión en el pecho, taquicardia, temblores...

—¿Cómo lo...?

—¿Que cómo lo sé? ¿Que cómo lo sé, Conor? Porque fui yo quien cogió el sobre con tu secreto la primera noche después de que Edgar muriera. ¿Y sabes lo peor? Que lo hice para protegerte, para que nadie viese tu secreto y para que no tuvieses que enfrentarte a él. Y resulta que ahora tú tienes los cojones de culparme de quemar viva a Rebeca. ¡Eres un puto hipócrita de mierda!

Todos están en silencio, no pueden creer lo que están escuchando.

—¡Parad ya! —grita Gin, y todos se giran hacia ella—. He sido yo, yo la he matado.

—Pero, Gin, ¿qué dices? —le pregunta Mía, temblando y acercándose a ella—. Tú serías incapaz de hacer eso.

—Yo... yo no la quemé... —Se rodea fuerte las rodillas con los brazos—. Pero ella... ella me ayudó ayer en la prueba...

—¿A qué te refieres? —le pregunta CJ, agachándose a su lado.

—Cuando... cuando tuve que decir quién era el asesino, ella... —Intenta hacerse entender, pero los sollozos no se lo ponen fácil—. Ella me hizo una señal, una que usábamos en la facultad para decirnos «sí» o «no» y chivarnos las preguntas en los exámenes. Seguro... seguro que los del programa se han dado cuenta y la han matado por saltarse las normas por mi culpa, por salvarme a mí. —Llora cada vez más desconsolada—. Tendría que haber sido yo, tendría que haber sido yo quien estuviese muerta y no ella.

Hace movimientos de vaivén hacia delante y atrás, abrazada a sus piernas.

—Rebeca. —Se dirige al cadáver como si su amiga pudiese escucharla—. Rebeca, perdóname, por favor, perdóname. Ojalá hubiera sido yo...

Todos corren a abrazarla. Se quedan ahí un rato apiñados, de rodillas junto a Gin, y también lloran al verla sufrir.

—Gin, no es culpa tuya, ella lo hizo porque quiso, tú no la obligaste. ¿Cómo iban a saber eso los del programa? Ni siquiera nosotros nos dimos cuenta —la consuela Leo con tacto.

—Gin, cariño, Leo tiene razón, no es tu culpa, y, al igual que Rebeca, tú tampoco mereces que te pase nada. No te vengas abajo, te necesitamos. Somos un equipo y seguro que podremos con esto. —CJ la abraza un poco más.

Conor se acerca a Mía, que se levanta al verlo.

—¿Podemos hablar...? —le dice él con mucho dolor en la mirada.

—Sí..., claro —le contesta ella, aún algo molesta.

Cuando se han alejado unos pasos, Conor se deshace en lágrimas.

—Mía, yo no sé... no sé cómo he podido dudar de ti —le dice sin poder mirarla a la cara—. Eres la persona más dulce que conozco y espero que algún día puedas perdonarme.

Ante su sorpresa, Mía le coge la mano. Los dos las tienen congeladas.

—Conor..., no tienes que disculparte. Estabas asustado, tenías miedo y es normal. Todos estamos nerviosos. Y yo sí que debo disculparme contigo, no tenía que haberles contado a todos tu secreto, porque, además, ni siquiera sé la historia completa, solo lo que ponía en ese maldito sobre que ni siquiera debería haber leído. Me arrepiento mucho de haberlo hecho.

—Mía, tú sí que no tienes que disculparte. Todos teníamos que contar nuestro secreto aquella noche. Tú fuiste la más valiente siendo la primera en confesarme aquello y sabías que sería complicado para ambos, pero lo hiciste. Cuando fueron saliendo los demás secretos a la luz, te diste cuenta de que la prueba estaba siendo muy dura y que seguramente para mí iba a serlo mucho más. Y de que tenía miedo. Cogiste el sobre para protegerme —le dice Conor con lágrimas en los ojos—, y yo encima tengo la cara de culparte a ti de algo tan grave. Pero yo… te quiero mucho, Mía. Eres una gran persona.

Ambos se funden en un gran abrazo.

23

La comida favorita

Entre CJ y Leo cogen a Gin y la llevan al salón para tranquilizarla. Conor sube a por unos ansiolíticos y Mía aprovecha para llevarle un vaso de agua y que se los tome.

CJ agarra la mano de Gin, que no deja de llorar.

Mía aparece con el vaso de agua y, cuando Conor entra en la habitación, este le ofrece una de las pastillas y le explica que la ayudará a relajarse, que es el más fuerte que tiene.

Gin se lo toma y les da las gracias a todos. No puede dejar de temblar.

—Deberíamos encender la chimenea —propone Leo—. Cada vez está nevando más y ya se nota el frío dentro de la cabaña. Encendámosla y acerquemos el sofá de Gin para que esté más cómoda.

Después de hacerlo, se quedan un rato en el salón con ella, tratando de evitar una nueva recaída de su amiga.

Todos intentan disimular sus ganas de llorar.

Leo abraza a Mía en un sofá y, poco después, Conor y CJ se ofrecen para preparar la comida.

Los dos entran en silencio en la cocina. Conor recuerda a Rebeca sonriendo hace apenas unas horas mientras todos estaban cocinando en grupo. CJ está desgarrado de dolor por dentro. Después de perder a Isa, pensó que no le volvería a pasar algo semejante. Y ahora dos de sus mejores amigos, con los que había vivido grandes momentos, han sido cruelmente asesinados con solo un día de diferencia.

Se acercan a los cajones donde está la comida y se detienen a la vez. Se miran y en un impulso se funden en un gran abrazo.

Cuando se separan, CJ mira a Conor con tristeza.

—¿Qué preparamos? —le pregunta.

—¿Cuál es la comida favorita de Gin?

CJ tampoco lo recuerda en un primer momento, pero entonces una idea cruza por su cabeza como una ráfaga.

—¡Los macarrones con queso!

—¡Es cierto! —exclama Conor—. No sé cómo se me ha podido olvidar, los comía casi a diario en la facultad.

—¿Manos a la obra entonces, chef? —le pregunta CJ haciendo un esfuerzo por sonreír.

—¡A por ello!

Mientras tanto, Leo y Mía ven cómo Gin se va quedando dormida. Ya no le quedan más lágrimas y el ansiolítico está haciendo efecto.

—Siento que se nos haya estropeado el gran día —le dice Leo bajando la mirada hacia Mía, que está recostada en sus piernas.

—No pasa nada, nunca podríamos haber imaginado que pasaría esto. Al final era solo el anuncio del compromiso. Cuando esto acabe, cuando salgamos por fin de aquí y se nos haya pasado el dolor de… todo esto y, además, denunciemos al programa, ya lo celebraremos como es debido. Lo importante, al fin y al cabo, ni siquiera es la boda, sino que tenemos toda la vida por delante para pasarla juntos.

Leo sonríe mientras afirma con la cabeza y se agacha un poco para besarla dulcemente en la frente.

Media hora más tarde, CJ asoma la cabeza por el salón. Ve que Gin está dormida y les avisa de que la comida ya está lista; luego les pregunta en bajito dónde prefieren comer. Mía mira hacia la mesa del salón donde antes no cabían todos…, pero ahora sí.

—Aquí está bien —responde—. Así Gin no tendrá que moverse mucho.

CJ asiente y sale del salón, y Mía va detrás de él para ayudarle a poner la mesa.

Unos minutos después todo está listo y CJ se acerca a Gin con delicadeza para despertarla. No puede evitar fijarse en ella: está hecha un ovillo en el sillón y su rostro está relajado. La melena negra enmarca su rostro, donde resalta una nariz perfecta y con un tono rojizo por el calor de la chimenea.

—Gin… —Le toca suavemente el brazo y, para su sorpresa, siente que se le eriza toda la piel al hacerlo—. Gin, corazón…, despierta.

Ella abre lentamente sus grandes ojos azules y CJ se queda embobado un momento mirándolos.

—No tengo hambre… Estoy cansada —responde con un susurro apenas audible.

—Gin, llevas desde ayer por la noche sin probar bocado. Necesitas comer. —CJ insinúa una sonrisa—. Además, hemos preparado tu plato favorito.

—¿Hamburguesa…? —Se frota los ojos mientras bosteza.

—¿Hamburguesa? —repite él, totalmente confundido. «Mierda», piensa.

Al ver su cara, Gin se ríe débilmente, cansada.

—Es broma —le dice con cariño—, pero solo comeré si hay macarrones con queso.

CJ sonríe aliviado y celebra que su amiga haya conseguido hacer incluso una pequeña broma.

—Pues venga, a comer.

Todos se sientan alrededor de la mesa dispuestos a almorzar con calma, asumiendo la nueva tragedia.

—Te voy a dar la parte con más queso a ti, así que no te quejes. Seguro que este plato no es tan rico como el que haces tú, pero esperemos que esté bueno —la vuelve a mimar CJ.

Todos se sorprenden cuando ella empieza a devorar el plato de pasta con ansia. Gin nota que la están mirando y se apresura a limpiarse unos restos de queso de los labios.

—Joder, están buenísimos —dice con la boca aún llena.

CJ sonríe.

—Pues dale las gracias al chef. —Y señala a Conor, que sonríe sonrojado—. Si los llego a preparar yo, quizá no hubieses vuelto a probar los macarrones en tu vida.

Todos siguen comiendo en silencio, aliviados de que al menos Gin esté disfrutando de su plato.

Cuando terminan y están empezando a recoger, una voz que ya detestan profundamente los detiene:

Buenas tardes a todos. Sabemos que, a pesar de que este día ha empezado con mucha alegría, por desgracia ha pasado algo inesperado. Por cierto, felicidades, Leo y Mía, por vuestro compromiso.

Por eso, esta vez os ayudaremos. Visto el estado del cuerpo de Rebeca, nosotros mismos nos encargaremos esta noche de llevárnoslo para que no tengáis que moverlo vosotros.

Y, por cierto, Ginebra, nos hemos enterado de que en la solución del juego de ayer hiciste trampas, pero podríamos decir que en esta ocasión ya nos hemos cobrado una vida, aunque no sea la tuya.

Que paséis un buen día.

Mientras Gin nota que el cuerpo se le tensa, todos parecen aliviados por no tener que volver a ver el cuerpo calcinado de Rebeca.

Leo se siente cada vez más incómodo al recordar la prueba que le han dejado esa mañana; con todo lo acontecido casi lo había borrado de su mente.

Con el estómago lleno, llevan los platos al fregadero y, aunque han dormido bastante, todos están destrozados por la muerte de Rebeca, así que deciden retirarse a los dormitorios.

24

Antes de la cena

Son ya las siete de la tarde cuando todos empiezan a salir de sus habitaciones.

Durante esas horas, Gin se ha dormido otra vez por el efecto del ansiolítico tan fuerte y la botella de alcohol que se ha subido a la habitación a escondidas, y Mía se ha quedado adormilada por todas las emociones que ha vivido ese día.

Leo ha pasado horas y horas dando vueltas en la cama, preocupado por su prueba de esa noche; CJ ha llorado todo el tiempo recordando a su gran amor y a sus amigos, incapaz de saber si soportará una muerte más, y Conor ha subido del salón un libro, del que ha tenido que leer cada página tres veces porque sus pensamientos se iban hacia el cuerpo de Rebeca.

Gin es la última en llegar al salón y se sienta sola en un sillón. Los demás están allí hablando bajito y, al verla, notan que tiene los ojos hinchados de tanto llorar, las facciones hundidas y que se mueve con lentitud.

—Gin…, ¿cómo estás? —le pregunta Conor.

—Estoy —responde apática mientras mira fijamente hacia la chimenea.

El resto comprende que no deben forzarla más y siguen con su conversación sin alzar la voz. La muerte de Rebeca ha sido el detonante para que por fin decidan actuar. Leo tiene además otro motivo extra: sabe que las muertes van a continuar, a juzgar por la prueba que tiene que llevar a cabo en breve, y cada vez está más angustiado.

Todos se han dado cuenta de que tienen que hacer algo cuanto antes.

—¿Y si rompemos todas las cámaras? —pregunta CJ.

—No sé si es buena idea... —contesta Conor, pensativo—. Quizá, si lo hacemos, entren directamente a matarnos a todos por cargarnos el programa.

—Pienso que Conor tiene razón —dice Mía—. Si ya han sido capaces de hacer todo eso, no quiero pensar lo que podrían hacer si les fastidiamos...

Leo los escucha pensativo.

—Creo que tengo una idea. —Mira de reojo hacia las cámaras—. Acercaos.

Forman una especie de círculo que no permite que los micrófonos de las cámaras los escuchen ni les lean los labios. Una vez se han asegurado de su momento de intimidad, Leo sigue:

—¿Recordáis lo que nos han dicho después de comer? —Todos asienten—. Bueno, sabemos que los del programa vienen por la noche, entre las doce y las siete de la mañana, cuando no podemos salir de nuestras habitaciones. —Los demás vuelven a asentir, expectantes por saber lo que tiene en mente—. Por lo general, simplemente llegan y nos dejan las pruebas en la puerta. Pero si hoy tienen que mover el cuerpo de Rebeca, nuestra oportunidad sería esta misma noche, ya que tardarán más y podremos pillarlos por sorpresa.

—Veo un problema en lo que dices... —interviene CJ—. Ellos ven por las cámaras cuándo entramos en la habitación para cerrar las puertas; por lo tanto, no podremos salir una vez den las doce.

—Podemos hacerlo —susurra Conor, y todos lo miran—, pero… no va a ser fácil.

—¿A qué te refieres? —le pregunta Mía.

—Alguien tiene que quedarse fuera de la habitación sin que ellos lo sepan. Pero solo uno de nosotros podrá hacerlo.

—¿Y por qué solo uno de nosotros? —quiere saber CJ—. Deberíamos estar todos, podría ser peligroso.

—Porque ya hemos visto que las cámaras de las habitaciones enfocan las camas para vigilarnos —contesta Conor.

—Yo lo haré —se ofrece Leo, muy seguro.

—Leo, no… Tiene que haber otra alternativa —dice Mía, asustada—. Serías tú solo contra no sabemos cuánta gente.

—Además…, si hiciéramos eso, se darían cuenta de que Leo no está ahí —objeta CJ, confundido.

La cara de Conor se ensombrece de repente porque va a decir algo que no les va a gustar a ninguno:

—Es que él no estaría en su habitación…, pero Edgar sí. Durante unos instantes deberíamos distraer a las cámaras, que enfoquen a algo en concreto para que no nos vean mover el cuerpo. Por otro lado, con unas almohadas, podríamos simular que Edgar sigue en la cama.

Todos lo miran boquiabiertos y aguantan la respiración.

De repente oyen un ruido. Ven cómo Gin se levanta torpemente del sillón y acto seguido se desmaya.

—Mierda, ¡Gin! —grita CJ, y corre hacia ella.

Los demás también se acercan rápido.

—¿Qué le pasa? —le pregunta a Conor, que ya se ha agachado a su lado.

Conor le huele el aliento.

—Ha estado bebiendo —les explica a los demás—. No debería haber mezclado alcohol con el ansiolítico que le he dado, es muy fuerte.

—¿Se pondrá bien? —le pregunta CJ, nervioso.

—No lo sé —contesta Conor mientras apoya dos dedos en el cuello de Gin—. Tiene pulso. CJ, Leo, ayudadme a llevarla al baño, rápido.

Mía va tras ellos, muy asustada, y entra también. Le echan rápidamente agua en la cara y la nuca. Gin recobra el conocimiento, pero hace unos ruidos muy extraños.

—Tiene que vomitar ya mismo —dice Conor con decisión, sabe bien de lo que habla; además, alguien tiene que tomar la iniciativa.

CJ y Leo se miran entre ellos.

—Yo la ayudo —dice Mía.

Recuerda las noches de borrachera con sus amigas y lo que hacían en esos casos.

Primero, acerca a Gin a la taza del váter; a continuación, se saca rápidamente una goma del pelo de la muñeca y le hace una coleta, y después le mete los dedos en la garganta para forzarla a vomitar.

Aunque el cuerpo de Gin parece que se niega, acaba cediendo.

Al terminar, se sienta en el suelo apoyada en la bañera mientras Mía se lava las manos. Los demás la miran un momento en silencio mientras Gin se recompone.

—¿Estás mejor? —le pregunta Leo.

—Sí, sí, gracias, chicos. No tendría que haber tomado alcohol. Siento haberos asustado.

—No te preocupes —dice CJ—, lo importante es que estés bien. ¿Puedes ponerte en pie?

Gin se levanta con cansancio y nota el estómago vacío.

—Creo que debería comer algo.

Cuando salen del baño, CJ y Conor la acompañan a la cocina y le dan un par de yogures, un plátano y un vaso de agua.

—Esto te hará bien —comenta Conor—. El yogur tiene flora bacteriana y te ayudará a asentar el estómago después de vomitar. El plátano es para que comas algo con sustancia.

Gin le sonríe.

—No entiendo por qué no estudiaste Medicina.

—No me llegaba la nota —responde él devolviéndole la sonrisa.

Cuando Mía ve que Leo va a ir también a la cocina, le coge del brazo para detenerlo.

—Leo…, ¿podemos hablar un momento?

—Claro. —La mira intrigado—. ¿Quieres que nos quedemos en el salón?

—No, mejor vamos al pequeño.

Cuando entran, Mía se sienta al lado de Leo. Está nerviosa porque no sabe cuál va a ser su reacción. Se queda un rato pensando en cómo decírselo mientras observa la nieve a través de la ventana.

—¿Mía? —le pregunta Leo con cara de preocupación—. ¿Pasa algo?

Ella vuelve a la realidad y le coge de las manos.

—Leo, tengo que contarte algo… y si te digo la verdad… no sé cómo vas a reaccionar.

Leo se queda quieto. «¿Se ha arrepentido? ¿Se ha dado cuenta de que no me quiere?». Incluso piensa una posibilidad que le asusta más de lo que debería: «¿Me habrá puesto ella también los cuernos? En ese caso, me lo merecería».

—Leo… —vuelve a hablar ella— , estoy embarazada.

Él se queda inmóvil. Mía espera su reacción, pero él parece estar petrificado.

—¿Leo…? —le pregunta con miedo.

Sabe que él no quiere tener hijos hasta conseguir un buen colchón económico.

Leo la mira atónito y le suelta la mano. Ella se asusta. «No quiere tenerlo», piensa.

Pero entonces él pone la mano sobre el vientre de Mía. Le brillan los ojos y apenas puede contener las lágrimas.

—¿Voy… voy a ser padre?

—Sí, cariño —dice Mía, aliviada, también con lágrimas en los ojos al ver su reacción.

—Vamos a tener un bebé… Vamos a formar una familia… —dice Leo sin dejar de tocarle el vientre, y cuando levanta la vista, se encuentra con los ojos de ella—. ¿Desde cuándo lo sabes?

—Desde hace un par de días —miente Mía.

—Preciosa, acabas de hacerme el hombre más feliz del mundo.

Los dos se abrazan emocionados. Cuando se separan, Mía le dice que aún no quiere contárselo a los demás. No le parece el momento y prefiere que se quede entre ellos.

Leo acepta, ahora solo le importa una cosa: su propia familia.

Una vez más, tranquilos después de tanta emoción, deciden disimular su felicidad y regresar al salón principal.

Cuando entran, los otros tres ya están allí.

Gin se encuentra mejor.

Entonces CJ propone contar anécdotas que tuvieran como protagonistas a Edgar y a Rebeca, como una manera, quizá, de revivirlos en sus mentes.

A todos les parece una idea preciosa.

—¿Os acordáis de cuando Edgar entró con las uñas pintadas en clase y el profesor le echó? —pregunta Leo.

—Y al día siguiente volvió y apareció con los labios pintados —continúa Mía.

Los cinco se ríen al recordarlo.

—¿Y cuando quedamos en aquel bar y Rebeca no llegaba y, de pronto, entró con el pelo completamente naranja? —Gin sonríe.

—Es cierto —interviene Conor, sonriente también—. Quería denunciar a la peluquería porque le habían hecho mal la decoloración y le habían estropeado el pelo.

—¡Y se pasó semanas yendo con una peluca a clase! —recuerda Mía, soltando una carcajada.

—¿Y cuando, jugando a la botella en segundo curso, a CJ le tocó besar a Edgar y este se había comido antes un diente de ajo a pelo?

La reunión prosigue en un ambiente de nostalgia, tristeza y alegría por recordar tantos momentos que pasaron juntos. Llega un momento en que incluso les duele la tripa de tanto reírse. Pero, de repente, todos se callan.

Mía propone cenar, pues le está entrando un poco de hambre, y los demás asienten.

Leo tiene mucho miedo. Ha intentado disimular y no pensar en la prueba, pero no sabe si va a poder controlarse. Ahora solo puede pensar en salvar a su familia: su prometida y su bebé.

—Una cosa —dice CJ antes de dirigirse a la cocina—, hoy ha sido un día muy jodido para todos. Pero, al fin y al cabo, no podemos olvidar que dos de nuestros mejores amigos —recuerda dirigiéndose a Mía y a Leo— nos han contado que van a casarse. Ya que no veo oportuno celebrarlo, ¿por qué no preparamos al menos algo más elaborado para cenar? Además, creo que entre los nachos, la cerveza, la pizza, los perritos y los macarrones con queso debo de haber engordado tres kilos por lo menos.

Todos ríen. Les parece bien la idea y la pareja agradece el detalle. Como tienen tiempo, deciden descongelar solomillos de cerdo, una de las *delicatessen* que les esperaban si decidían dejar de comer comida rápida y procesada, y prepararlo con salsa y pimientos.

Los chicos se encargan del plato principal mientras Gin le propone a Mía hacer el postre. Revisan los cajones para ver qué encuentran y deciden elaborar una tarta de galleta con chocolate y decorarla con fresas por encima. Todos se ponen manos a la obra.

Los chicos van picando a las chicas y ellas responden ingeniosamente a sus comentarios.

Gin se acerca de puntillas a CJ, que está cogiendo unos pimientos, y le tira un trozo de fresa por dentro del jersey. Este se toca la espalda y siente que algo se escurre por dentro de la ropa mientras se le va pegoteando.

CJ se gira y descubre a Gin intentando aguantar la risa, hasta que explota en una carcajada.

—Pero serás... —dice, divertido, mientras moja un dedo en una olla que contiene restos de chocolate derretido.

Ella, al ver sus intenciones, corre por la cocina rodeando la mesa. Los demás miran divertidos la escena entre ambos.

—¡Te pillé! —grita CJ, agarrando a Gin por la cintura y obligándola a darse la vuelta mientras la sostiene para que no escape.

Le pasa el dedo manchado de chocolate por la cara, formándole en la mejilla el dibujo de un corazón. Ella lo mira sorprendida y entonces él se acerca y le da un beso en el centro de ese corazón. Se mancha un poco los labios, pero se limpia pasando la lengua por ellos.

Mientras todos vuelven a sus tareas en la cocina, Gin no para de pensar en CJ dibujándole ese corazón en la mejilla y CJ no deja de pensar en su cara cerca de la de Gin.

25

Rojo sobre blanco

Todos ayudan a poner la mesa en el comedor, todos menos Leo, que sube un momento a su habitación. Saca la caja de debajo de la cama y coge la pistola que hay dentro. El corazón le va a mil por hora. Pero decide no pensar más y bajar.

Cuando se sienta a la mesa, CJ se coloca a su lado y Gin en la esquina, para estar más cerca de la cocina e ir más rápido a comprobar cómo va la tarta.

—¿Qué haces? —le pregunta asustado a CJ—. Deja que Mía se siente a mi lado.

—Venga ya, tío, de aquí a poco tiempo vais a convertiros en un matrimonio aburrido que solo quedará con otros matrimonios —bromea su amigo—. Así que déjame aprovecharte un poquito más.

Leo está cada vez más y más nervioso.

—Conor, siéntate enfrente de mí —le dice Leo—. CJ tiene razón, ya tendré toda mi vida para sentarme al lado o enfrente de mi esposa —añade mirando a Mía, que, con una sonrisa, se acomoda a la derecha de Conor.

Todos empiezan a comer, pero Leo no tiene apetito, aunque trata de disimular ante los demás. Cuando acaban y las chicas felicitan a sus amigos por lo buena que estaba la comida, Gin se levanta y va a por la tarta. Una vez entra en la cocina, se da cuenta de que algunos trozos de fresa se han desprendido del pastel que han hecho con tanto cariño. Cierra la puerta para que los chicos no la vean y se toma un poco más de tiempo para que todo quede perfectamente colocado.

En la mesa, Leo está cada vez más tenso. No puede más. «Tengo que hacerlo ya». Saca la pistola disimuladamente de la parte trasera de su camisa.

De pronto, Conor recuerda su prueba.

—Mía, ¿puedes cambiarme el sitio?

Ella lo mira sorprendida.

—Sí, claro, sin problema.

Y entonces se sienta frente a Leo, sonriéndole. Él, en cambio, no le devuelve la sonrisa. Lentamente deja ver la pistola y, con las manos temblorosas, apunta a Mía mientras una lágrima se desliza por su mejilla.

CJ, Mía y Conor miran a Leo aterrorizados. Todos son conscientes de que esa es su prueba. Mía fija los ojos en la pistola con la que le apunta su prometido.

—Mía… —dice Leo con la voz entrecortada—. Mía…, perdóname.

Entonces Leo cambia la trayectoria de la pistola y apunta hacia sí mismo. Si dispara, la bala le matará en el acto.

CJ entiende en ese instante el sentido de su nota: «Debes cerciorarte de que Leo cumpla con su prueba».

—¡Leo, no! —grita y se abalanza sobre él.

Ambos forcejean con la pistola y el sonido de un disparo recorre el comedor.

De pronto, un silencio atroz. Todos se han quedado inmóviles, como estatuas.

—¡Mía! —grita Conor en un sonido desgarrador, mirándola.

Leo y CJ se vuelven hacia ellos.

Mía mira a todos y luego, confundida, se fija en su pecho. Una mancha roja cerca del corazón se va haciendo rápidamente más y más grande, tiñendo su hermoso vestido blanco.

—Leo... —susurra ella débilmente justo antes de caer al suelo.

Pero cuando Leo rodea la mesa y se arrodilla a su lado, ya es tarde. Mía está muerta.

En ese momento, un plato estalla contra el suelo del salón y se hace añicos.

A Gin se le ha caído la tarta. Había salido ilusionada de la cocina, pues con la puerta cerrada tan solo había oído algo de jaleo, pero se ha topado con la cruda realidad: el cuerpo de Mía cubierto por una gran mancha de sangre.

Leo se levanta con la cara totalmente desencajada de ira y se abalanza sobre CJ para darle una paliza.

—¡Hijo de puta! ¡¿Qué has hecho?!! —le grita llorando y golpeándole con más y más fuerza—. ¡Estaba embarazada! ¡¿Me oyes?! ¡Estaba embarazada! ¡Has matado a mi prometida y a mi hijo!

CJ lo mira con los ojos abiertos, ni siquiera intenta resistirse. No sabía que Mía estuviese embarazada, solo había intentado salvar su vida y la de su mejor amigo, pero su corazón ahora está completamente roto y lo único que desea es que Leo le siga pegando hasta matarlo.

Gin grita a Leo pidiéndole que se detenga, pero no lo consigue. Su amigo ha perdido totalmente los estribos, se pone en pie, coge una silla y se la estampa con toda su fuerza a CJ en la cabeza. Y cuando Leo ve que empieza a brotar sangre de la cabeza de su amigo, se queda quieto. «¿Qué he hecho?».

Mientras, Gin corre hacia CJ y se arrodilla a su lado. Su amigo tiene los ojos cerrados.

—CJ, CJ..., por favor, CJ —suplica—. CJ, por favor, despierta.

Acerca su oreja a la boca de él, pero está muy nerviosa. Busca rápido con la mirada algo que pueda ayudarla y ve un pequeño espejo en una estantería del comedor.

—Conor, pásame ese espejo, ¡rápido!

Pero Conor ahora está junto al cuerpo de Mía, llorando y completamente en shock.

Entonces Leo se acerca rápido a la estantería, coge el espejo y se lo pasa a Gin. Ella lo acerca a la boca de CJ y segundos más tarde queda cubierto de vaho.

—¡Respira! ¡CJ! ¡CJ, despierta, por favor! —sigue suplicando ella; entonces se acerca a su oreja ensangrentada y en un pequeño susurro le confiesa—: CJ, te necesito.

El chico abre un poco los ojos, la mira e intenta cogerle la mano, pero la suya cae al suelo y sus ojos vuelven a cerrarse.

Leo se arrodilla junto a su amigo y trata de justificarse:

—Yo... yo... no quería... Solo quería...

—Leo, no hace falta que expliques nada —le contesta Gin lo más serenamente que puede—, pero ayúdame a moverlo.

Conor, que empieza por fin a reaccionar, se acerca a ellos.

—Girémoslo un poco —les aconseja cuando se agacha junto a CJ.

Entre los tres lo mueven despacio y descubren una gran brecha en la cabeza.

—Necesitamos coser la herida.

—¿De dónde vamos a sacar hilo? —pregunta Gin, asustada.

—Mía apareció hoy con un vendaje limpio distinto al que yo le puse —dice Conor—. Quizá haya un botiquín en alguna parte de la casa. Leo, tú fuiste el primero en verla hoy, ¿recuerdas si ya lo llevaba cuando la encontraste?

—Juraría que sí, el vendaje me pareció diferente, pero no le di importancia.

—¡En el baño! —gritan Gin y Conor a la vez.

Gin corre desesperadamente hacia su habitación, se mete en el baño y empieza a abrir todos los cajones desparramando su contenido por el suelo hasta encontrar un pequeño botiquín. Luego sale disparada hacia el comedor dejando tirado lo que no va a necesitar, pero antes hace una parada en la habitación de Rebeca y revuelve la mesilla hasta que encuentra un mechero.

Cuando llega al comedor le falta la respiración. Conor se ha quitado el jersey y está taponando la herida de la cabeza para detener la hemorragia. Mientras, Leo ha tapado a CJ con una manta gruesa.

—Traigo un botiquín —dice Gin—, tiene bastantes cosas, incluso hilo de coser.

—Eso es perfecto —contesta Conor.

Cuando sacan el contenido del botiquín, todos se miran.

—¿Quién lo hace? —pregunta Gin mirando a Conor.

—Yo no... La verdad es que no sé coser —confiesa, avergonzado.

—Yo lo hago —dice Leo ante la sorpresa de los dos—. Pasé bastante tiempo ingresado en el hospital y me tuvieron que coser varias veces con anestesia local. Creo que puedo hacerlo.

Sus dos amigos asienten. Gin limpia la zona ensangrentada con cuidado utilizando un par de gasas para que Leo tenga una mejor visión de la zona abierta. Entre los otros objetos y medicamentos del botiquín, localiza el bote de alcohol y echa un chorro por encima de la herida para desinfectar lo mejor posible la zona. CJ no parece sentirlo.

—Gin, pásame el hilo más grueso que haya y la aguja —le pide Leo.

Ella se los pasa, rápidamente y en silencio, junto con el mechero.

Luego Leo da más instrucciones a Conor:

—Necesito que tires de su piel intentando unirla tanto como puedas; si no, no podré coser bien la brecha.

Gin aprovecha el momento para cogerle la muñeca a CJ y cerciorarse de que tiene pulso. Lo tiene, pero nota que es muy débil.

—Ha perdido mucha sangre —dice para que no pierdan tiempo.

Conor, a pesar del desagrado que le produce tener que hacer eso, intenta cerrar la gran herida todo lo que puede y logra unir las dos partes con sumo cuidado.

Leo coge el bote de alcohol y moja la aguja para esterilizarla, luego agarra el mechero que Gin ha traído y la pasa por encima de la llama. Una vez esterilizada, se frota también un poco de alcohol por las manos para desinfectarlas.

—Vamos allá. Conor, recuerda que debes mantener bien cerrada la herida todo el tiempo. Si fallo, no creo que tengamos otra oportunidad.

Conor asiente. Leo coge aire, pasa el hilo con delicadeza por la aguja y empieza a coser lo más rápido y tirante que puede, pero con mucho cuidado. Cuando termina, hace un pequeño nudo y corta el hilo sobrante.

Los tres se quedan aguantando el aliento y miran fijamente la sutura esperando que esta no se abra.

Una vez han comprobado que la herida parece bien cerrada y segura, no saben muy bien qué hacer.

—¿Y ahora qué? —pregunta Gin, preocupada.

—Vamos a tumbarlo en un sofá y… la verdad es que no sé. Quizá debamos esperar a que…, bueno, a que despierte —contesta Conor.

Entre los tres llevan a CJ con cuidado hacia el salón y lo colocan de lado para que la herida quede hacia arriba y la sangre no fluya hacia ella.

Gin se tumba a su lado, haciéndose pequeñita, y lo rodea con el brazo. Conor y Leo se miran y deciden dejarlos solos.

26

Descansa, mi amor

Mientras Conor sube a su habitación a tomarse un par de ansiolíticos, se queda pensando en Mía.

Hacía ya tiempo que sentía cosas por ella y no puede creerse que ya no esté, que nunca volverá a ver su dulce sonrisa, que tampoco volverá a abrazarla. Al menos ese mismo día había podido decirle, aunque fuese de manera amistosa, que la quería.

En la época en que Mía había tenido un bache en la relación con Leo, ella se había apoyado bastante en Conor.

Pasaron muchas tardes juntos y él le llevó varias veces la cena a su casa, ya que ella apenas tenía fuerzas para salir. Mía siempre se lo agradecía con una sonrisa y lo invitaba a entrar y cenar con ella. Habían compartido así varios de aquellos momentos para conocerse más. Cuanto más hablaban, a Conor más le gustaba ella, y él, inocente, había entendido aquellos acercamientos como una posibilidad, a la que se aferraba como a un clavo ardiendo, de que sus sentimientos pudiesen ser recíprocos.

Una noche de esas, finalmente se había armado de valor y se había acercado a su piso con un ramo de rosas, dispuesto a confesarle su amor… siempre y cuando no se echase atrás llegado el momento. Pero cuando llamó al telefonillo, fue la voz de Leo la que contestó. Conor no dijo nada y se fue de allí rápidamente intentando que nadie lo viera. Tiró el ramo en el contenedor de basura más cercano y se marchó a casa con sentimientos encontrados.

Tenía el corazón roto, pero, de alguna manera, aunque estaba seguro de que su relación con Leo no era la más sana, sabía que Mía sería feliz, y eso era lo que le importaba de verdad.

Y así había sido durante todos esos años.

Conor tiene la certeza de que Leo estará en el comedor y que necesitará espacio para él solo, así que decide tumbarse un rato, mientras sus manos tiemblan al pensar en la muerte de sus amigos y las lágrimas empiezan a recorrerle las mejillas.

En el piso de abajo, Leo está tumbado, acurrucado al lado del cuerpo inerte de Mía. A pesar de todo, su cara parece estar relajada y en paz. No se resiste a acariciarle la mejilla y darle un último beso en los labios. Luego baja la mano hacia el vientre de ella y empieza a llorar descontroladamente.

Recuerda una de sus promesas…

—Algún día te haré mi mujer —le dijo Leo un día que ambos estaban ya acostados en la cama.

—¿Ah, sí? ¿Y si no quiero serlo? —respondió ella, juguetona.

—Pues tendría que obligarte, por supuesto. Nadie dejaría que un diamante se le escapase de las manos —le contestó él, divertido.

—Bueno, para eso tendrías que currártelo bastante.

—¿A qué te refieres?

—Pues que me gustan las pedidas en público. Me encantan los vídeos de pedidas de mano. —Sonrió, ilusionada.

—Bueno, no creo que eso sea muy complicado…

—Shhh. —Mía le puso el dedo índice sobre los labios—. Eso no es todo. Desde pequeña siempre he querido casarme a lo grande, con un hermoso vestido blanco y una larga cola, por supuesto —le contó riendo—, y celebrarlo con muchos amigos, con un decorado lleno de lucecitas colgantes. —Lo miró fijamente—. Después tendremos una casa con jardín y un par de hijos. La parejita: Luna y Leonardo.

—¿Un par? ¿Es que acaso no te gusta dormir?

—Claro que me gusta dormir, pero tú serás el que se levante para darles el biberón —respondió Mía con una sonrisa que intentaba ser malvada.

—¿Y encima ya tienes los nombres elegidos? El nombre de Luna me gusta, pero el de Leonardo es alucinante. Me gusta que hayas pensado en mí para elegir ese nombre.

—No es por ti —dijo ella sin dejar de reír—, es por Leonardo…

—¡¿Por una Tortuga Ninja en vez de por mí?! —la interrumpió Leo, haciéndose el ofendido.

—¡Por Leonardo da Vinci, bobo! Parece mentira que hayas estudiado Historia del Arte. —Rio ella.

—Pues no sé, ¿sabes…? —Leo simuló un gesto pensativo, imitando la escultura de Rodin—. Igual debería cambiar de novia.

Mía se echó a reír aún más y se subió encima de él.

—¿Es que acaso crees que podrás librarte de mí? —le preguntó ella mientras se desabrochaba el pijama y le mostraba que no llevaba sujetador.

—Maldita sea, esto es chantaje…, futura esposa —dijo Leo, sonriente, atrayéndola hacia sí y besándola con pasión.

Leo suspira.

Cuántos recuerdos con la mujer de su vida… y ya no está.

Tan solo hacía unas horas que le había pedido matrimonio; que, ilusionados, habían anunciado a sus mejores amigos que iban a casarse.

Ella le había hecho el hombre más feliz del planeta cuando supo que iba a ser padre. Y ahora todo eso se ha esfumado.

Tampoco sabe si ha matado a su mejor amigo, no está seguro de si va a despertarse.

Se levanta furioso y se acerca hacia la cámara más cercana.

—Acabaré con vosotros, ¿me oís? Ya habéis visto lo que he sido capaz de hacerle incluso a mi mejor amigo. Cuando os encuentre, voy a mataros uno a uno. ¡Ya no tengo nada más que perder!

Entonces se gira, regresa junto al cuerpo inerte de su prometida, lo levanta en brazos y lo lleva escaleras arriba, hacia el dormitorio donde ella ha pasado sus últimos días.

Cuando abre la puerta, su imagen entrando con ella en brazos en la habitación con un vestido blanco y la nieve cayendo al otro lado de la ventana parece golpearle en la cara. «Esto debería estar pasando en una situación muy diferente».

Cuando por fin se atreve, la acuesta dulcemente en la cama y se pone de rodillas a su lado, cogiéndole la mano, donde aún brilla en el dedo anular el anillo con un pequeño diamante.

—Lo siento mucho, cariño. Ojalá me hubiese matado yo. Pero si desde donde estás ahora aún puedes oírme, solo te pido que recuerdes que te amo, a ti y a Luna… o a nuestra pequeña Tortuga Ninja. —Sonríe llorando—. Descansa, mi amor.

Entonces coge fuerzas y, con lágrimas cayendo al suelo, le da un último beso en la frente antes de taparla completamente.

27

El plan

CJ! —grita Gin.

Conor y Leo se sobresaltan en el piso de arriba y bajan las escaleras a toda prisa hacia el salón. Cuando llegan, los dos sonríen aliviados. CJ tiene los ojos entreabiertos y mira a Gin, que no deja de llorar abrazada a él, todavía tumbada a su lado. Los dos se acercan también.

CJ se esfuerza por abrir un poco más los ojos y con una mano se palpa la cabeza.

—¡No te lo toques! ¡Se te puede infectar! —le grita Conor.

—Pero ¿qué…?

—Te hemos cosido la brecha de la cabeza —le explica Leo.

—En realidad, ha sido Leo quien te la ha cosido, nosotros le hemos ayudado en lo que hemos podido —interviene Gin.

CJ mira a Leo y entonces lo recuerda todo.

—Tendrías que haberme dejado morir —le dice con los ojos llenos de lágrimas—. No sabía que Mía… Dios mío, en el momento en que lo dijiste, yo mismo quise que me mataras. ¿Por qué narices me habéis salvado? No merezco seguir vivo.

—Porque eres nuestro amigo —contesta Leo ante la sorpresa de los demás—. Tú no sabías que ella estaba... Solo quisiste evitar que me matara, y tampoco sabíamos que el arma se dispararía... —Entonces se acerca a CJ, que lo mira con sorpresa—. Está claro que quieren ponernos en contra desde el primer momento, pero no lo conseguirán. No dejaremos que nadie más muera en esta maldita cabaña. Cuidaremos los unos de los otros. Siempre —concluye mirando también hacia Gin y Conor, que sonríen demostrándole que están con él—. Y... lo siento.

—No lo sientas. Has hecho lo que tenías que hacer.

Gin y Conor los escuchan emocionados. Todos se quedan con CJ en el salón esperando que poco a poco recobre las fuerzas.

—¿Quieres que te traiga algo? —le pregunta Gin con cariño.

—¿Una cerveza?

—CJ, no deberías beber después del golpe.

—Pues qué pena no poder beberme la cerveza del tatuaje... —Se toca el brazo y nota un dolor horrible por la paliza que le ha dado Leo—. Si es que todavía queda algo del tatuaje, claro —dice con cara de dolor—. No te preocupes, Gin, cariño, no necesito nada.

El reloj marca las once y media. CJ, Conor y Leo se miran recordando el plan de esa noche, porque ahora están más seguros que nunca de seguir adelante con él. Gin los mira con la certeza de que se ha perdido algo.

—CJ, ¿crees que puedes caminar? —le pregunta Conor.

—Eso espero. —Se palpa las piernas por si siente algún dolor aún más fuerte de lo que ya nota—. Pero creo que sí.

—Pues vamos todos al baño, allí no hay cámaras ni micrófonos.

Gin ayuda a CJ a levantarse y ambos se miran a los ojos, que parecen brillar. Cuando están ya en el baño, CJ se sienta sobre la tapa cerrada del inodoro y todos se quedan pensativos. La reunión está a punto de comenzar.

—¿Qué está pasando? ¿Qué hacemos aquí? —pregunta Gin, confundida.

—Tenemos un plan —responde Conor.

—¿Un plan para qué?

—Para atrapar a los del programa… Esta noche, cuando… —traga saliva— vengan a por el cuerpo de Rebeca. Vamos a aprovechar que estarán dentro más tiempo…

—¿Y qué pensáis hacer? —pregunta Gin, que acaba de sentir un dolor muy fuerte en el pecho al recordar a su amiga.

—Pues lo que sea posible: dejarlos inconscientes, matarlos, conseguir escapar de aquí, lo que sea —responde CJ—. Pero hay un problema: ya no tenemos apenas tiempo para llevar a cabo el plan. Ni siquiera lo tenemos terminado del todo.

—El plan ya no hace falta, yo me quedo fuera de la habitación —les dice Leo—. Esta mañana ya estaba dispuesto a hacerlo, y ahora… ahora ni siquiera tengo nada que perder. Conor, tu idea de mover el cuerpo de Edgar era buena, pero muy complicada para llevarla a cabo ahora, casi no nos queda tiempo…

—Pero te matarán si te saltas las reglas —dice Gin, preocupada, y llora porque no quiere perder a otro amigo más—. Y, además, no sabemos cuántos son.

No quiere saber qué habían pensado hacer con Edgar.

—Seré el primero en atacar —explica Leo—. Intentaré moverme por los puntos ciegos de las cámaras, he visto varios por toda la cabaña. Gin, cuando estés en tu habitación, tres minutos antes de que den las doce empieza a gritar sin parar, como si te hubiese dado un ataque de histeria, y procura que dure bastante tiempo. Ellos se centrarán en ti. Luego, los demás empezad a chillar también desde vuestras habitaciones e intentad salir, alertados por sus gritos. Mientras, yo abriré y cerraré mi habitación desde fuera y me escabulliré hasta el rincón de las escaleras, el primer punto ciego. Luego intentaré bajar lo más rápido que pueda mientras ellos estén centrando toda la atención en vosotros.

—Tío, no me parece buena idea, deberíamos estar todos. No quiero…, no podría…, si tú también… —dice CJ con la voz entrecortada; le aterroriza solo de pensarlo.

—CJ tiene razón, ya somos pocos y hemos sufrido demasiadas pérdidas. Si lo hacemos, lo hacemos todos juntos. Con suerte, conseguiremos escapar —dice Gin, seria.

—¿Estáis seguros? —pregunta Leo—. A mí ya no me da miedo morir. No quiero que estéis en peligro.

Conor no para de temblar, pero lo que dice le sale del alma:

—Tenemos que hacerlo juntos. Intentan matarnos a todos. Necesitamos escapar y contar lo que ha ocurrido. Se lo debemos a Edgar, a Rebeca… y a Mía.

Los cuatro sienten un pinchazo de dolor al recordarlos.

—El problema es ¿cómo lo hacemos? Sabrán que estamos fuera —pregunta Gin.

—Ahora vuelvo —dice Leo—. Quedaos aquí.

—¿Adónde vas? —le preguntan extrañados.

—Tendremos que quedarnos totalmente a oscuras. Voy a buscar la caja de fusibles, no sé dónde está. Vosotros id pensando en qué cosas necesitaremos para seguir adelante con el plan.

Leo apenas tarda unos minutos en regresar y les comenta que los fusibles están junto a la entrada de la cabaña.

—No hemos pensado en una cosa muy obvia —dice Conor—: si saben que estamos fuera de nuestras habitaciones, quizá no aparezcan.

—Entonces, en ese caso, mañana no tendremos ninguna prueba —le contesta Leo sonriendo—. Y ahora vayamos saliendo, que les va a extrañar que estemos tanto tiempo encerrados en el baño.

28

Mierda, Leo

Cuando salen y miran el reloj, son las once y treinta y siete.

—No tenemos mucho tiempo —les susurra CJ.

—Vale, id a las habitaciones y acordaos de tapar las cámaras de dentro con lo que sea —dice Leo—. Conor, tú coge la linterna. Gin, CJ, id y buscad algo que os sirva como arma. Yo me quedo aquí. Recordad que en cuanto entréis en el dormitorio, tenéis poco tiempo para encontrar lo que necesitamos. Una vez lo tengáis todo, salid. En cuanto estemos otra vez juntos, bajaré los fusibles.

Todos asienten.

—Tened cuidado esta noche. No nos va a pasar nada, ya veréis. Os quiero mucho —les confiesa mientras intenta que no lo vean llorar.

Los otros tres van a decir algo, pero él les mete prisa para que vayan a por las cosas, señalándoles el reloj, que ya marca las doce menos veinte.

Gin y Conor ayudan a CJ a subir por las escaleras.

Conor, al entrar en su habitación, mueve la cajonera y se sube encima para tapar la cámara con una camiseta. Encuentra rápido la linterna en la maleta, pero cuando va a abrir la puerta, esta ńo se abre. «Pero ¿qué? No, no, no, no. Si aún no son las doce. Mierda, Leo… Pero ¿qué has hecho?». Entonces oye cómo los demás tratan de abrir las puertas desesperadamente, en vano.

De pronto, toda la cabaña se queda a oscuras.

29

Disparo

Leo

Leo escucha cómo los demás aporrean las puertas. «No pienso poneros en peligro».

Mientras le llegan sus gritos, se mueve tanteando la pared. La única luz que hay en la casa es aquella que la luna menguante deja que se cuele por las ventanas.

Cuando entra en la cocina, busca a tientas el cajón de los cuchillos y se da cuenta de que lo ha encontrado porque se corta con el filo de uno. «Mierda». Lo agarra por el mango y alarga el brazo hasta tocar un trapo o algo similar, porque apenas ve nada. Se cubre el corte con él y sale de la cocina hasta alcanzar el final del pasillo, donde se sienta a esperar.

Mira el reloj y las horas van pasando lentamente: una, dos, tres... Empieza a quedarse adormilado de tanta tensión y emoción acumuladas. El cuerpo le pide parar.

Pero en ese momento oye que la puerta de la entrada se abre y se despeja de golpe. Ve a dos figuras encapuchadas entrar en silencio en la casa, cerrar con llave y dirigirse con linternas hacia el patio. «Joder», piensa cuando se da cuenta de que se han llevado la llave, que no se la han dejado en la cerradura.

Comienza a seguir a las figuras, pegado a la pared y escondiéndose a tientas por las esquinas de la cabaña. Intenta recopilar información sobre ellas: una más alta y la otra más baja. Le llama la atención la manera tan rara que tienen de caminar.

Se acercan a la sauna y susurran algo, pero entonces, sin querer, Leo, que se ha aproximado demasiado, hace crujir el suelo y se queda totalmente paralizado.

Las dos figuras se vuelven hacia él y lo miran directamente. No puede creerse lo que ve. La suave luz de la luna que entra por los cristales le deja ver las caras de Gin y Conor, cada uno con una pistola en la mano.

Vaya, parece que uno se ha saltado las reglas.

Después de que esa voz infernal salga del altavoz, Leo corre y se golpea con las paredes. No ve nada, y está tan asustado que no se da cuenta de que la sangre de la mano ha empapado ya el trapo y va dejando un rastro de gotas a su paso.

Gin y Conor siguen sin prisa con la linterna el reguero de sangre mientras Leo entra en el comedor y cierra la puerta intentando no hacer ruido. Se esconde detrás de la mesa, bordeándola como puede con el tacto de sus manos.

Poco después, la puerta se abre y ambos se quedan en la entrada, en silencio.

Cuando Leo levanta un poco la vista, se percata de que le están mirando fijamente. Totalmente preso del pánico y de la furia al sentir la sangre de Mía bajo sus dedos, se levanta y lanza el cuchillo hacia ellos.

Gin se tambalea y se le escapa un mechón de pelo por debajo de la capucha. Ellos se miran y se acercan hacia él con las linternas, enfadados.

Bordean la mesa uno por cada lado apuntándole directamente a los ojos con las linternas.

Leo, sin ya nada que perder, se echa encima de Gin, que le clava el cañón de la pistola en el costado. Cuando se remueve, siente debajo de él una llave que apresura a esconderse en el pantalón mientras con la otra mano la agarra del cuello para intentar estrangularla, pero de pronto un disparo retumba por toda la cabaña.

Ya no se escucha nada más.

30

La llave

A las siete en punto, Conor, CJ y Gin abren de golpe las puertas de sus habitaciones y entran en el dormitorio de Leo, agolpándose unos encima de otros.

Se lo encuentran metido en la cama y tapado hasta el cuello. No quieren ni pensar que haya un muerto más entre ellos, pero, de repente, Leo abre los ojos con cansancio.

—Leo, ¿estás bien? ¿Qué ha pasado? —A Gin se le traban las preguntas una detrás de otra.

—Sí, estoy bien…, creo —responde mientras saca de debajo de las sábanas su mano ensangrentada.

—Oímos un disparo. Pensábamos que habías muerto. No veas cómo te llamamos los tres, gritando desesperados. La de intentos que hicimos para abrir la puerta —dice Gin apoyándose, aliviada, en el marco de la puerta—. Después del disparo hubo un silencio total. No he pegado ojo.

—Tío, no sé qué pasó, ayer no pudimos salir de las habitaciones. Poco después de entrar ya habían cerrado. Estaba claro que lo sabían —le cuenta CJ sentándose a los pies de su cama.

—No fueron los del programa —añade Conor, muy serio—. Fue Leo.

—Pero ¿cómo iba a ser Leo, Conor? ¿Cómo cerró las tres puertas a la vez? —le interroga Gin, sorprendida.

—Es que no las cerró él. Ayer cuando nos dijo que nos quedásemos en el baño mientras él buscaba la caja de fusibles, en realidad cambió la hora de los relojes. Por eso al poco tiempo cerraron la puerta y se quedó él solo.

—¿En serio? —pregunta CJ, perplejo.

—A veces me molesta que seas tan listo, Conor —le dice Leo con una débil sonrisa.

—Estás bobo, tío. Podría haberte pasado... —Gin corre a abrazarlo.

Entonces se despega de él.

—Pero cuéntanos, ¿qué pasó anoche? ¿Y cómo es que estás en tu habitación? Hemos entrado aquí como primera opción antes de bajar, pero... pensábamos que no estarías...

De repente, Leo hace una mueca de dolor al sentir el cuerpo de Gin. Baja la sábana y para su sorpresa descubre la camiseta ensangrentada.

—¡Dios mío, Leo, estás sangrando! —grita ella levantándole la camiseta para verle la herida.

Pero se sorprende cuando ve que está tapada con un pequeño vendaje. Leo y los demás no entienden nada.

—¿Qué te ha pasado? ¿Han sido ellos? ¿Te has hecho las curas tú solo? —pregunta Gin, cada vez más confusa, mirando primero a Leo y luego a Conor y a CJ.

Leo se quita el vendaje y todos ven que tiene una herida muy profunda y perfectamente cosida. Y, a continuación, sobre la piel se lee, bordada en rojo, la palabra *REGLAS*.

—Joder... —Leo no puede dejar de mirarse el bordado—. Están mal de la cabeza.

Conor se pone muy nervioso y empieza a caminar arriba y abajo por la habitación.

—Te han cosido ellos. Es una amenaza —dice sin quitar ojo del bordado.

—Por cierto, ¿habéis visto mi prueba en la puerta? —pregunta Leo de repente.

Los demás se miran entre ellos.

—Hoy ninguno de nosotros ha recibido ninguna —contesta CJ, preocupado por lo que eso puede suponer.

—Joder... ¿Y qué coño quiere decir eso? —Leo está muy confundido.

CJ tampoco entiende nada, pero prefiere seguir indagando en qué le pasó anoche a su mejor amigo.

—Vale, esto es una locura. ¿Puedes contarnos qué pasó ayer? ¿Pudiste verlos?

—Sí. Los vi.

—¿Y? —le pregunta Gin, intrigada.

—Erais vosotros —contesta Leo mirando a Gin y a Conor.

CJ se levanta asustado de un salto de la cama y Gin también, mirándolo perpleja.

—¿Nosotros? ¿Conor y yo? ¿Es que te has vuelto loco?

—No erais vosotros, pero eran dos personas que llevaban... máscaras con vuestras caras.

Conor usa su inhalador. Quiere salir de ahí. Piensa muy rápido. Tiene mucho miedo. No entiende nada.

—¿Con nuestras caras? Joder, eso no tiene sentido. Nos van a volver locos —replica mientras sigue caminando, inquieto, por la habitación.

—¿Y qué pasó con ellos? —pregunta CJ.

—Entraron sobre las tres de la madrugada y cerraron la puerta con llave. Llevaban linternas e iban directos a recoger el cuerpo de Rebeca. Al espiarles, sin querer, hice ruido. En ese momento se giraron y vi las máscaras. Cada uno llevaba una pistola. Yo eché a correr, pero como me había cortado al coger un cuchillo a tientas..., debí dejar un reguero de sangre detrás de mí y pudieron seguirme sin problema hasta el comedor. Yo les tiré el cuchillo y golpeé a la que…, bueno, a la que llevaba la máscara de Gin, y vi cómo se le escapaba un mechón de pelo por la capucha. Así que no sé si esta información nos sirve de algo, pero estoy seguro de que al menos uno de los enmascarados era una mujer.

—¿En serio mandan a una mujer a recoger un cadáver? —pregunta CJ.

Gin se vuelve hacia él al escuchar su comentario.

—Oye, pero ¿qué te pasa? ¿Es que nosotras no tenemos fuerza o no podemos mover un cadáver porque somos débiles? —suelta, enfadada.

—No, Gin, yo no quería decir…

—Callaos —dice Conor, al borde de un ataque de nervios—. Dejadle terminar.

Gin le lanza una mirada furiosa a CJ y se vuelve hacia Leo otra vez.

—Creo que la golpeé con el cuchillo, pero no se lo llegué a clavar. Luego rodearon la mesa enfocándome con las linternas. Apenas podía ver nada y me lancé hacia la figura de Gin. Recuerdo sentir la pistola en mi costado mientras intentaba estrangularla. Entonces me disparó. Y luego solo recuerdo veros entrar en tropel en el dormitorio.

—Hay una cosa que no entiendo —dice CJ con prudencia, pues no quiere ofender a nadie con sus palabras—, y sé que va a sonar mal, pero… si te saltaste las reglas…, ¿por qué te han dejado…, ya sabes, vivo?

—No lo sé —contesta Leo—, pero os diré una cosa. Tengo la sospecha de que conocían el plan. Sabían que yo estaría allí y por eso cerraron la puerta al llegar.

—Todo esto tiene menos sentido aún —comenta Gin.

Conor está temblando de nuevo y ahora recorre la habitación en círculos.

—Ah…, y por cierto —dice Leo con una sonrisa y bajando la voz—. Venid al baño.

Todos le siguen intrigados y él cierra la puerta.

—No he conseguido matarlos, pero… sí he conseguido esto. —Se palpa el bolsillo del pantalón y saca una llave.

CJ y Gin lo miran con los ojos brillantes.

—¡Dios mío! ¿Y a qué estamos esperando? —pregunta Gin, emocionada.

—¿Y si es una trampa y nos están esperando fuera? —interviene Conor, asustado, para intentar detenerlos—. Recordad lo que le pasó a Edgar… A mí esto me huele muy raro. ¿Cómo no iban a notar que les faltaba la llave cuando se fueron?

—Puede que cerrase la otra persona —contesta CJ—. Podría ser nuestra única oportunidad. Deberíamos intentarlo.

—Y ya mismo —dice Leo dirigiéndose a la puerta.

Sin embargo, antes de abrirla, siente un pinchazo y se toca el costado. Recuerda que le han dejado un «bonito» recuerdo.

—De verdad que no lo veo. Chicos, no sé si quiero hacer esto —dice Conor.

Saca del bolsillo lo primero que pilla y se lo traga a palo seco. Ya no mira qué tipo de ansiolítico se mete en el cuerpo.

—Conor, estaremos unidos en esto. Y es nuestra única oportunidad. No te dejaremos aquí. Y esta vez lo haremos todos juntos —le dice Gin, que no puede evitar mirar a Leo con cierto reproche.

—Lo siento —susurra este.

Conor no está seguro, pero corre a toda velocidad con los demás hacia la puerta. Cuando llegan abajo, Leo mete la llave en la cerradura, pero esta no gira.

—No, no, no, no.

—¿Qué pasa? —pregunta CJ, cada vez más nervioso.

Leo se vuelve hacia ellos.

—La llave… no es de la puerta, no abre.

Tiene la tentación de tirarla lejos con fuerza por el cabreo que siente, pero decide metérsela otra vez en el bolsillo.

De pronto, se pone en marcha el altavoz y surgen unas palabras, directas y frías:

Por favor, dirigíos todos al salón.

Un escalofrío les recorre el cuerpo. Se miran en silencio, asustados.

Pero al llegar a la estancia, el miedo se convierte en sorpresa y confusión. Toda la sala está llena de obras de arte colgadas en las paredes, y en la mesa hay una caja fuerte, folios, bolígrafos y una pantalla plana de televisión.

La voz vuelve a interpelarlos:

Buenos días, veo que todos habéis madrugado hoy. Debo comentaros mi decepción por lo sucedido ayer. Como ya sabréis, otro de vosotros se ha saltado las normas...
Parece que empieza a volverse una costumbre.
No os equivoquéis: sí, las normas son para todos. Lo único que os salvará esta vez es que ayer murieron dos concursantes y el programa necesita audiencia. No podemos terminarlo en tres días. Pero tenemos que advertiros de que a partir de ahora no tendremos compasión. Y para que no os aburráis, solo podemos adelantaros que os hemos preparado un *escape room*. Seguro que ya sabéis de qué se trata. Pero no lo haremos ahora. A las seis menos cinco de la tarde tendréis que estar en el salón. Ahora mismo tenéis que salir de aquí y, hasta esa hora, no podréis volver a pisarlo.
Hasta pronto. Y vuelvo a repetirlo, ya que veo que aún no ha quedado claro: seguid las reglas, porque ya no habrá más excepciones.

31

Corazones rotos

Qué vamos a hacer?

Gin tiene mucho miedo y no puede evitar que se le salten las lágrimas. Su pregunta se mece en la quietud de la cabaña.

Todos se han reunido en la cocina con la intención de desayunar algo, pero tienen el estómago cerrado.

—¿Y si esto no es un programa de verdad? —pregunta Leo, que tiene el recuerdo de Mía atragantado e intenta no pensar en ello.

—¿Y que alguien nos esté haciendo esto? No tiene sentido —responde Gin.

—Creo que si alguien nos quisiera hacer daño, no lo haría así. Nos habría matado de otra forma. Esto es demasiado retorcido —dice Conor, que no le quita ojo a un trozo de pastel de manzana que sigue intacto delante de él.

—Pero ¿cómo sabían nuestros secretos? —pregunta Leo—. Eran muy específicos.

—A día de hoy todo se sabe. Por internet, por amigos..., no lo sé —contesta Conor, mirándolo.

—Yo creo que estamos en un programa de la Deep Web —comenta CJ.

Está apoyado en la nevera y trata de contenerse y no rascarse los puntos de la cabeza.

—¿La Deep Web? —Gin está cada vez más asustada.

—Y están pagando para eliminarnos uno a uno, o algo así.

—Suena horrible, pero tendría sentido —conviene Leo—. Ahí se esconde lo más macabro que existe en la sociedad. Esto sería una simple diversión para ellos. Y por eso puede que no quieran que muramos todos de golpe. Y, aparte, explicaría por qué la policía no ha aparecido por aquí aún...

Gin se echa a llorar tan fuerte que CJ corre a abrazarla.

—No te preocupes, corazón, encontraremos la manera de salir de aquí todos juntos.

Las lágrimas de ella le empapan la camiseta y se relaja al notar el olor de CJ, que la aprieta con fuerza.

—Darle vueltas al tema no nos va a ayudar en nada —dice Leo ante la reacción de Gin—. Ya tendremos tiempo de pensar algo. Son las nueve y ninguno de nosotros ha dormido esta noche. No sabemos qué nos depara el juego de mierda ese, pero está claro que tenemos que estar despejados para afrontarlo. Deberíamos descansar un poco.

Todos asienten y suben a sus habitaciones en silencio.

Cuando Leo se dirige hacia la suya, se detiene delante de la puerta de Mía. Mira su nombre encima de la puerta y, sintiendo un dolor en el pecho, se echa a llorar. Coge el picaporte, pero una mano en su hombro le detiene. Cuando se gira, se encuentra a Gin, que trata de consolarlo.

—Leo..., sé que no puedo siquiera entender tu dolor. Mentiría si lo dijera, pero no lo hagas..., no te hagas más daño. Tenemos que seguir adelante. Tenemos que vengarlos, tenemos que hacer... —se le entrecorta la voz— que todo el mundo lo sepa y que los recuerden..., a los tres. Sé que yo no soy fuerte, por eso necesito que lo seas tú.

Él la abraza mientras los dos lloran de dolor.

—Tienes razón. Saldremos de esta. Todo el mundo sabrá lo que nos han hecho. Y cuando salgamos, yo mismo acabaré con ellos.

—Deja de querer hacerlo todo tú solo —le pide ella, ahora más tranquila.

Leo piensa que Gin tiene razón.

Vuelve a mirar el nombre de Mía encima de la puerta, pero esta vez se mete en su habitación.

Se tumba boca arriba en la cama, pero le cuesta dormir porque no deja de pensar en ella. Siempre regresan los recuerdos a su cabeza. Atesora demasiados y no siempre son un consuelo.

Como el de aquella noche en la habitación que tenía Mía en la residencia de estudiantes...

—Te quiero tanto, Mía... No me dejes nunca, por favor.

—¿Y por qué iba a dejarte? Nunca he amado a nadie como te amo a ti.

Ella se acostó en su pecho y él no dejaba de acariciarle la espalda.

—¿Lo dices en serio?

—Ey, ¡que, de los dos, aquí el mentiroso eres tú! —contestó ella riendo.

—Tengo tantas ganas de que podamos vivir juntos y despertar cada día a tu lado en nuestra propia casa...

Leo contempló cómo los ojos de Mía se cerraban sobre su pecho.

—Yo también —contestó ella, escuchando los latidos de su corazón—, pero a veces hay que vivir el presente. Por eso se le llama regalo...

—¡Qué poética te pones a veces! —Leo no paraba de reírse mientras le tocaba el pelo.

—Déjame. Va, pon alguna canción...

—Vale, venga, voy a buscar una en el móvil.

Ambos canturrearon a la vez «Can't Help Falling in Love», de Elvis Presley, mientras se reían y se abrazaban iluminados por las lucecitas del pequeño árbol de Navidad que Mía había colocado en su cuarto.

De repente se quedó callada y lo miró fijamente.

—¿Qué pasa? — preguntó Leo.

Mía repasó con sus dedos el torso de él. La angulosa barbilla, las mejillas, el pelo rubio siempre perfectamente peinado.

—Eres una obra de arte. Tendríamos que estudiarte en clase.

—Pues quizá puedan retratar esto.

Leo puso de espaldas a Mía y empezó a morderla.

—¡Amooooor, paraaa! —gritó ella riendo.

Leo vuelve al presente y se sienta en la cama. «Ha pasado menos de un día y siento que ya llevo años sin ti. Me haces tanta falta. Y te he fallado tanto...». Poco después se acuesta de nuevo y se queda dormido llorando.

Mientras, Conor está dando vueltas en su dormitorio.

Nunca se había detenido mucho a recordar aquellos años en los que su hermano todavía vivía. Pero durante esos días en la cabaña, ese tiempo está siendo un recuerdo recurrente. En realidad, aunque sus padres apenas le hacían caso y no podía decir que fuese feliz, aquel periodo fue lo más cerca que estuvo de serlo. Tenía su tiempo, su libertad y a veces Marco y él jugaban y se divertían juntos. Y ahora, solo en ese dormitorio, siente que puede morir en cualquier momento, y la culpa y el miedo se están apoderando de él. Lo que le hizo a su hermano no tiene perdón, y él lo sabe. Y tampoco lo tiene el daño que le ha causado a su familia.

Conor se levanta y se arrodilla delante de la ventana mirando al cielo. Nunca en su vida ha estado tan asustado, ni siquiera cuando se dio cuenta de que su madre intuía que él había tenido algo que ver con la muerte de Marco.

—Dios, no sé si existes, y sé que nunca he hablado contigo, pero si estás ahí, por favor, perdona mis pecados. Aceptaré lo que me pase, pero, por favor, perdóname. Y si el cielo existe y mi hermano está ahí..., pídele a él también que lo haga.

Cuando se incorpora, ve una pequeña pluma blanca en la cama. La coge con delicadeza y se echa a llorar, quedándose dormido con ella entre las manos.

Un poco más lejos, Gin se despierta sobresaltada al oír unos suaves golpes en la puerta de su habitación. Tiene los nervios a flor de piel.

Se levanta nerviosa y abre, pero se tranquiliza al ver a CJ al otro lado.

—Gin..., ¿podemos hablar?

—Sí, claro... ¿Quieres pasar?

—Podemos bajar al salón pequeño, si quieres.

—Sí, por supuesto —contesta ella, confundida—. Espera que me ponga una sudadera.

Poco después, ambos bajan las escaleras en silencio. Cuando entran en el salón, él la invita a sentarse a su lado y ella accede, sintiendo el corazón a mil por hora.

—Gin..., yo... quería pedirte perdón por... haberte ocultado lo de tu hermana —dice CJ con la vista clavada en el suelo. Está muy nervioso—. Sé que con todo esto no hemos tenido tiempo de hablarlo. Pero yo... no podía, tenía mucho miedo. Soy un cobarde —susurra mientras nota cómo se le van enfriando las manos por los nervios.

—CJ…, confieso que me dolió que no me lo contaras antes. Cuando lo soltaste el otro día, tuve ganas de matarte.

—Lo entiendo —contesta él sin mirarla a la cara.

—Aunque enseguida me di cuenta de que yo también tuve que ver con eso. No te ayudé a dejar la droga; es más, te la vendía. Yo también tengo mucha culpa de lo que ocurrió.

—Pero yo la maté, Gin —dice CJ, derrumbándose por completo—. Ella quiso probarlas y yo… yo no era capaz de negarle nada… Lo intenté, pero no pude y… —No consigue terminar; siente tal opresión en el pecho que apenas logra que el aire le llegue a los pulmones.

—CJ, CJ, escúchame. —Gin trata de consolarlo—. Yo vendía drogas y ella quiso probarlas. No iba sola, iba contigo. No sabías que pasaría eso.

—Ojalá hubiese sido yo y no ella —le confiesa, y esconde la cara entre las manos ante ese recuerdo.

—No fue tu culpa, Isa decidió probarlas. Siempre quiso ser más valiente, arriesgarse más, pero no lo hacía porque tenía miedo de defraudar a nuestros padres. Me lo dijo más de una vez. Y aunque parezca una mierda, al final se arriesgó, pero lo hizo contigo. CJ, ella te quería. Y sé que jamás te hubiese culpado.

Gin le levanta la cara para que la mire.

—CJ, ella fue feliz a tu lado. Y seguro que sigue cuidándonos desde donde quiera que esté.

Gin está muy cerca de él. Los dos se miran fijamente. En esa mirada hay emoción, tristeza, amor… Gin se aproxima un poco más y CJ, también. Pueden sentir el aliento del otro y cómo sus respiraciones se aceleran. Y entonces él la besa. Un beso tímido que es correspondido y que cada vez se vuelve más intenso.

—Gin, lo siento… No puedo hacer esto. Yo… lo siento, de verdad. Lo siento mucho.

CJ sale rápido del pequeño salón y deja a Gin llorando, con un sentimiento de culpa enorme y con el corazón roto.

32

Preparativos

Al mediodía, Leo está sentado en un taburete de la cocina cuando llegan Conor y CJ.

—Tenemos que hablar —dice Conor—. Necesito contaros la historia de mi hermano. Quiero terminar el juego de la primera noche; quiero contaros mi secreto.

—No hace falta —le dice Leo.

—Pero quiero hacerlo. Necesito contar la verdad antes de...

CJ y Leo se miran, se sientan en los taburetes que tienen cerca y escuchan en silencio su historia, su secreto, ese que hasta hace solo unos días Conor pensaba que estaba a buen recaudo.

Cuando acaba, ni siquiera llora, solo tiembla. Lo ha revivido todo como si hubiese pasado ese mismo año.

CJ lo agarra del brazo.

—Conor, yo sé lo que es que tus padres no te hagan caso —le dice—. Él se resbaló. Fue un accidente. Y seguramente, si había tanta corriente como nos has dicho, no habrías podido sacarlo de allí.

—O te habrías caído con él y hubieseis muerto los dos —apunta Leo—. Eras muy joven. Y mira cómo estás ahora —añade señalando las cajas de ansiolíticos que Conor ha puesto encima de la mesa antes de empezar a hablar—. Pienso que ya has pagado suficiente tu culpa.

—Gracias a los dos… Creo que me siento aliviado de haberlo contado por fin.

—Llevabas mucho tiempo con esta carga, es normal —le anima CJ.

El reloj marca las tres de la tarde. CJ mira a Leo.

—Sí, tranquilo, ya los he puesto en hora.

—¿Dónde está Gin? —pregunta Conor—. Con la chapa que os he dado no me he dado cuenta de lo tarde que es.

—Imagino que estará en el dormitorio… La he oído entrar antes. Hagamos la comida y la avisamos cuando esté lista —dice CJ intentando disimular su preocupación y su culpa por el hecho de que Gin aún no haya bajado.

Deciden preparar espaguetis a la boloñesa para todos mientras van hablando sobre los *escape rooms* a los que han ido.

—Yo he ido a dos —comenta Leo mientras echa la salsa de bote en una olla para calentarla.

—Yo, a cinco —dice CJ.

—¿A cinco? No tenía ni idea.

—Sí, he ido con algunos colegas, pero no os voy a mentir… No se me dan especialmente bien.

—Pues menuda ayuda —protesta Leo.

Ambos se giran a la vez hacia Conor, que está echando los espaguetis en el agua hirviendo.

—Oh…, yo… yo nunca he ido a ninguno —dice, algo avergonzado—, pero he hecho algunos online yo solo, aunque no tengo claro si eso puede ayudar en algo…

—Hay que joderse, pues sí que estamos bien — se queja CJ y, sin poder evitarlo, a los tres se les escapa la risa.

Una vez la comida está lista, Conor se ofrece a ir a avisar a Gin.

Leo y CJ van colocando la comida y la bebida en el comedor. Leo nota a su amigo un poco raro.

—Oye, tío, ¿estás bien?

—No mucho —responde CJ con sinceridad—. Creo que la he cagado. Bueno, estoy seguro de ello.

—¿Te refieres a Gin?

—Sí... Antes, en el salón pequeño...

—Dice que no tiene hambre. Ni siquiera me ha abierto —les sorprende Conor apareciendo de repente por la puerta.

Leo y CJ se miran.

—Ya voy yo —dice el último cogiendo el plato de Gin de la mesa.

Cuando llega a la puerta del dormitorio, CJ se siente mal y, sobre todo, muy confundido. Toma una buena bocanada de aire antes de golpear.

—Toc, toc, toc, servicio de habitaciones. ¿Puedo pasar?

Silencio.

«Mierda».

Se queda un rato parado pensando en qué hacer cuando de repente la puerta se abre.

Gin está vestida con un chándal gris y el pelo recogido en un moño. Aunque tiene cara de haber estado llorando, a CJ le parece que está preciosa.

—¿Puedo...?

—Pasa. —Y ella vuelve a entrar en la habitación.

—Oye, Gin..., tienes que comer algo. Hemos hecho espaguetis a la boloñesa.

—No tengo hambre.

No lo mira ni un solo instante y se sienta en la cama.

—Gin, tienes que estar fuerte para la prueba de hoy. No sabemos qué puede pasar... Y si te pierdo, yo...

Gin quiere evitar esa maldita sensación de mariposas en el estómago que siente cada vez que lo mira.

175

—Gin... —CJ deja el plato encima de la cómoda y se sienta a su lado—. Siento mucho lo de antes. Yo...

—No tienes que disculparte. Lo entiendo. No debí acercarme.

—Bueno, fui yo quien te besó. Pero entonces recordé a Isa y...

—Para, CJ, por favor.

—Recordé a Isa y sentí que la estaba engañando, pero no puedo evitar estas emociones. Desde que entramos en esta cabaña todo parece diferente, y últimamente, cada vez que te veo, noto que se me dispara el corazón. El tiempo no está de nuestro lado. Ni siquiera sé si estaré vivo antes de que acabe la noche. Isa nunca va a irse de mi corazón..., pero tú tampoco, Gin. Y si tengo que elegir, quiero pasar el resto del tiempo que me quede a tu lado.

—Estamos encerrados, tampoco es que tengas otra opción... —dice ella mirándolo por fin con una ligera sonrisa.

—Entonces será lo único que pueda agradecerle a este programa de mierda —contesta CJ, y en un acto impulsivo, vuelve a besarla con pasión.

—Ey, para, no deberíamos hacer nada aquí —le advierte sonriendo, y lo aparta un poco para señalar la cámara.

—Mierda, tienes razón. Oye, cariño...

Gin siente que le da un vuelco al corazón. Ellos siempre se habían llamado así, pero esta vez suena diferente.

—Deberías comer algo, por favor —insiste CJ.

—Está bien, pero me da que voy a tener que recalentarlo.

Se levanta y coge el plato. Él la besa suavemente en la punta de la nariz y bajan al comedor.

—Hombre, ¡por fin! —dice Leo al verlos entrar. No puede evitar que le recuerden a Mía y a él y una sensación de envidia y tristeza le recorre el cuerpo—. No sé qué habréis hecho por ahí arriba, pero vamos a tener que recalentar toda la pasta —añade mientras finge una sonrisa.

Cuando terminan los espaguetis, se quedan sentados en el comedor.

CJ le coge la mano a Gin por debajo de la mesa y ella se la acaricia.

—Bueno —dice Leo—, no nos queda mucho tiempo... —Todos lo miran, perplejos—. Hasta el juego, me refiero. Podríamos ir pensando en algo.

—Es verdad —dice Conor—, no sabemos cómo será, pero al menos nos han dejado ver la sala. Había bastantes obras de arte, tema que conocemos muy bien, y una caja fuerte en la mesa. Eso quiere decir que vamos a tener que meter números.

—Creo que vi varios papeles y bolígrafos —comenta CJ intentando hacer memoria.

—Quizá sea para apuntar el código o hacer algún tipo de suma —apunta Conor.

—En fin, no tenemos ni idea, y creo que no la tendremos hasta entrar en el salón, así que lo mejor será que nos hagamos un café para estar todos bien despiertos —sugiere CJ—. Voy a prepararlo. ¿Queréis todos? ¿Conor?

—Yo no sé si debería por el tema de la ansiedad, pero me apunto.

—Yo te ayudo a prepararlo todo —le dice Gin con una sonrisa, y le aprieta la mano antes de soltársela y salir tras él.

Conor mira a Leo y una pregunta le sale del alma:

—Pero ¿cuánto tiempo más van a disimular? Como si no supiésemos ya que están locos el uno por el otro.

—Hasta que Gin vuelva a no tener hambre... —responde Leo, y ambos se echan a reír.

33

Cuenta atrás

A un minuto de las seis menos cuarto, todos están en la puerta del salón esperando a que suene el reloj. Cuando este marca la hora pactada, Gin y CJ se cogen brevemente de las manos y se miran a los ojos antes de entrar. Abren la puerta y encienden la luz.

Buenas tardes a todos.
En cinco minutos empezará el *escape room*.
Os contaré cómo va la cosa: tenéis una hora
para introducir un código de seis números en la caja
fuerte. Solo disponéis de dos oportunidades
para descubrir la combinación correcta. Tendréis
algunas cosas por el salón que os podrán ayudar.
Pero, antes de empezar, todos deberéis escribir en un
folio el nombre de la persona que queréis que muera
en caso de que no consigáis descubrirlo y
enseñárselo en secreto a la cámara. Luego romperéis
el papel. Debéis escribirlo ya, solo contáis con dos

minutos para decidiros. Si no lo hacéis, la persona
a la que más queréis morirá. Y, sobre todo,
no podréis poner vuestro propio nombre.
Buena suerte.

Todos se miran aterrorizados.

—¡Hijos de puta! —grita Leo, fuera de sus casillas.

CJ se acerca rápido a los folios y luego le siguen los demás. No tienen mucho tiempo para pensar. No quieren decidir, pero saben que no les queda otra opción. Todos escriben rápido un nombre en un papel y uno a uno lo enseñan ante las cámaras antes de romperlo en mil pedazos.

Vaya, Conor..., lo siento mucho. Quizá la próxima vez,
si es que tienes oportunidad, encuentres mejores
amigos. Las votaciones son claras, y las reglas
también. Si no conseguís la combinación correcta,
tú morirás. A vuestra derecha tenéis una televisión.
Podréis ir viendo ahí los minutos que os quedan
para completar la prueba. El tiempo
empieza ya.

Conor se vuelve hacia sus compañeros, que evitan su mirada con tristeza, y entonces se apagan las luces. CJ intenta tantear el interruptor, pero, al encontrarlo, se da cuenta de que no funciona.

—¡Mierda! Nos han cortado la luz del techo.

La única iluminación que tienen es la del televisor, que marca los minutos restantes con unos números de color rojo.

—Tiene que haber algo por aquí —responde Conor, que se golpea con la mesa al ir hacia las estanterías.

Los demás le siguen, intentando aguzar la vista.

—¡Creo que tengo algo! —grita Gin—. Es un mechero.

—Gin, ilumina los demás cajones —le pide Leo.

El tiempo va pasando y al fin encuentran dos linternas en el último cajón.

—¡Vamos, rápido! —Leo le da una a CJ y la otra se la queda él.

Gin le pasa el mechero a Conor, pero este lo rechaza.

—Úsalo tú. Pero ayúdame a enfocar hacia la chimenea, a ver si encuentro unas cerillas.

Por casualidad se topa con una caja en una de las estanterías.

Procuran no perder ni un segundo, así que van mirando uno a uno todos los cuadros.

—¡Chicos! ¿Veis algo? —pregunta Leo.

—¡Nada! —gritan todos.

—¡Esperad! ¡Aquí hay un cuatro! —exclama Gin señalando la esquina; se acerca y comprueba que es una copia de *Las meninas*—. ¡Tiene que ser uno de los números!

Leo corre y busca con la linterna un folio y un bolígrafo y lo anota.

—¿Veis algún número más? —les pregunta.

—No, nada —contesta CJ, desesperado mientras vuelve a repasar con la vista todos los cuadros.

Los demás hacen lo mismo que él, sin resultado.

—Miremos en todos los cajones —les propone Conor.

Los abren uno a uno y solo encuentran unas gafas azules con los cristales tintados.

Conor se las pone y ve brillar en la oscuridad un dos enorme en uno de los cuadros.

—¡Un dos! —exclama.

Leo no pierde tiempo y lo escribe en el papel.

—¿Ningún número más? —pregunta Leo, histérico.

El reloj marca el tiempo restante: 39:56.

—Dios mío —dice Conor mirando la pantalla y echándose a temblar—, voy a morir.

CJ lo encuentra con la cerilla iluminándole las lágrimas.

—Conor, aquí nadie va a morir, pero hay que ponerse las pilas —le anima.

—Vale, nos falta algo —dice Gin—. Solo encontrar números a lo loco sería ponérnoslo demasiado fácil.

—¡Mirad esto! —grita CJ mientras se acerca a un grabado de Durero—. Este cuadro es el que llamaban *Melancolía*, ¿verdad? En el cuadrado de la derecha hay varias líneas con números, y si sumabas los de cualquier fila, siempre daba el mismo número. ¿Os acordáis de cuál era?

Todos están tan nerviosos que nadie parece capaz de recordar nada a pesar de haberlo estudiado miles de veces juntos.

Leo acerca el papel y anota los números de la primera línea con rapidez, mientras CJ le apunta con la linterna.

—¡El 34!

—Vale, chicos, ya tenemos cuatro números —anuncia Leo—. Solo nos faltan dos.

Miran hacia el televisor. Quedan 19:50 minutos. Todos buscan desesperados más cifras y repasan una y otra vez cada uno de los cuadros. Algunos se suben a sillas con cuidado para poder ver las obras más de cerca. Nada.

Los segundos corren sin parar y están cada vez más agobiados. Conor no controla los temblores y no siente cuando las cerillas se consumen tan rápido que le queman los dedos.

De repente se detiene en un boceto en papel que parece de Miguel Ángel.

—¡CJ! ¡Ilumina aquí!

CJ corre hacia él mientras Conor, subido a una silla, descuelga el cuadro y lo abre por detrás. Saca el boceto.

—¿Qué pasa?

—Que este es el único que hay en papel. Tal vez suene muy loco… Gin, pásame tu mechero.

Ella también se acerca rápidamente y Conor le pide que sostenga el papel. A continuación, coge el mechero y lo pasa rápidamente por detrás de la hoja. Cuando ya va a darse por vencido, ve cómo un seis empieza a aparecer en la esquina superior izquierda del papel.

—¡Joder! —dice CJ, sorprendido.

—¡El seis! —exclama Conor.

—Genial, chicos, ¡solo nos falta uno! —grita Leo, emocionado.

—Pero ¿cómo vamos a saber en qué orden introducir los números? —pregunta Conor, preocupado—. Gin tiene razón, aquí hay algo que se nos escapa.

Los demás aún no habían caído en ello. No dejan de mirar los dígitos de la pantalla: 15:00.

—Vale, vale, tenemos que pensar rápido. Primero deberíamos centrarnos en encontrarlos todos —propone Leo.

Deja la linterna encima de la mesa y se quita la sudadera. Está sudando por los nervios. Los demás siguen mirando los cuadros, desesperados. A Conor le tiemblan tanto las manos que ya apenas consigue ver nada.

Las palabras de Mía resuenan en la cabeza de Leo. «¡Por Leonardo da Vinci, bobo! Parece mentira que hayas estudiado Historia del Arte… Eres una obra de arte. Tendríamos que estudiarte en clase».

Leo se levanta entonces la camiseta y se mira los puntos. Y, sobre todo, la palabra bordada en su piel.

—¡Esperad! ¿Hay algún espejo por aquí?

—Me parece haber visto antes uno en un rincón —responde Gin mientras va girando maniáticamente la ruedecita del mechero, que no deja de apagarse.

—¡Aquí!

Leo se acerca a él con la camiseta levantada y se enfoca el costado con la linterna.

Ante el espejo, lo ve claramente:

ЅＡＵＲꓳꓶＲ

—¡Es un tres!

Todos se miran entre las tinieblas, emocionados.

—Ahora nos toca averiguar el orden.

No les quedan más que diez minutos para despejar la incógnita.

Se acercan a la mesa y miran los números, que no tienen ningún sentido.

—¿Y si fuese la secuencia de Fibonacci? ¿O incluso el número pi? —pregunta CJ, que lucha por exprimir su cerebro al máximo.

—Eso no tiene sentido —dice Gin—, los números no coinciden.

Todos vuelven a mirarlos: 4 - 34 - 2 - 6 - 3.

—¡Joder! —Leo golpea la mesa con los puños.

—¡Los cuadros! —grita Gin de repente.

—¿Qué? —preguntan los demás.

—Creo que hay que ordenarlos cronológicamente. Así podremos obtener un orden concreto.

—¡Tiene sentido! —grita CJ, recordando un *escape room* al que había ido—. Creo que tiene razón.

—Vale. Conor, coge la linterna. Eras el más listo del grupo, así que ve dictándome los nombres de los cuadros y luego entre todos los intentamos ordenar.

Este coge la linterna y examina de nuevo los cuadros

—*Las meninas*, de Velázquez; *Melancolía*, de Durero; *El beso*, de Klimt; el boceto de Miguel Ángel…; parece una parte de *La creación de Adán*, y el último… eres tú —concluye Conor, señalándole con la linterna.

La pantalla marca cada vez menos dígitos: 6:00.

—Empecemos desde el más antiguo hasta el más actual —propone Leo.

—El primero debería ser *La creación de Adán* o el grabado de Durero —dice Gin—. ¡Mierda! No sé cuál es anterior. Creo recordar que tienen pocos años de diferencia.

—¡1511 y 1514! —grita Conor de golpe mientras siente que su cabeza empieza a funcionar bajo presión—. *La creación de Adán* se pintó cuatro años antes. Es el primero.

—¡Genial, Conor! —grita CJ, entusiasmado.

—Luego van el de Velázquez y el de Klimt —dice CJ mientras Leo los va colocando en orden.

—Y el último serías tú —concluye Gin.

Leo va a escribir el tres al final, pero entonces cae en la cuenta.

—Mierda, no soy el último. El tres está al revés porque se ve con los espejos, al igual que la escritura de Leonardo da Vinci. Pero yo no soy un cuadro.

—Pero ahí sí hay uno suyo —replica Conor, señalando con la linterna una de las obras colgadas en la pared—: *La Virgen y el Niño con Santa Ana*. Y aparecen exactamente tres personajes. Creo que tenemos que guiarnos por él. Pero hay un problema. No recuerdo la fecha…

—1510 —dice Leo de repente, situando el número tres al principio de la lista.

Todos lo miran sorprendidos.

—Mía me mataría si no lo recordase… Me obligó a estudiar juntos cientos de veces sus obras.

Vuelven a comprobar todos los números y las fechas. Quedan solo tres minutos para que den con la respuesta.

—¿Estamos seguros? —pregunta Leo.

—Sí, vamos.

Leo se acerca a la caja fuerte sudando y, con dedos temblorosos, empieza a introducir la combinación. Cuando termina, una luz roja se enciende y se oye un sonido de error.

Todos se miran sin saber qué hacer. Solo les quedan dos minutos y una oportunidad.

CJ coge la linterna y observa todos los cuadros de nuevo. Entonces se detiene delante del único que está al revés, *El beso*, de Klimt.

—¡Conor! ¡Conor, pásame las gafas tintadas! —Se las pone y exclama—: Mierda, ¡no es un dos! ¡El cuadro está al revés! ¡Es un cinco!

Leo vuelve a meter la combinación cambiando ese número. Nota a Conor temblando de miedo a su lado. Cierra los ojos y le da al OK.

Con un breve chasquido y una luz verde, la caja fuerte se abre.

—¿Y esto?

Leo saca una pequeña caja con una cerradura y el tiempo no deja de correr.

Les quedan cuarenta segundos.

—Leo, ¡¡tu llave!! —le grita Gin de repente, y él empieza a buscarla por los bolsillos del pantalón, tan nervioso que, cuando la encuentra, se le cae al suelo.

—¡¡Joder!!

Desesperados, los cuatro se tiran al suelo prácticamente a oscuras para buscarla.

Leo y CJ, con las manos temblorosas, van enfocando con las linternas todo el suelo.

—Mierda, no ha podido caer muy lejos.

Solo tienen diez segundos.

—¡La tengo! —grita Conor—. Lánzame la caja, ¡ya!

La caja sobrevuela la mesa iluminada por las linternas y Conor la coge al vuelo. Consigue detener el temblor de las manos, mete la llave y la gira haciendo que esta se abra.

El reloj de la televisión se para de repente: 00:02 segundos.

Las luces del salón se encienden y, aunque todos se miran aliviados, ven que Conor no lo hace. Está petrificado en medio de la sala mirando el interior de la caja.

—¿Conor? —pregunta Gin—. ¿Qué ocurre? ¿Qué hay dentro?

Temblando, Conor saca una foto y se la enseña a los tres, que se acercan a mirarla. La imagen muestra cuatro tumbas cavadas en mitad del bosque y cuatro nombres escritos encima de cada una: Ginebra, Leonardo, CJ y Conor.

—Esto significa que no hay un ganador... Lo sabía, vamos a morir todos —dice este último, que apenas puede respirar por el ataque de pánico.

La voz irrumpe en el salón:

¡Felicidades, buen trabajo en equipo! Y, además, tenemos para vosotros una gran noticia: ¡hoy hemos conseguido llegar al millón de espectadores! ¡¿Verdad que es genial?! ¡Deberíais celebrarlo!

Gin arranca la fotografía de las manos de Conor y la rompe en pedazos delante de la cámara.

—¡Malditos enfermos, joder! —grita, y se va corriendo a su dormitorio.

CJ y Leo ayudan a Conor, que se ha sentado porque siente, irónicamente, que va a morir en ese mismo instante.

—Conor, Conor, tranquilo.

—Conor...

Pero este se desmaya.

Intentan hacerle reaccionar dándole una bofetada en la cara, pero su cuerpo no responde. Así que deciden cogerle en brazos y llevarlo a su habitación.

—Espero que se recupere —le dice CJ a Leo.

—Tranquilo, supongo que es solo un desmayo. Necesita descansar. Muchos nervios y muchas pastillas. Por cierto, yo me retiro también a mi habitación. No tengo hambre. Y si no te importa, prefiero estar solo.

—Sí, no te preocupes, yo haré lo mismo. Hasta mañana.

34

Para siempre

Gin

Gin sube corriendo a su habitación y cierra la puerta.
Todo este tiempo ha tenido la inocente esperanza de que podrían terminar con esta pesadilla, pero ahora es totalmente consciente de que su final está cerca.

Está tan sumida en sus pensamientos que hasta que se sienta en la cama no es consciente de que hay un sobre colocado encima de la almohada con su nombre escrito.

Cuando lo ve, lo abre con las manos sudorosas, temiendo que sea una prueba más.

Sin embargo, no puede creerse lo que está viendo.

Una captura de pantalla de su móvil.

La cabeza empieza a darle vueltas sin parar.

«Rober...».

Y de nuevo regresa al pasado.

Seis años después de aquella fatídica noche, Gin estaba recogiendo sus pertenencias del trabajo para por fin irse a casa, cuando recibió una llamada. Había cambiado de móvil y no reconocía el número de teléfono.

—¿Diga?

—Hola, Gin, soy…

—Ya sé quién eres —respondió ella enfadada y con el corazón acelerado al reconocer la voz al otro lado de la línea.

—¿Cómo estás?

—¿En serio me llamas después de tantos años y me preguntas que cómo estoy, Rober? ¿Qué quieres? ¿Es que acaso necesitas que vuelva a vender droga? —le contestó, enfurecida.

—No, Gin. Te llamo para disculparme. Quiero pedirte perdón por lo que te dije la última vez que nos vimos. Sé que ha pasado mucho tiempo y… lo siento en el alma. Pero aunque no te lo creas, no ha habido un solo día en el que no haya pensado en ti.

Rober recibió un silencio como respuesta. Gin no sabía siquiera qué decir.

—Escucha…, ¿podríamos vernos? Me gustaría poder explicarte todo.

—No creo que sea buena idea —le respondió ella, aunque muerta de ganas de decirle que sí.

—Por favor, Gin. Dame solo una oportunidad. Si después no quieres volver a verme, no te molestaré nunca más.

—Está bien —contestó ella intentando disimular su nerviosismo—. Mañana a las ocho de la noche.

—¿En nuestro bar te viene bien? — sugirió él con una nota de alivio en la voz.

—Allí nos vemos, hasta mañana.

—Hasta mañana. Y gracias, Gin…

Colgó con el corazón desbocado. No tenía un buen recuerdo de la última vez que lo vio.

Nunca había vuelto a sentir algo así por nadie. Aunque lo había intentado con varios chicos, en su mente siempre estaba él.

Se pasó el día siguiente pensando en qué ropa se pondría esa noche. Ni siquiera hacía caso de las miradas morbosas de su jefe, solo podía pensar en Rober y en lo que le había dicho la noche anterior.

Al final optó por unos pantalones negros, una camiseta de tirantes anchos, unas botas y la chupa de cuero que siempre solía vestir. No quería que él pudiese sospechar que había perdido el tiempo pensando en qué ponerse.

Cuando llegó, Rober ya estaba sentado a la misma mesa en la que años atrás se habían conocido.

Notó cómo empezaba a sudar e intentó tranquilizarse antes de entrar.

Se sentó enfrente de él y se dio cuenta de que ya tenía una copa servida.

—Te he pedido una copa de ginebra…, aunque no sé si sigue siendo tu bebida favorita —la saludó Rober, tímido.

—Me he pasado a la cerveza —le contestó ella, quitándose la chaqueta y colocándola en el respaldo de su silla—, pero no importa, está bien, gracias.

—Te lo has tapado…

Rober se fijó en que ya no había rastro de aquel primer tatuaje que se hicieron juntos.

—No quería… recordar —respondió ella, dando un trago a su copa.

—Es comprensible. Yo también lo hubiese hecho.

Gin miró hacia el brazo de él. Por la camiseta se asomaba la parte inferior de aquel tatuaje que se había hecho con ella y debajo las palabras «Para siempre».

—Me lo hice hace unos años —le confesó él al ver que Gin también miraba el suyo—, para que todos supieran que mi corazón siempre estaría ocupado.

Gin evitó su mirada y dio otro trago mientras el corazón se le aceleraba.

—¿Cómo estás? —le preguntó Rober.

—¿De qué querías hablar? —le cortó Gin.

Esa noche Rober le pidió perdón cientos de veces por lo sucedido aquella noche. Le confesó que mientras devolvía el dinero que debía de las partidas de póquer, como no conseguía vender tanta droga como ella, había seguido jugando con la esperanza de poder recuperar el dinero. Y lentamente se había vuelto un adicto al juego. Aunque consiguió recaudar lo suficiente para devolverle el dinero a la banda, logrando que le dejasen en paz, él seguía perdiendo mucho, y por eso se comportó así aquel día con Gin. Tuvo miedo de que ella dejase de vender droga y de que él no pudiera hacer frente a las deudas.

Más tarde, su propia familia se dio cuenta de la situación que estaba viviendo y le rogaron que ingresara en un centro de rehabilitación para dejarlo. Finalmente lo hizo y se pasó allí dos años.

Cuando salió, decidió no volver a jugar nunca más. En el centro conoció de primera mano casos terribles de personas que habían perdido la casa, la familia… y que habían apostado cosas tan inconcebibles que ni siquiera quería recordar. Rober no deseaba acabar así, ni hacerle daño a su familia ni a ella.

Quiso llamarla muchas veces, pero nunca se atrevió a hacerlo. Luego empezó a trabajar en el centro de tatuajes de su amigo para ganar algo de dinero limpiamente. Alquiló un pequeño estudio donde no se sentía cómodo, y donde, sobre todo, se sentía muy solo.

También le explicó que se había enterado mucho tiempo después de la muerte de Isa, pero no tuvo el valor de llamarla. Y que después de mucho pensarlo, se había atrevido por fin a hacerlo para disculparse por todo lo que le había hecho pasar.

Gin escuchó la historia en silencio. La verdad es que Rober parecía diferente, realmente arrepentido. Pero ella no quería volver con él; aún recordaba aquella última escena en la habitación, cuando Rober cerró la puerta de un portazo sin dejarle ni siquiera acabar de hablar. Sin embargo, aceptó sus disculpas y él le preguntó si podían empezar de cero, al menos siendo amigos.

Ella se quedó un rato en silencio y mientras volvía a colocarse la chupa para irse, lo miró con una leve sonrisa.

—Poco a poco, ¿vale? —dijo.

—Vale —respondió él con una sonrisa de agradecimiento.

Sin embargo, el «poco a poco» que ella había sugerido apenas duró, y empezaron a quedar cada vez más. Se iban poniendo al día de lo que había sido de ellos durante los últimos años y, sin darse cuenta, de repente volvieron a reírse juntos como la primera vez. Gin, aún con algo de precaución, no tardó mucho en confiar de nuevo en él. Un día en el que se ofreció a llevarla en coche hasta su piso compartido, la acompañó hasta la puerta del edificio y la besó. Ella sintió de golpe el mismo amor que seis años atrás. Y otra vez se hicieron inseparables, tanto que, cuando ya llevaban un año, Gin finalmente se lo presentó a sus padres.

Le sorprendió que Fran, su padre, fuese agradable con él; por una vez estaba contento de ver a su hija feliz. La cara de Gin irradiaba felicidad. Por el contrario, a Clara, su madre, no le hizo mucha gracia, y aunque había intentado disimularlo, se le escapó una mueca de disgusto que no pasó desapercibida para la pareja.

Gin pasaba los días y las noches que tenía libres en el estudio de Rober y les ponía excusas a sus amigos, a los que había ocultado que volvían a estar juntos por miedo a lo que pudieran decirle.

Un día, mientras cocinaban en el pequeño estudio, notó que Rober estaba algo disperso.

—Ey, ¿pasa algo? —le preguntó con ternura—. Pareces triste.

—No sé cómo decírtelo, Gin.

—Rober, por favor, dime que no…

—No, no, no es eso —contestó rápidamente, anticipándose a su frase—. Un colega me ha ofrecido un buen trabajo de lo mío. Con un sueldo que nos daría para poder comprarnos una casa.

—¡¿De programador?! —gritó ella, emocionada, hasta que cayó en la cuenta—. Pero entonces... ¿por qué no estás feliz?

—Porque no es en España, Gin, es en Estados Unidos. Mi colega de la facultad trabaja en una empresa de allí desde hace años y ahora necesitan un programador y me lo ha ofrecido a mí... Pero no sé...

Gin se quedó pálida de repente. La tristeza le invadía el pecho, pero aun así consiguió decirlo:

—Es el trabajo de tus sueños, debes ir.

—Pero, Gin..., entonces tú y yo... No sé cuánto tiempo tendré que estar fuera para poder ahorrar lo necesario y que tengamos una buena vida aquí... ¿Y si vienes conmigo? —le preguntó de repente, esperanzado.

—Rober, yo no puedo irme tan lejos. Sé que no me llevo muy bien con mis padres, pero no quiero que sientan que me pierden a mí también. Y tengo a mis amigos, mi vida hecha. Allí solo te tendría a ti...

—Y eso supongo que no es suficiente —dijo él con pena—, lo entiendo.

Zanjaron así la conversación.

Después de un intenso periodo en el que aprovecharon cada segundo, Rober se despidió de Gin en el aeropuerto:

—Volveré a por ti, Gin. Lo más pronto que pueda, te lo juro por mi vida. —Acto seguido, se levantó la manga de la camiseta enseñando su tatuaje—. Para siempre, no lo olvides, flor.

Ella se echó a llorar y ambos se abrazaron muy fuerte. Se besaron entre lágrimas y desearon volver a verse pronto. Aunque cada vez podían hablar menos debido a la diferencia horaria y a la gran carga de trabajo de Rober.

Con todo lo que había pasado desde que les escribieron para participar en el concurso, Gin apenas había pensado en su situación sentimental. Además, como les pidieron desde el principio absoluta confidencialidad respecto al programa, nunca se le ocurrió comentarle nada a Rober.

Ahora tiene en sus manos un mensaje suyo que los del programa le están mostrando en este mismo instante a través de una imagen:

> ¡Amor, ya estoy aquí!
> Siento que me hayas echado de menos. Dime dónde estás y ahora mismo voy a buscarte para empezar nuestra vida juntos.

Gin sale hundida de la habitación y se cruza con CJ, quien, al escuchar la puerta, ha ido a su encuentro.

—¿Gin?

Pero ella le aparta, se mete de golpe en la habitación de Conor, que parece profundamente dormido, y busca la caja de ansiolíticos que le ofreció el día anterior.

Se toma dos de golpe, sale de la habitación de Conor y se mete de nuevo en la suya, dejando a CJ confundido en el pasillo.

35

A la mañana siguiente

Conor y CJ son los primeros en despertar y bajar a la cocina.

CJ le pregunta cómo se encuentra después del desmayo.

—Mejor… Supongo que vosotros me subisteis a la habitación, ¿verdad?

—Sí, no había forma de que despertaras y te subimos para que descansases… No sabíamos qué otra cosa hacer, que aquí el médico del grupo eres tú.

—Vaya, lo siento. Y gracias por subirme.

—No te preocupes, no es que peses mucho.

Luego desayunan en silencio, cada uno sumido en sus pensamientos. Después de la fotografía de la tarde anterior, tienen muchas cosas en las que pensar, otras que recordar, y hacer un serio ejercicio para perdonarse ellos mismos.

Más tarde, Gin entra en la cocina y los saluda vagamente mientras busca algo que desayunar.

—Gin…, ¿estás bien? —le pregunta CJ, preocupado.

—Sí, gracias —le contesta ella, seca.

Gin se siente una mala persona. Durante estos días, ha sentido muchas cosas por CJ, pero leer el mensaje de Rober la ha confundido mucho. Sabe que le ha estado engañando.

—Pues no lo parece —replica CJ.

—¿Es que acaso debería estar bien? Han matado a nuestros amigos delante de nuestras narices, hemos visto una fotografía con nuestras tumbas cavadas. Vamos a morir aquí encerrados, ¿y se supone que tengo que estar bien? Joder, a veces parece que no lo estás pasando mal —le suelta, enfadada.

—Pero ¿qué cojones dices, Gin? ¿Es que acaso crees que disfruto con esto? No hablarás en serio, ¿verdad? Estoy hecho una mierda, claro que lo estoy. Pero intento disimularlo porque si nos hundimos también cuando estamos todos juntos, ese sí que va a ser nuestro puto final, ¿entiendes? De verdad que no me lo puedo creer…

Pero CJ se calla de repente al oír un sonido que proviene del salón.

—¿Será Leo? —pregunta Conor, asustado.

—No lo sé, pero vamos a ver por si acaso…

36

Furia

Leo

Cuando Leo se despierta, se mete directamente en la ducha y deja salir el agua helada. No ha amanecido hasta bastante tarde por todo el cansancio que lleva acumulado.

«¿Cómo será morir? —se sorprende preguntándose a sí mismo—. ¿Habrá algo después?, ¿podré reencontrarme con Mía cuando lo haga?». Las lágrimas de miedo y tristeza se entremezclan con el agua.

Cuando sale de la habitación, se asusta al encontrar una caja fuera, delante de la puerta. Como siempre, la coge y se vuelve a meter dentro.

La caja es bastante pesada. La abre y lo primero que ve es una pequeña cámara de vídeo y una nota.

¡Vaya, Leo! ¿Cómo es que has perdonado tan rápido a CJ? ¿Estás seguro de que de verdad es tu amigo? Fue él quien apuntó a Mía directamente. Mira las imágenes. Ese día tenía que encargarse de que cumplieras con tu prueba. Solo le importaba sobrevivir él, no que tú o Mía vivierais.

Leo le da rápidamente al play y, a cámara lenta, observa cómo los dos forcejean con la pistola; entonces ve perfectamente que CJ, en cuanto puede y sin que él se dé cuenta, apunta hacia Mía y una bala sale disparada hacia su cuerpo.

Revivirlo todo de nuevo hace que una furia incontrolable le queme por dentro.

Debajo de la cámara hay también un sobre con algo grueso dentro y otra nota.

Tienes un regalo. Haz con él lo que quieras. Pero hoy uno de vosotros tiene que morir. Si no, moriréis dos.

Vacía el contenido del sobre en la mano y ve caer una bala, al parecer, del mismo calibre que el revólver con el que CJ mató a Mía.

37

La cámara de vídeo

Leo se viste rápido en la habitación temblando de ira. Sin dudarlo, se acerca a la mesilla y saca la pistola que sigue teniendo en su poder. Le había parecido más seguro guardarla él mismo. Se apresura a meter la bala, ponerle el seguro y dejarla perfectamente preparada. Se la coloca a la espalda, entre la cinturilla del pantalón, la cubre con la sudadera y baja corriendo las escaleras.

Oye ruidos, pero no ve a nadie en el comedor ni en la cocina, así que se dirige hacia el salón. Cuando llega, los demás están intentando desconectar la televisión a toda velocidad.

Una vez entra, Gin y Conor tratan de taparla para que Leo no pueda ver nada.

—¿Qué hay ahí? —les pregunta bruscamente.

—Leo, es mejor que no mires —le advierte Gin.

Pero él se acerca a sus amigos, los aparta de un empujón y se queda mirando fijamente la pantalla.

Frente a Leo aparecen diversas imágenes de Mía y él: ella llorando con la pedida de mano y poniéndose el anillo; él dándole un beso en la punta de la nariz mientras ella está apoyada entre sus piernas; Mía emocionada en el baño ante la prueba de embarazo positiva; ellos abrazándose en el pequeño salón con la nieve cayendo al otro lado de la ventana...

Las imágenes se repiten en bucle sin parar.

Leo camina hacia atrás sin perder de vista la pantalla.

Después se vuelve hacia CJ, que no se atreve a mirarle. Entonces saca la pistola de detrás de su espalda y le apunta.

—Sé lo que hiciste, cabrón —dice mientras le tiembla la mano de la rabia—. Lo he visto todo, sé que tú mataste a Mía y que tu prueba era que yo cumpliese la mía. No lo hiciste por salvarme a mí. Mía te importaba una mierda. Lo hiciste por salvarte tú mismo, hijo de puta.

Gin se acerca a Leo para que baje el arma, pero este la detiene y le pide que no se aproxime más.

CJ está callado, observa el arma, asustado, tal y como Mía lo hizo el día en que murió.

—¿Qué pasa? ¿Es que acaso tienes miedo? Esto es lo mismo que sintió Mía aquella noche. Eres un puto egoísta. Siempre has creído que por ser un puto niño rico tu vida vale más que la de los demás.

Conor está paralizado al lado de la puerta del salón, incapaz de reaccionar.

—¿O es que acaso sí te importa mi vida? ¿Eh, CJ? —pregunta Leo, apuntándose de nuevo a la barbilla con ella—. Pero ¡qué va...! A ti te da igual todo. Y a mí me da igual matarte a ti tal como tú la mataste a ella sin pensártelo dos veces.

Leo quita rápidamente el seguro, apunta a CJ y dispara, pero le tiemblan tanto las manos de la rabia que falla el tiro. Es Gin, que en ese momento está al lado de CJ, quien recibe el impacto de la bala y cae al suelo.

Sin saber que Leo no tiene más balas, CJ se tira encima de él y lo empuja con todas sus fuerzas. El cuerpo de Leo cae hacia atrás y su cuello se parte sobre el borde de la mesa pequeña del salón.

Conor se acerca a Leo, pero solo con verlo de cerca se da cuenta de que no puede hacer nada por él. Su cuello cuelga completamente hacia un lado.

CJ está tumbado al lado de Gin.

—Gin, Gin, ¿estás bien?

—Sí —contesta ella con una mueca de dolor—. Creo que la bala solo me ha rozado el hombro.

Se lo toca y nota un montón de sangre en la mano.

Gin y CJ se giran hacia Leo y se percatan de que tiene el cuello colgando.

—Dios mío, ¡Leo! —grita Gin, aterrorizada, intentando ponerse en pie.

Conor los mira sin una pizca de emoción.

—Está muerto.

CJ se acerca al cadáver de Leo, pero Conor lo aparta bruscamente, y ante la sorpresa de ambos, lo coge en brazos como si no le pesase nada y lo lleva a su habitación.

Gin y CJ se miran.

—¿Es verdad lo que ha dicho Leo? —le pregunta ella con un destello de furia en los ojos.

—Yo… —empieza a decir él, pero se queda callado.

Gin se aleja de él con cara de asco y sube directamente a su dormitorio.

Poco después, alguien golpea la puerta, pero ella no abre.

—Gin, soy yo. ¿Puedo pasar?

Reconoce la voz de Conor y le contesta que entre. Él se sienta a su lado y la abraza en silencio. Cuando se separan, Conor va a su habitación y vuelve con un botiquín.

—¿Puedo? —le pregunta él, señalándole la herida del hombro.

—Sí, claro. Gracias.

Conor le limpia la herida con cuidado, le echa un poco de alcohol, le pone tiras de aproximación y termina tapándolo todo con una venda adhesiva. Luego le ofrece un vaso de agua y una pastilla para el dolor. Los dos están en silencio. Cuando acaba la cura, él le pregunta si quiere hablar, pero ella le dice que no, aunque se lo agradece.

Mientras Conor sale del cuarto para dirigirse al suyo, Gin se tumba en la cama. Siente que no puede más. Ni siquiera come, se queda allí pensando en todo y en todos. En sus amigos, sus padres, Leo, CJ, Rober, Isa… El recuerdo de su hermana hace que sienta un fuerte dolor en el pecho. No deja de darle vueltas al hecho de que si ella no hubiese vendido drogas, aún estaría viva. «Seguro que si mi madre lo supiera, se alegraría de mi muerte», piensa ella tristemente mientras vuelve a llorar.

A las siete de la tarde, finalmente baja a la cocina a por algo de comer. Aunque no siente hambre, su estómago hace ya un rato que no deja de rugir. Se prepara un bocadillo que se come en silencio mientras escucha las voces de CJ y Conor en el salón.

Cuando termina, duda, pero decide entrar. Los dos se quedan en silencio. Están sentados en sillones muy separados el uno del otro y tienen cara de haber estado discutiendo. Gin se sienta en silencio en el sofá al lado de Conor.

—¿Cómo está tu herida? ¿Te duele? —le pregunta él.

—Me duele, sí, pero no pasa nada. Me duele más toda la procesión que llevo por dentro.

Conor la entiende y asiente con la cabeza, mientras le pasa el brazo por detrás de la espalda para que se sienta arropada.

—No quería matarlo —dice CJ de repente—. Solo le empujé para que no volviese a disparar. No podía saber que pasaría eso…

Conor y Gin se quedan en silencio sin mirarlo.

—Pero mataste también a Mía —le espeta ella después de un rato.

—Yo tenía que cumplir la prueba y no quería que mi mejor amigo se suicidara, ni que lo hiciese delante de su prometida.

Tampoco sabía que ella estaba embarazada, ni siquiera estaba seguro de si el arma era de verdad —contesta CJ defendiéndose—. Pero bueno, después de todo, solo espero ser el siguiente.

Gin siente cómo se le encoge el corazón al escuchar sus palabras. Quiere decir algo, pero no sabe el qué. Tiene sentimientos contradictorios hacia CJ. Por un lado, lo odia por lo que ha hecho, pero, por el otro, sabe que no quiere perderlo.

—Ey, mirad —les dice Conor, que de nuevo mira las imágenes que se repiten en el televisor, pues no han conseguido desconectarlo.

—¿Qué pasa? —le pregunta Gin, que no percibe nada raro en ellas.

—La imagen de Mía con la prueba de embarazo en las manos. No sé cómo no he caído antes. Los baños tienen también cámaras y micrófonos —señala Conor con una cara de disgusto absoluto.

—Por eso sabían el plan —confirma CJ—. Por eso sabían que Leo estaría fuera esa noche, por eso le dejaron coger la llave. Lo estaban escuchando todo.

—Joder, qué asco —musita Gin—. Eso quiere decir que también nos han grabado…, ya sabéis.

—No, tranquila —la detiene Conor—. La cámara solo enfoca hacia el lavabo. No se ve nada más.

—O sea, que no hay ningún punto seguro —comenta CJ—. Es decir, que hay cámaras escondidas por todas partes.

—Una duda, CJ, ¿cómo se enteró hoy Leo de lo tuyo? —pregunta Conor.

—Pues ni idea.

—Dijo que lo había visto —interviene Gin—, pero parecía que lo había visto esta misma mañana.

—¿Puede que haya recibido un CD con la grabación? —pregunta CJ.

—No hay donde poner un CD en la habitación —contesta ella.

—¡Claro!

Conor desaparece corriendo escaleras arriba mientras CJ y Gin intentan no mirarse, sin éxito.

Cuando Conor regresa, trae en la mano una cámara de vídeo. Los dos observan, sorprendidos, cómo se sienta y contempla las imágenes que Leo había visto esa misma mañana y, en un acto impulsivo, borra la cinta.

—Tengo una idea... —les dice Conor.

—¿Cuál? —le pregunta Gin, encogida en el sofá.

—La cámara está con la batería casi llena. Podríamos... grabar un vídeo para..., bueno, por si nos han engañado con la fotografía y, en realidad, sí hay un ganador, y que este pueda enseñarlo cuando salga... De hecho, podríamos grabarnos los tres juntos contando primero lo que ha pasado, y luego... grabarnos cada uno en privado. Así podríamos usar esa grabación para dejar un mensaje o algo que queramos decirle a alguien. Sinceramente, no tengo claro que sirva de nada, especialmente si todo el tiempo nos están observando y saben lo que estamos haciendo, pero quizá... nos sirva sobre todo como terapia.

CJ y Gin miran a Conor y a la cámara.

—Creo que es una gran idea, Conor —dice ella con una pizca de alivio. Se aferra a una pequeña esperanza que crece en ella de que quizá algún día todo pueda saberse. Y también de la posibilidad de desahogarse.

—A mí también me lo parece —dice CJ mirando a Conor—. Hagámoslo.

38

¡Sorpresa!

Los tres dejan pasar un rato antes de ponerse a ello. Todavía están en shock por lo sucedido horas antes.

Están sentados en el sofá en silencio, pensando en los últimos acontecimientos, cuando CJ se levanta de golpe. Las imágenes de Mía no dejan de sucederse una y otra vez en la pantalla de televisión y no lo aguanta más. Se acerca con rabia al aparato y busca otra vez alguna manera de desconectarlo.

Desliza la mano por detrás e intenta llegar a los cables.

Para su sorpresa, toca algo que sobresale.

Pega más su cuerpo a la pared y con la mano izquierda consigue arrancar lo que hay pegado.

Lo mira con los ojos como platos.

Conor y Gin se acercan rápido, expectantes, para ver de qué se trata, y sus caras palidecen de golpe.

Es un sobre con solo una palabra escrita en color rojo: ¡SORPRESA!

CJ lo abre rápidamente y saca una tarjeta de vídeo.

Sin perder tiempo, Conor corre hacia la cámara y vuelve junto a sus compañeros, que esperan impacientes. Coloca la tarjeta en el dispositivo y, cuando los demás asienten, le da al play.

Ninguno puede creerse lo que está viendo.

Ante ellos, la grabación muestra el patio vacío. Segundos más tarde, aparece Mía, que entra enfurecida en la sauna, y luego se oyen unos gritos que proceden de ella, apenas inteligibles. Entonces, por el hueco de la puerta abierta, se ve cómo el cuerpo de Rebeca cae al suelo y Mía le da una patada en el vientre, antes de gritarle algo y girarse para coger el cubo de carbón... y vaciárselo entero por encima.

Cuando todo parece haber acabado, ven a Mía salir y darse de repente la vuelta, volver sobre sus pasos y bloquear la puerta de la sauna con la barra de madera.

Después se va, riendo como una loca y dejando que Rebeca muera dentro.

La grabación se para de golpe.

Los tres se quedan mirando fijamente la cámara en silencio, como si esperasen que en algún momento apareciera alguna frase, o que aquella voz que tanto detestan les confirme que es una broma.

Pero nada de eso ocurre.

Gin es la primera en poder decir algo:

—No... no lo entiendo.

—No puede ser —continúa Conor en un murmullo.

CJ los mira a ambos, perplejo.

—Entonces Mía... Joder, ¿qué cojones? ¿Es que en realidad estaba loca?

Gin recuerda lo ocurrido aquella tarde.

—CJ..., la droga...

Conor la observa sin entender de qué habla.

—¿Qué droga?

CJ y Gin se miran entre ellos, pero no contestan.

—¡Que de qué droga habláis, joder! —les grita Conor.

Está enfadado y herido. Necesita una explicación lo más coherente posible, que justifique que la dulce chica que él amaba pudiese hacer algo tan terrible.

—Alguien drogó a Mía aquel día —contesta CJ finalmente.

—¿Qué? ¿Quién? —pregunta Conor, confundido.

—Creemos que fue Rebeca —responde Gin esta vez.

—¡¿Y por qué no dijisteis nada?! No entiendo…

CJ lo agarra de los hombros para intentar tranquilizarle.

—Porque lo más seguro es que esa fuese la prueba de Rebeca. No podíamos decir nada porque no queríamos que…

—¿Que muriese? —pregunta Conor casi en un grito, alejándose de su amigo—. Pues ya ves que no ha servido de nada.

Conor va a salir del salón cuando la voz de Gin le detiene:

—Recuerda que las drogas no te convierten en alguien que no eres…

Él se gira para mirarla.

—Solo acentúan… quién eres en realidad. Las drogas no justifican lo que ha hecho. Lo siento.

Conor vuelve a entrar, abatido, y Gin lo abraza.

—No… no creo que sea bueno que le demos más vueltas a esto. Ahora mismo el tiempo juega en nuestra contra y no nos sirve de nada distraernos —comenta CJ serio, en un intento por apartar todas las emociones que siente y ser práctico.

Tira la tarjeta de vídeo al suelo y la pisa. Entonces coge de la mesa la que Conor ha dejado allí antes.

—Creo que es hora de que grabemos ese vídeo.

39

La grabación

CJ y Gin se sientan juntos a la mesa. CJ nota que ella está nerviosa y le toma la mano con prudencia. Gin le dedica una ligera sonrisa.

Mientras, Conor coge un libro grande de la estantería para apoyar la cámara y que quede al nivel de sus caras. Hace una pequeña prueba en la que graba justamente ese momento en que los otros dos se sonríen nerviosos con lágrimas en los ojos. Después de pensarlo un momento, decide no borrar esa imagen.

Cuando ya está todo preparado, Conor, que está al otro lado de la mesa, se aclara la garganta y les dice:

—Ya está todo listo… La cámara nos enfocará a los tres. ¿Estáis… preparados?

Se miran y asienten en silencio. Entonces Conor le da al botón de grabar antes de sentarse al otro lado de Gin. Todos se quedan en silencio, no saben quién debería hablar primero ni qué decir exactamente.

CJ siente la mano ya húmeda por los nervios de Gin y decide hacerlo él:

—No sabemos si alguien verá esto algún día, pero queremos contar lo que ha pasado aquí. Ahora solo nos veis a nosotros tres: Conor, Ginebra y yo, CJ. Aunque, cuando llegamos, éramos siete. A día de hoy, nuestros amigos Edgar Llorente, Rebeca Sánchez, Mía Ramos y Leo García han muerto.

»Hace unas semanas nos enviaron un e-mail invitándonos a un concurso de televisión. Nos explicaban que nos quedaríamos dentro de esta cabaña aislada durante un tiempo indeterminado hasta que hubiese un ganador que se llevaría un gran premio en metálico. No podíamos decirle a nadie que íbamos a participar, debíamos mantener el secreto y no desvelarlo o, si no, elegirían a otros candidatos. Ninguno de nosotros contó nada, porque nos ofrecían la oportunidad de pasar unos días en una cabaña de lujo todos juntos y, además, todos necesitábamos el dinero.

»Antes de empezar, nos hicieron analíticas para saber si estábamos bien de salud y test psicológicos, y después nos hicieron firmar un contrato muy breve con unas reglas algo extrañas, pero ninguno de nosotros sospechó nada. Después, antes de subirnos al avión, por normas del programa nos requisaron nuestros móviles. Así que no tenemos comunicación con nadie de fuera. El avión nos dejó en la nieve en mitad de la noche, por lo que no sabemos ni siquiera dónde estamos. No tenemos ni idea de si seguimos en España o si hemos salido del país.

»La primera noche, nos hicieron… contarnos secretos muy fuertes unos a otros y lo hicimos porque necesitábamos el dinero y no queríamos irnos. Pero Edgar, nuestro amigo, se negó a hacerlo y al intentar salir de la cabaña le dispararon desde fuera, matándolo. Acto seguido, nos encerraron aquí dentro sin ninguna posibilidad de salir. Incluso las ventanas de toda la casa son a prueba de balas y es imposible abrirlas o romperlas.

»Los días siguientes nos fueron dejando pruebas en la puerta a cada uno de nosotros de las cuales no podíamos contar nada a los demás, a riesgo de morir nosotros mismos si lo hacíamos. Su propósito era enfrentarnos los unos contra los otros. Hasta hicieron que una de nuestras amigas drogase a otra, que estaba embarazada, lo cual tenían que saber por las analíticas. Obligaron a otro compañero a disparar un arma... y más cosas. Y así, uno a uno han ido muriendo los demás, llevándonos psicológicamente al extremo.

»Nos han dejado una fotografía de tumbas cavadas con nuestros nombres en mitad de un bosque. En realidad, ya no sabemos qué está pasando aquí, pero tenemos claro que esta locura no puede emitirse en un programa de televisión normal. Nos han comentado que hemos llegado al millón de audiencia, así que lo más probable es que todo lo ocurrido esté colgado en la Deep Web.

»Solo quedamos tres y sabemos que el tiempo no juega a nuestro favor, así que si alguien en el futuro encuentra esto, por favor, contad nuestra historia. Por nuestros amigos... y por nosotros, que lo más probable es que ya no estemos vivos cuando lo veáis. O, con suerte, quizá uno de nosotros sí sobreviva.

CJ se queda en silencio y Conor se levanta abrumado a parar la grabación. En ese momento, CJ se derrumba y los tres se abrazan con fuerza llorando durante un rato.

Cuando se separan, sonríen con la esperanza de que en el futuro ese vídeo sirva para algo. Aunque sea para recordarles, a ellos y a sus amigos.

Conor se seca las lágrimas y les comenta que quizá lo mejor sea que dejen los vídeos personales para el día siguiente, así tendrán la noche para pensar.

Horas más tarde, los chicos van a por algo de cenar mientras Gin se queda en el sofá del salón hecha un ovillo cerca de la chimenea, que se ha convertido ya en el único lugar de la cabaña que le gusta, por muy lujosa que sea esta.

«¿Cuáles serán mis últimas palabras?», se pregunta.

Y de nuevo regresa a su mente el recuerdo del mensaje de Rober diciéndole que la espera fuera, y rompe a llorar al pensar que seguramente nunca volverá a verlo.

Cuando sus amigos entran con la cena, ella se limpia las lágrimas con las mangas para disimular su dolor.

Gin no tiene ganas de cenar, así que sigue pensando en qué le dirá a la cámara mientras escucha el crepitar del fuego, y sin darse cuenta se queda dormida.

CJ y Conor cenan en silencio, porque ven a Gin descansando en el sofá con los ojos cerrados.

—Conor… —le susurra CJ de repente.

—¿Sí? —pregunta este levantando la vista del plato para mirarlo.

—Conor, sé que he hecho muchas cosas mal en la vida. Y sobre todo aquí, pero necesito que me prometas algo. —Conor enarca una ceja—. Prométeme que cuidarás de ella si yo muero.

Conor apoya el tenedor en la mesa y mira de reojo hacia Gin, que parece profundamente dormida.

—Eso no tendrías ni que pedírmelo, CJ. Y lo mismo te pido a ti, si yo muero antes.

—Daría mi vida por ella —le confiesa CJ—. Y te lo digo de verdad.

Cuando acaban de cenar, CJ despierta suavemente a Gin para que suba a la habitación, porque ya es tarde. Ella acepta medio adormilada, mientras él la acompaña al dormitorio. Gin se pone de puntillas y le da un beso en la mejilla antes de entrar.

CJ se va a su habitación y Conor se dirige a la suya.

Tienen mucho en lo que pensar hasta el amanecer.

40

Estoy preparado para irme

Conor

Conor se levanta el primero de los tres. Abre la puerta con miedo de encontrar algún sobre, pero comprueba que ninguno de ellos tiene nada.

Vuelve a cerrar y saca la cámara de vídeo que ha guardado en su mesilla por miedo a que los del programa pudiesen robarla por la noche.

Se toma un ansiolítico, se sienta delante de la cámara, toma aliento y, con toda la valentía que consigue reunir en ese momento, pulsa el botón de grabar. Durante unos segundos mira fijamente hacia delante antes comenzar su discurso.

—Mi nombre es Conor. Soy uno de los tres que quedamos vivos en la cabaña. Cuando vine aquí, me prometí a mí mismo ser más fuerte y menos débil, pero ante la certeza de que moriré pronto, siento que soy más vulnerable todavía. Ya no tengo ninguna esperanza. Ni siquiera sé si podría salir de aquí y seguir con mi vida si se diera el caso, porque he visto morir uno a uno a mis amigos, y cómo los demás nos hemos ido hundiendo por el dolor.

»Lo que nos han hecho no tiene nombre, pero tampoco lo tiene lo que le hice a mi hermano Marco años atrás. Ya no me da miedo contarlo, ya no me asusta. Solo me duele. Y, en realidad, sé que merezco lo que pueda pasarme. Porque él no tendría que haber muerto aquella noche. Siempre he sido un fracaso y aunque he intentado superarme y ayudar en la cabaña, siento que no tengo ya fuerzas para luchar. No quiero tenerlas. Solo deseo pedir perdón a mi familia, y sobre todo a mi madre, por todo el daño que he causado. Espero poder irme pronto… y no me refiero de esta cabaña.

»También quiero pedir perdón a mis amigos, y a aquellos que no pude salvar. Por los momentos en los que no reaccioné a tiempo, esos instantes en los que mi miedo y mi debilidad pusieron vidas en peligro. Podría no haber seguido las normas, morir antes.

»Todos estos años he intentado lidiar con la culpa y el dolor, pero aunque sienta miedo, estoy preparado para irme y ser libre de una vez por todas.

»Para mis amigos, CJ y Gin, si alguno de vosotros o ambos conseguís salir de aquí, no olvidéis ser fuertes, tanto como lo habéis sido estos días. Vengad las muertes de nuestros amigos. Espero que, si lo hacéis, consigáis encontrar justicia.

»Pido que mi familia encuentre por fin la paz con mi muerte, porque, como me dijo mi padre una vez, con mucha razón, no tendría que haber nacido.

Conor se levanta y apaga la cámara con manos temblorosas.

Pero se siente aliviado.

Ya está hecho.

41

A tu lado

Gin y Conor salen a la vez de la habitación.

—No hay nada, tranquila —dice Conor al ver que Gin mira al suelo.

—No tengo muy claro que eso me tranquilice. Hace mucho que no recibimos una prueba personal y desde ayer no se han comunicado con nosotros.

—Pues a mí eso me alivia —le contesta él mientras bajan las escaleras.

Al llegar a la cocina, Gin busca en el congelador varios crepes congelados rellenos de chocolate y los calienta en el microondas. No aparta la vista del electrodoméstico y se toca debajo del vientre.

—¿Estás bien? —le pregunta Conor, extrañado por su actitud.

—Sí, sí —responde ella con una leve sonrisa mientras lo mira—. Ya sabes…, cosas de chicas.

—Oh, vaya, entiendo. ¿Quieres una pastilla para el dolor?

—Pues no me vendría mal.

Saca los crepes del microondas antes de que suene y los devora con ansia.

—Toma. —Conor saca la última pastilla para el dolor que lleva en el bolsillo del pantalón—. Al menos me alegra verte comer.

—Es que esto de la regla es una mierda —dice ella con la boca llena de chocolate—. Lo que me faltaba ya: ver más sangre y estar más sensible aún.

Conor no puede evitar reír ante el comentario de su amiga, que además sale de una boca totalmente negra. Ella se pasa un dedo por los dientes y se da cuenta de que los tiene cubiertos de chocolate.

—Oye, podías haberme avisado.

—Bueno, para un día que te veo disfrutar tanto comiendo como cuando te hicimos los macarrones, no quería romper la magia. ¡Tampoco es como si hubiese un millón de personas viéndote!

Conor no puede dejar de reír después de esa frase y ella estalla en una carcajada.

Cuando CJ entra, le sorprende verlos tan divertidos. No recuerda la última vez que los ha visto así.

—¿Qué me he perdido esta vez? —pregunta con una sonrisa.

Gin se da la vuelta tapándose la boca para que él no la vea y se enjuaga con el agua del grifo.

—Nada —dice ella, sonriéndole.

—¿Qué tienes en los dientes? —le pregunta, extrañado.

—¡Mierda! —grita, y sale corriendo hacia el baño, muerta de la vergüenza, para limpiárselos bien.

Cuando por fin vuelve y Conor consigue parar de reír y tomar aire, se da cuenta de que ha soltado un montón de tensión acumulada.

CJ mira el plato lleno de chocolate de Gin antes de ponerse a buscar pan para hacer unas tostadas.

—¿Todo bien? —le pregunta, señalándole el plato.

—Sí, sí —dice ella riendo tímidamente—. Tuvo que bajarme la maldita regla justo ayer y me he levantado muriéndome de… perdón, con ganas de comer chocolate —rectifica dándose cuenta de la inoportuna palabra que acaba de usar dadas las circunstancias.

—Eso es bueno —comenta CJ—, lo de comer y eso.

CJ se sienta a la mesa con sus tostadas y Gin y Conor se quedan con él hasta que termina de desayunar.

—Chicos, yo ya lo he hecho —les dice Conor de repente.

—¿A qué te refieres? ¿Al vídeo? —pregunta Gin.

—Sí, esta mañana, nada más despertarme. Así ya me lo he quitado de encima, y creo que me siento liberado.

Gin y CJ se miran.

—Yo aún no estoy preparado —comenta él.

—Yo tampoco, creo que lo haré por la tarde.

En cuanto terminan de limpiar la cocina, Gin le pregunta a CJ si pueden hablar y se dirigen hacia el salón pequeño. Conor entiende que debe dejarles ese espacio de intimidad y se dirige solo hacia el salón principal.

—¿Qué pasa, Gin? Te noto un poco distante conmigo. ¿Es de eso de lo que quieres hablar? ¿No te sientes cómoda?

Los dos se sientan en el sofá.

—A veces parece que pudieses leerme el pensamiento.

—Bueno…, son muchos años. Y, Gin, si no te sientes cómoda con esto, no hace falta que me expliques nada. Podemos ser solo amigos.

—No es eso… exactamente —le contesta ella mientras saca un papel de su bolsillo y se lo enseña.

CJ lo lee y la mira de nuevo con expresión interrogativa.

—¿Por qué tienes esto? ¿Es de Rober? No entiendo nada. Pensé que lo habíais dejado el último año de facultad —le pregunta, confundido, antes de devolverle el papel.

—Volvimos hace cuatro años. Pero hace dos él tuvo que irse a trabajar fuera… y me prometió que regresaría a por mí cuando tuviese dinero suficiente para que los dos pudiéramos llevar una buena vida juntos.

—Gin, Rober es peligroso, siempre te lo he dicho…

—Ya no lo es, CJ. Y en realidad no tengo claro que lo haya sido alguna vez.

—¿Y por qué no nos contaste que habíais vuelto? Sigo sin entenderlo.

—Porque tenía miedo a vuestras reacciones. A reacciones y opiniones como la tuya. Yo soy muy vulnerable ante ellas, y quería decidir por mí misma.

—Pero somos amigos, solo con saberlo hubiésemos estado atentos.

—¿Atentos? ¿A qué? ¿Por si me mataba? ¿Tú has visto dónde estamos?

CJ está tan sorprendido que apenas puede hablar.

—Pero entonces… ¿por qué me cuentas esto ahora? ¿De dónde ha salido esa foto del mensaje?

—Anteayer por la tarde, al entrar en mi habitación, estaba encima de la almohada dentro de un sobre con mi nombre. Rober me mandó este mensaje, pero yo nunca le envié un wasap diciéndole que quería verlo ya, así que debió de ser cosa de los del programa para hacerme daño; dejarían la foto ahí mientras nosotros estábamos con lo del *escape room*.

—¿Y tú…? ¿Aún lo quieres? —le pregunta CJ sin mirarla.

—Sí. Pero, CJ, sabes que estos días yo también he sentido cosas muy fuertes por ti. Estoy confundida y por eso he estado distante contigo desde que lo recibí.

—Te ha removido todo. Lo entiendo.

—Siento no habértelo contado antes…

—Yo tampoco te había contado lo del accidente de Isa. Creo que los de los sobres no eran los únicos secretos…

CJ se levanta y le coge las dos manos.

—No te preocupes, Gin. No quiero forzarte.

—No lo haces. Solo quería que lo supieras. Pero, CJ, si tengo que elegir…, prefiero pasar lo que me quede de tiempo a tu lado.

—Vaya, eso me suena. De todos modos, estamos encerrados, tampoco es que tengas otra opción.

—Pues es lo único que podré agradecerle entonces a este programa de mierda —contesta ella mientras se levanta también y lo besa en los labios.

42

Te cuidaré

Gin

Después de comer, Gin sube con la cámara a su habitación. Realmente no sabe qué decir, pero espera que todo fluya cuando empiece.

Al igual que lo ha hecho Conor, ella también se sienta en la cama y aprieta insegura el botón de grabar.

—Hola, mi nombre es Ginebra y soy una de las idiotas a las que han engañado para venir a esta cabaña a morir. Nos han hecho cosas que no me atrevería a contar. Hemos visto a nuestros amigos morir de maneras horribles, hemos tenido que jugarnos la vida en un puto juego. Sabemos que esto es una carrera contrarreloj. Aquí en la cabaña todo parece diferente: el tiempo, los sentimientos, las emociones, los recuerdos... Creo que saber que vas a morir hace que te replantees lo que ha sido tu vida. O al menos ese es mi caso.

»Quiero pedirles perdón a mis padres y a mi familia. Si veis esto, quiero que sepáis que me arrepiento de haberos mentido. Me pagué la universidad vendiendo droga. Dejé de hacerlo cuando tuve ahorros suficientes, pero fue demasiado tarde para evitar que mi hermana Isa las probase y muriese en aquel accidente de coche. Siento que la culpa me corroe por dentro desde el primer día que llegué y me enteré de eso. Quizá, en realidad, yo sí merezca morir aquí, pero no los demás.

»Rober, si algún día escuchas esto, quiero que sepas que te amo, lo he hecho desde el primer día que te vi. Siento que me hayan hecho saber, estando aquí, que has vuelto. Y ahora mismo podríamos estar juntos riendo como siempre. Lo siento muchísimo. Ojalá seas muy feliz.

»Y por si alguno de mis amigos de la cabaña consigue salir con vida: Conor, eres un ser de luz. Has estado al lado de cada uno de nosotros, nos has salvado a muchos y siempre te estaré agradecida por todo tu cariño. Ha sido un gran honor para mí haber podido ser tu amiga.

»Y, por último, CJ…, si has conseguido salir de aquí, mi corazón estará feliz. Te cuidaré junto a mi hermana desde dondequiera que estemos. Estar aquí contigo me ha hecho darme cuenta de que te quiero. Pasar mis últimos días contigo ha sido una bendición para mí.

»Y, bueno, ojalá algún día alguien encuentre nuestros vídeos y se sepa toda la verdad. La de todos y la nuestra.

Gin se levanta y para la grabación mientras se echa a llorar entre triste y aliviada.

43

Un último atardecer

Gin baja al salón con los ojos llorosos y le entrega a CJ la cámara, que le roza las manos al cogerla. Poco después, sube con ella a la habitación.

Gin y Conor se quedan solos. Ambos recolocan uno de los sofás para disfrutar de las vistas a través del gran ventanal.

—¿Dónde crees que estamos? —le pregunta Gin.

El paisaje es espectacular, lleno de montañas nevadas.

—No lo sé… Quizá en los Pirineos… Pero es invierno y podríamos estar en cualquier lado. Tal vez nos encontremos en Suiza, aunque también el avión pudo estar dando vueltas durante horas para desorientarnos.

—Igual podríamos hacer señas con linternas esta noche, una especie de SOS. Quizá nos vea aquel señor que nos acompañó hasta aquí.

—Creo que por las caras de asco que nos dedicó a cada uno, incluso le divertiría que estuviésemos en peligro —responde Conor, y Gin lo mira asombrada.

—¿Y si es él quien ha organizado todo esto?

—No lo había pensado, pero podría ser. Si los del programa entran tantas veces quiere decir que no pueden estar muy lejos.

—Mierda… ¡Y lo tuvimos ahí, delante de nosotros! —grita Gin, enfadada.

Conor se queda en silencio, sin apartar la vista del ventanal.

—Gin, ¿tú… crees en Dios? —le pregunta de repente.

Ella lo mira sorprendida, pero vuelve a fijar la vista en las montañas.

—¿Sabes? Creo que nunca me lo han preguntado. Pero sí, creo en él. O que hay algo más allá de lo que existe aquí en la Tierra.

—Pero si Dios es bueno, ¿por qué dejaría que nos pasara esto?

—La verdad es que no creo que pueda contestarte a eso. Sería lo mismo que preguntar por qué la gente inocente muere en las guerras, por qué los niños pequeños padecen enfermedades mortales, por qué mi hermana sufrió aquel accidente siendo tan joven… Dios da libre albedrío a las personas. Y alguien ha elegido hacernos esto, pero estoy segura de que él no fue. Yo… me siento culpable por la muerte de mi hermana, ¿sabes? He pensado mucho en ello desde que CJ me lo dijo el primer día. Quizá me lo merezca.

—Gin, yo no te he contado nada de lo de mi hermano… Dejé que muriera cuando pude haberle salvado la vida. Destrocé a mi familia. Por eso tomo tantas pastillas, porque la culpa nunca se va.

Gin le escucha sin juzgarle.

—Conor…, no sabemos cuándo moriremos. Pero… ¿quieres que recemos juntos?

Él la mira con lágrimas en los ojos.

—Me encantaría.

Los dos se arrodillan delante del ventanal y ella le coge la mano. Empiezan a rezar en voz alta, pidiendo perdón y salvación, para ellos y para sus amigos. Cuando terminan, se abrazan llorando, aliviados. Sienten que, pase lo que pase, se han liberado de una gran carga.

Un par de horas después, CJ vuelve al salón.

—No… no me ha sido fácil. Perdonadme por tardar tanto —les dice mientras apoya la cámara en la mesa.

—No te preocupes. Ven, siéntate con nosotros —le dice Gin mientras da una palmada en el lugar que hay al lado de ella—. Podrán quitarnos la vida, pero no podrán arrebatarnos un último atardecer —le dice sonriendo.

CJ se sienta y, junto a Conor, se recuestan en las piernas de Gin mientras en silencio ven cómo las luces del atardecer van tiñendo las montañas de un precioso color anaranjado. Por primera vez desde que llegaron a la cabaña, los tres sienten un poco de paz.

—Ey —dice Gin mirándolos—, os quiero mucho, chicos. Gracias por todo.

Ellos se incorporan y la abrazan.

Cuando ya ha oscurecido y la luna se ve por la ventana, deciden cenar algo. Escogen las cosas más ricas que encuentran por la cocina y las llevan al salón.

—No olvides esto, cariño —le dice CJ a Gin, pasándole una tableta de chocolate.

—Gracias, amor, se me había olvidado —le contesta ella, y le da un beso en los labios.

Los tres cenan mientras hablan calmadamente y beben una copa detrás de otra para intentar olvidar, para sentirse vivos por última vez. Brindan por sus amigos y por ellos mismos. Y también desean, por qué no, que maten a los hijos de puta que les están haciendo eso.

Cuando terminan, ya un poco borrachos, Conor se va a la habitación a dormir y coge la cámara para guardarla nuevamente.

CJ y Gin suben un rato después.

—Oye, Gin…, sé que hay unas reglas, pero visto lo visto… y si lo de la foto se cumple…, me gustaría poder dormir contigo esta noche. Si tú quieres, claro —le dice con timidez.

—Me encantaría, pero… ya sabes, estoy en esos días… —responde ella, más tímida todavía.

—No me importa, no quiero hacer nada, solo pasar una noche a tu lado.

A ella le brillan los ojos y entran juntos a su dormitorio.

La cama es pequeña, pero CJ le pasa el brazo por detrás de la cabeza y ella se apoya en su pecho.

—Ojalá tuviéramos más tiempo —susurra él.

—Ojalá tuviéramos toda la vida —contesta ella, incorporándose un poco para besarlo en los labios.

Los dos se quedan callados sintiendo la respiración del otro. Gin mira a CJ. Tiene los ojos cerrados y siente que está relajado. De hecho, respira cada vez más fuerte. Se ha quedado dormido. Ella lo mira y le acaricia un poco más. Luego entrelaza las piernas con las suyas y también se duerme junto al calor de su pecho.

44

Dale al play

Conor

En mitad de la noche, Conor se despierta al oír un chasquido y, cuando abre los ojos, ve que la puerta de su habitación está abierta.

Confundido, busca la cámara y comprueba que esta sigue en el cajón.

Mira a su alrededor y todo está colocado tal cual lo ha dejado antes de acostarse.

Sale con miedo de la habitación y observa que las puertas de Gin y CJ están cerradas, pero al mirar hacia la planta inferior advierte una luz que proviene de la entrada de la cabaña.

Asustado y aún algo borracho, baja agarrándose fuerte al pasamanos intentando no tambalearse.

Cuando llega a la entrada, observa unas pisadas que han dejado un reguero de agua mezclada con barro por todo el pasillo que conduce al salón principal.

Conor entra en pánico. Se palpa los bolsillos, pero cae en la cuenta de que se ha dejado las pastillas y el inhalador en la habitación.

Sube de nuevo, encontrándose cada vez peor, pero la puerta del dormitorio se ha cerrado y ya no puede volver a entrar. El miedo se apodera de él, se apoya en la puerta y se va resbalando hasta quedarse sentado en el suelo delante de ella.

De repente se levanta y se dirige con un ligero tambaleo hacia la habitación de CJ. Le llama en voz baja, pero no recibe respuesta. Intenta abrir la puerta, pero es inútil.

Vuelve a mirar el piso de abajo y, de repente, le parece ver la figura de su hermano que cruza la entrada. Muerto de miedo y con la seguridad de que ha perdido la razón, baja otra vez las escaleras.

Decide seguir las huellas y siente en los oídos los latidos del corazón. «¿Y si Marco está vivo?», se pregunta en un momento de locura.

Cuando entra en el salón, no hay luz y la puerta se cierra de golpe. Tira del picaporte lo más fuerte que puede, pero esta no cede.

Llama a Gin y a CJ, desesperado, pero no lo oyen; están profundamente dormidos.

De repente la televisión se enciende y su luz ilumina el salón. Se da cuenta de que la sala está totalmente empapelada con fotos de su hermano.

Conor está mareado y siente que va a desmayarse. «Tiene que ser otra pesadilla», piensa, buscando una explicación a todo lo que le está ocurriendo.

Entonces se fija en un DVD que está sobre el televisor. Y una nota: «Dale al play».

Cuando Conor aprieta con manos temblorosas el botón, se reproduce una secuencia del último cumpleaños de su hermano: Marco sopla las velas junto a él, sus padres y sus abuelos. Todos parecen muy felices. Por último, Marco sonríe a la cámara antes de soplar las velas.

La secuencia termina y vuelve a repetirse en bucle.

Conor siente un fuerte dolor en el pecho y se da la vuelta.

Entonces nota a alguien detrás de él.

Marco se está acercando a él, cubierto por una gran gabardina y una capucha.

Conor camina de espaldas sin dejar de mirarlo.

Se lanza hacia la puerta, sin dejar de temblar, e intenta abrirla con todas las fuerzas que le quedan. Pero esta sigue sin ceder. Y él no quiere mirar atrás.

De pronto escucha una voz familiar que le susurra al oído:

—¿Por qué me mataste?

Su corazón late desbocado, no puede respirar y le duele mucho el pecho. Poco a poco se va dando la vuelta y ve la cara de Marco pegada a la suya.

Su corazón se detiene. Conor cae al suelo, como fulminado por un rayo.

45

Finalistas

Buenos días, cariño.

CJ despierta a Gin mientras ella va abriendo los ojos poco a poco.

—Buenos días... —responde ella mientras le sonríe y se le escapa un bostezo.

—¿Cómo has dormido? —Le acaricia el pelo con la mano derecha.

—Creo que hacía tiempo que no dormía tan bien —le contesta ella dulcemente—. ¿Y tú?

—Muy bien, aunque no sé si podré volver a usar el brazo izquierdo —bromea.

Gin se incorpora de golpe y se da cuenta de que el brazo de CJ ha estado colocado debajo de su cuello desde que se durmieron juntos.

—¿Has dormido así toda la noche? ¿Estás loco? ¿Por qué no me has despertado?

—Se te veía muy cómoda y relajada. No quise despertarte.

Gin le coge el brazo y se lo pellizca.

—¿Lo notas? —le pregunta ella, preocupada.

—No sé… ¿Y tú esto? —replica CJ mientras le hace cosquillas.

—Maldito. —Ríe sin poder parar—. Suéltame.

Ambos se miran y se abrazan.

—¿Sabes, CJ? —le dice Gin de repente—. Ayer me pareció oír un ruido fuera. Tengo miedo de que… nos hayan dejado otra prueba.

—Entonces quedémonos aquí un rato más. Si tenemos alguna prueba, yo no tengo ninguna prisa por verla.

Ambos se besan apasionadamente como si fuese el fin del mundo, o al menos del suyo.

Cuando el reloj marca las doce, Gin se levanta para darse una ducha mientras le dice a CJ que no deberían dejar a Conor tanto tiempo solo.

Después, mientras CJ se está duchando, se asoma por la cortina disimuladamente y se queda mirando cómo ella se arregla el pelo en el baño. A pesar de todo, tiene mejor cara que en los últimos días. «No sé cómo he tardado tanto tiempo en darme cuenta», piensa él, embobado.

Gin se nota observada y se gira sonriente.

—¿Qué miras? —le pregunta.

—¿Qué miras tú, mejor dicho? —replica él, tapándose al darse cuenta de que la cortina se ha corrido más de la cuenta.

A Gin se le escapa una risa pícara.

—Vamos, que es tardísimo —le apura ella.

Cuando están ya vestidos, salen del dormitorio y se percatan de que en el suelo hay un sobre con el nombre de ambos. Se miran asustados, lo cogen y lo abren.

Ginebra y CJ:

Sabéis perfectamente que os habéis saltado una de las reglas. Vuestro amigo Conor llamó por la noche a la habitación de CJ, pero, vaya, él no estaba allí para ayudarlo. En fin, una pena, ya os habíamos avisado de que no tendríamos compasión, pero, bueno, ¿por qué no vais a buscarlo?

Gin deja caer la nota al suelo y los dos echan a correr hacia la habitación de Conor, pero no está ahí. Bajan las escaleras tan rápido que parecen volar sobre los escalones. El corazón se les va a salir del pecho.

—¿Por dónde empezamos? —pregunta CJ.

Gin se fija entonces en unas ya apenas visibles marcas de fregona que recorren el pasillo y que parecen conducir hacia el salón.

Corren hacia allí, gritando el nombre de Conor desesperados y mirando de pasada si por casualidad está en el comedor o en la cocina.

Cuando Gin intenta abrir la puerta del salón, esta no se abre del todo. CJ la ayuda a empujarla y entonces ven qué la está atascando: el cuerpo de su amigo en posición fetal.

—¡Conor! —grita Gin, agachándose junto a él.

Está frío y no respira ni tiene pulso.

—Dios mío, es culpa mía. Otra vez es culpa mía —se lamenta CJ repetidamente.

Observa la escena al borde de sufrir un ataque de nervios. Se agacha y abraza a Gin, que no deja de llorar y de temblar.

—Es culpa mía, Gin. Perdóname, por favor.

Gin no deja de llorar y lo mira con los ojos llenos de dolor.

—Y mía. Yo también acepté que durmiéramos juntos —dice ella, que apenas puede respirar.

De pronto, la voz odiosa regresa para envolverlos:

¡Felicidades! ¡Sois los dos finalistas! La audiencia está emocionada. Aunque hemos de reconocer que Conor era uno de los más queridos del concurso. Pero, bueno, ¡nunca llueve a gusto de todos! El primer día os dijimos que si no cumplíais las reglas, moriríais, aunque no especificamos si sería siempre el que las incumpliera o, como castigo, otro compañero.

Pero vamos a lo importante. Al final solo puede quedar un ganador y cada vez estamos más cerca de descubrir quién será. Pero no os preocupéis, ¡esta vez decidirá la audiencia! ¡Buena suerte!

Gin se levanta de golpe, arrima la mesa al altavoz, se sube y de un tirón lo arranca con todas sus fuerzas.

—Gin, cariño…

CJ la ayuda a bajar y la abraza, pero no sabe qué más decir. Él siente que está muerto por dentro.

—¿Qué es eso? —pregunta Gin cuando se separan, señalando una nota que hay encima de la televisión.

Se acercan y siguen las instrucciones.

CJ le da al play.

—¡Es Conor! —grita, sorprendido; en la pantalla aparece un chico mucho más joven y bastante tímido.

—¡Es verdad! ¿Y quién es el que sopla las velas?

Ven cómo Conor se pone al lado de otro chico y los dos sonríen para la foto antes de que el último sople las velas de la tarta de cumpleaños.

—Ese debe de ser Marco, su hermano —responde CJ sin quitar la vista de la pantalla.

—¿Y cómo tienen esto?

—¿De internet?

—O pueden haberlo cogido directamente del móvil de Conor, como hicieron con el mío.

—Es verdad… Conor nos contó que su madre se había quedado con todas las fotos de su hermano, pero que él aún guardaba algunas cosas suyas para recordarlo.

CJ mira el cuerpo de su amigo tendido en el suelo.

—Voy a subirlo… a su habitación.

—Yo te ayudo.

Ambos se acercan y lo cogen en brazos, pero Gin flojea al ver su cara, ahora lívida.

—Ey, deja, ya lo hago yo. Puedo solo.

—No, no, estoy bien. Vamos.

Cuando llegan al dormitorio, dejan su cuerpo en la cama y ambos se sientan al lado.

—¿Qué crees que le ha pasado? —le pregunta Gin llorando.

—No tiene ninguna marca… Creo que le ha dado… un ataque al corazón o algo así.

Gin llora cada vez más desconsolada.

—Escucha, cariño. Si fue eso, podemos pensar que no sufrió. O, al menos, no demasiado…

—Pero le enseñaron ese vídeo…

—Él se sentía culpable. Y quizá aún estaba borracho. Si, además, se había tomado los ansiolíticos… Toda esa mezcla…

—Pero la nota decía que llamó a tu puerta, ¿por qué lo haría?

—No lo sé… ¡Mierda!

CJ ya no puede disimular ser fuerte delante de Gin y se echa a llorar como un niño.

Gin lo abraza.

—Es culpa mía, otra vez. Mía, Leo… y ahora Conor. Joder, Gin.

—No es culpa tuya, CJ. Es culpa de estos enfermos del programa.

—Gin…, sé que tú eres la favorita de la audiencia. Pero yo… tengo que asegurarme, por si acaso, de que serás tú quien salga de aquí sana y salva.

Luego la besa y sale disparado de la habitación mientras ella tarda un poco en caer en la cuenta de lo que eso significa, y sale corriendo desesperada detrás de él.

Cuando llega a la cocina, lo encuentra con un cuchillo en la mano.

—Gin, por favor, no mires —le suplica llorando al verla entrar.

—CJ, no me hagas esto.

—Gin, yo no puedo seguir. Lo siento, sabes que te quiero. Pero ya he hecho mucho daño y quiero que salgas de aquí lo antes posible.

—Escúchame —dice ella llorando—, si me dejas sola ahora, jamás te lo perdonaré. Tengo miedo, CJ —se acerca a él—, y sé que tú también. Si de verdad me quieres, CJ, si es verdad lo que dices, no te atrevas a dejarme aquí sola y hacerme ver cómo te pierdo a ti también.

CJ baja el cuchillo y ella lo abraza y se lo quita de las manos.

46

Esperanza

Gin y CJ deciden ir al patio, pero el recuerdo de Rebeca los detiene y van hacia el salón pequeño.

Él se sienta y deja que ella recueste la cabeza en sus piernas. Fuera vuelve a nevar.

—¿Qué harás si sales de aquí con el dinero? —le pregunta CJ.

—Eso no va a pasar. Pero, si así fuera, gastaría todo el dinero en los mejores detectives y sicarios para que encontrasen y matasen a los que nos han hecho esto. ¿Y tú?

—Creo que lo mismo… y el resto se lo mandaría a las familias de nuestros amigos. ¿Sabes?, cuando llegué aquí quería ganar, porque le prometí a tu hermana que abriría mi propio taller de impresión.

—Pero ¿no lo estabas haciendo ya?

—La verdad es que no os lo quise decir por vergüenza, pero ni siquiera me han concedido crédito para la primera máquina.

—Vaya…

—Siento no habéroslo contado.

—No pasa nada. Al final todos somos…, éramos amigos, pero teníamos nuestros propios secretos. Sé lo que es el miedo a ser juzgado, incluso por aquellos que te quieren. De todas formas, estoy segura de que todos te habríamos apoyado.

—Sí, ahora lo sé. Pero, bueno, eso ya es agua pasada. Ya no tengo la cabeza para pensar en nada, ¿sabes? Todos esos problemas que en su momento creía tan grandes ahora los veo tan…

—¿Minúsculos?

—Exacto. Aunque todos sabemos que moriremos algún día, parece que no somos conscientes de verdad hasta que sentimos ese momento tan cerca.

—Tienes toda la razón. Supongo que es cuando nos damos cuenta de lo que de verdad importa —dice ella mirándolo a los ojos.

—Te cuidaré, ¿sabes? —le asegura CJ mientras se le escurre una lágrima por la mejilla.

—¿A qué te refieres?

—Cuando ya no esté y tú salgas de aquí. Yo siempre te haré sentir que estoy a tu lado. Me da igual que tenga que pelearme con el mismo diablo para ello.

—No… no me digas eso, por favor. Aún no sabemos qué va a pasar. Y ni siquiera puedo pensar en la idea de perderte.

Los dos se quedan en silencio mientras las horas van pasando. Tienen muchas ganas de estar juntos, pero están aterrados. En silencio piensan cómo van a matarlos, si de verdad saldrá alguno de ellos con vida de esa cabaña.

Gin se levanta de repente de un salto; le ha parecido ver algo en medio de la nieve.

Cuando se acerca a la ventana, distingue a un gran mastín que se acerca corriendo y moviendo la cola, ladrando hacia la cabaña.

Detrás, un hombre con pinta de montañero mira hacia la cabaña y se oye su voz a través de los altavoces que hay en las estancias.

—Vamos, Coco, es un sitio privado, no podemos estar aquí.

Gin y CJ gritan y golpean los cristales. Coco no deja de ladrar hacia ellos. El montañero se acerca y mira a través del cristal, pero no ve nada.

—Vamos, Coco, que ahí no hay nadie, tenemos que seguir.

CJ y Gin corren hacia la puerta y la aporrean, pero Coco ya está distraído, ladrando sin parar mientras persigue a un pájaro. El montañero se aleja, siguiéndolo, sin oír los gritos de socorro.

—¡Joder! —grita Gin—. ¡¿Por qué no nos ha visto?!

—Mierda, las ventanas…, todas son opacas. Menos las del patio —recuerda de repente.

Ambos se dirigen rápido al patio acristalado, pero ya no hay rastro del hombre ni de su perro. Gin se derrumba en el suelo. Podrían haberse salvado. Podrían haberlos encontrado. Si solo se hubiesen dado cuenta unos segundos antes…

—La casa está totalmente insonorizada por dentro —le dice CJ sentándose a su lado—, pero ahora al menos sí tenemos algo claro. Seguimos en España.

—Esa información ya no nos sirve de nada —comenta ella agarrándose las rodillas y mirando hacia fuera—. Hemos pasado aquí días y por lo de… Rebeca, ninguno de nosotros volvió a entrar aquí. Seguramente haya pasado más gente que podría habernos sacado de la cabaña, o al menos haber avisado a la policía.

—No nos movamos de aquí en todo el día. Hagamos turnos para cocinar e ir al baño. Si hay suerte… quizá ese hombre vuelva a pasar, o incluso otra persona.

Gin asiente esperanzada y se quedan allí en silencio, mirando hacia fuera, concentrados en cualquier movimiento que pueda haber.

CJ se sobresalta de repente.

—Mierda. Solo era una ardilla… —dice, desilusionado—. Oye, acabo de recordar que estás con la regla. Supongo que debes de tener hambre. Voy a hacer algo rápido de comer. Quédate aquí, ¿vale? Cualquier cosa, me pegas un grito.

Ella lo abraza y lo besa en la mejilla.

—Vale, muchas gracias.

En la cocina, CJ se permite llorar en silencio por todo el dolor y el miedo que tiene guardados. Siempre ha intentado ser el gracioso del grupo y animar a los demás, aunque por dentro se siente muerto desde hace ya tiempo. Y ahora necesita seguir siendo fuerte por Gin.

Entonces se pone manos a la obra y prepara un par de hamburguesas.

Al rato, ella lo ve aparecer con una bandeja llena de comida deliciosa: además de las hamburguesas, hay patatas fritas, refrescos y helado de chocolate.

—¿Es que no te apetece? —le pregunta, preocupado porque no sabe interpretar la expresión de Gin.

—No…, es que no tenía ni idea del hambre que tenía hasta que te he visto entrar con la comida.

Él suspira aliviado y pone la bandeja en medio de los dos. Comen sin dejar de mirar hacia fuera, sin perder la esperanza.

Cuando terminan, CJ aparta la bandeja y se pega a Gin.

—Oye…, sé que no es de muy buena calidad, pero… ¿quieres ser mi esposa durante el tiempo que nos quede? —dice sacando un arito de patata de la bolsa—. Tranquila, seguramente será solo por un día —añade con una sonrisa triste.

—Sí, quiero —contesta ella con ternura, y se pone el arito en el dedo.

Sonríe emocionada.

—Para siempre —le dice él al besarla, pero entonces Gin se acuerda de Rober y delicadamente se aleja de él.

—¿Todo bien? —le pregunta CJ, sorprendido por su reacción.

—Sí, sí... Es solo que quiero seguir vigilante por si pasa alguien —miente ella con una sonrisa para tranquilizarlo.

Las horas van pasando en silencio mientras se van turnando para ir al baño o coger algo de la cocina. Ya no saben qué decirse, tampoco les apetece hablar. Los pensamientos atraviesan sus mentes a tal velocidad que a veces no se dan cuenta de que realmente no están prestando atención a lo que deberían.

Cuando empieza a ponerse el sol, Gin se echa a llorar.

—Pronto va a anochecer... y no ha pasado nadie.

CJ sabe que tiene razón, pero no quiere perder la esperanza.

—Voy a... hacer algo para cenar, ¿vale? Vuelvo a tener hambre —le dice ella, algo avergonzada.

—Claro.

CJ la observa mientras desaparece por la puerta y siente un pinchazo de dolor en el pecho al pensar que seguramente esa tarde sea de las pocas veces que vuelvan a estar juntos.

Gin vuelve con varias bolsas de patatas fritas y dos cervezas.

—No me apetecía cocinar. Y la verdad es que... como ya no creo que veamos nada, no nos vendría mal beber una birra.

Abren las latas y brindan con ellas mientras se miran a los ojos, pero callan su deseo de que sea el otro quien sobreviva.

Cuando terminan de beber van hacia las habitaciones, pero antes Gin lo coge del brazo, lo mete de un pequeño empujón en el salón pequeño y lo lleva hacia el sofá.

Se besan. También se acarician. Quieren sentir la piel del otro bajo la yema de los dedos. Sentir un resquicio de vida por última vez.

CJ se quita la camiseta y ella también.

—Eres tan hermosa —le dice mientras la besa apasionadamente.

Ya ni siquiera les importan las cámaras. Ella se desabrocha el sujetador y él le besa los pechos con ternura, recorriendo cada centímetro de piel que tiene a la vista.

De repente él para y la abraza. No necesita nada más que eso.

El reloj interrumpe el momento marcando las doce menos diez. Ambos se miran con tristeza y CJ vuelve a colocarle el sujetador con delicadeza.

Se visten del todo y, en silencio, salen del salón cogidos de la mano hacia las habitaciones. Gin le dice que va a la habitación de Conor para coger un ansiolítico y así poder dormir algo, y él le pide que le traiga otro también.

Cuando se lo da, quedan dos minutos para las doce.

Cada uno llega a su puerta.

—Gin…

—Lo sé —dice ella girándose hacia él con lágrimas en los ojos—. Yo también a ti. —Y señala el arito que aún lleva en el dedo.

Vuelven a besarse antes de entrar cada uno en su habitación.

Una vez dentro, Gin se derrumba por completo.

A CJ le ocurre lo mismo.

Y ambos se meten en la cama llorando.

Después de dar muchas vueltas, los dos se quedan profundamente dormidos.

47

La decisión de Ginebra

Gin se despierta sin saber muy bien qué hora es. El ansiolítico le ha hecho efecto.

Cuando mira el reloj, ve que ya es la una del mediodía y se apura nerviosa, rezando por que no haya ningún sobre fuera.

Y, en efecto, no hay nada.

En la puerta de CJ tampoco; solo que continúa cerrada.

Sin ducharse siquiera, se hace una coleta rápida, se pone el primer chándal que encuentra, sale de la habitación y toca en la puerta de CJ, pero no hay respuesta.

—¡¿CJ?! —pregunta ella gritándole desde la puerta.

Nada. «Se habrá despertado antes que yo», piensa mientras baja a la cocina. Pero allí no está; tampoco en el comedor ni en el salón.

¡Buenos días, Ginebra!

Ella se sobresalta y se da cuenta de que el altavoz está perfectamente colocado de nuevo.

¡Esperamos que hayas dormido bien! Hoy tienes una prueba para ti sola, seguro que te ayuda a aclarar muchas cosas. ¿Por qué no vas al patio para que te cuente en qué consiste?

Gin corre asustada hacia el patio y se queda de piedra delante del ventanal. No se puede creer lo que ve.

Fuera, subidos a un tronco, con una cuerda que les rodea el cuello y que está sujeta a una plataforma, están CJ... y Rober.

Gin les grita, pero ellos tienen los ojos cerrados y no la escuchan. Golpea el cristal con todas sus fuerzas, pero no sirve de nada.

Bueno, ¡aquí tienes tu prueba! Sabemos que has estado dudando sobre quién de los dos es tu verdadero amor. Al principio, Rober no estaba en el plan, pero ya que ha accedido a venir, hemos creído que te sería de ayuda para que puedas aclararte.

Al lado del jacuzzi tienes tres botones. Si pulsas el de CJ, lo salvarás a él y Rober morirá. Pasará lo mismo si pulsas el de Rober; en ese caso, será CJ quien muera.

Cometimos el error de colocar, como has visto, los micrófonos fuera de la cabaña antes de tiempo, pero ahora ya sabes para qué son. En definitiva, ellos no podrán oírte, pero sí podrán verte. En cambio, tú sí podrás oírlos. ¿No querías empezar a tomar tus propias decisiones?

Aun así, si los amas tanto a los dos que no puedes elegir, pulsa el botón del medio y morirá aleatoriamente uno de ellos.

Tienes hasta las seis de la tarde para decidir. Una vez estén conscientes, la cuerda que les rodea el cuello se apretará y los obligará a ponerse en pie.

No te preocupes, no tardarán en despertarse.
Además, si planeas hacer algo, si decides no pulsar
ningún botón o si intentas algo contra ti misma,
morirán ambos. Y supongo que no quieres eso.
Buena suerte con tu decisión, Ginebra.
¡Deja que tu corazón te guíe!

Gin mira fijamente a Rober; lo ha visto por videollamada varias veces durante esos dos años y ahora está ahí, atado delante de ella. Está guapísimo, con la barba recortada y el pelo perfectamente peinado. Incluso su forma de vestir parece diferente. Al verlo, solo quiere correr a abrazarlo y besarlo. Siente que el corazón se le va a salir por la boca. Se acerca, se pone enfrente de él y lo mira. Rober tiene todavía los ojos cerrados.

—Lo siento, cariño. Siento que te hayan hecho esto. Te amo —le dice a través del cristal.

Gin está tan centrada en Rober que no es consciente de que CJ, colgado unos pasos más a la derecha, ya se ha despertado y, al notar que la cuerda empieza a apretarse alrededor de su cuello, comienza con cuidado a ponerse de pie apoyándose en el artilugio metálico que sostiene la soga, mientras la mira en silencio con lágrimas en los ojos. Ha podido leer en sus labios lo que le ha dicho a Rober. CJ sabe ya la dinámica de ese juego diabólico y se da cuenta de que la prueba consiste en que Gin salve a uno de los dos.

Está seguro de que el que va a morir va a ser él y tiene mucho miedo, pero ella se merece ser feliz.

Gin entonces lo mira y llora sin parar.

—CJ…, te quiero —le dice lentamente para que él pueda leerle los labios.

CJ es consciente de que entre un «te quiero» y un «te amo» hay una gran diferencia, pero intenta disimular.

—Yo también a ti, cariño. No te preocupes, haz lo que tengas que hacer. Te mereces ser feliz. Si tu prueba consiste en elegir quién de los dos morirá, hazlo ya. No dudes más, aprieta mi botón, cariño. No pasa nada.

Gin cae al suelo de rodillas. No puede hacer eso. No quiere perderlos. Ella no es una asesina. Pero sabe que si se suicida, ninguno de los dos sobrevivirá. Y eso no sería justo para ellos.

Gin se levanta y va corriendo hacia la habitación de Conor. Por suerte, está tapado con una sábana; aun así, se le encoge el corazón. Anoche le pasó lo mismo.

Coge un par de ansiolíticos de la mesilla de noche y se sienta a su lado.

—Ojalá estuvieras aquí conmigo, Conor. Sé que me ayudarías a encontrar la solución correcta.

Se los toma rápidamente sin agua y vuelve a bajar corriendo al patio justo a tiempo para ver cómo Rober empieza a abrir los ojos.

Ella se pone frente a él golpeando el cristal, llamándole.

—¡Flor! —grita él, contento de verla, justo antes de notar que algo le rodea el cuello. Cuando mira hacia abajo, ve que está sentado encima de un tronco con los brazos atados a la espalda.

Gin llora desconsolada, golpeando el cristal cada vez con más fuerza, y se apura a hacerle entender con señas que se levante.

—¿Qué es esto? ¿Qué está pasando? —pregunta él mientras, asustado, se apoya como puede en la plataforma y se pone toscamente de pie. Y entonces descubre que no está solo.

A tan solo unos metros también está CJ. Reconoce al mejor amigo de Gin en la universidad. Alguna vez, en alguna quedada, habían coincidido. Se fija en que está atado y en la misma situación que él.

CJ, consciente de lo que está ocurriendo, trata de explicarle todo lo que ha pasado y que ahora Gin tiene que decidir a quién de los dos salvar.

Rober no entiende nada y trata de soltarse las manos, pero con el forcejeo siente que está a punto de caerse del tronco.

Gin ve la escena aguantando el aliento mientras ve que Rober recupera el equilibrio y la mira con terror.

Ella sale corriendo hacia el salón y busca por todos los cajones hasta que encuentra un folio y un bolígrafo. Coge un par de libros de la estantería que hagan la función de pupitre.

Regresa donde están Rober y CJ y escribe en el folio algo rápido. Lo pone en el cristal para que pueda leerlo Rober:

Lo siento. No sabía que habías vuelto. Me lo dijeron hace un par de días. De haberlo sabido, nunca hubiese venido. Te amo.

Rober lee las líneas y se echa a llorar.

—Gin…, yo también te amo. Una vez me dijiste que harías lo que fuera por mí. Ahora es mi momento de hacer lo mismo por ti. Sé que él es tu amigo y que yo te hice mucho daño en el pasado. Lo entenderé.

Gin, que no esperaba esta reacción, se derrumba delante de ambos. Mira también a CJ, que se esfuerza por sonreír.

—Venga, corazón, hazlo ya —le dice mientras le señala con la barbilla el botón con su nombre.

Gin vuelve a levantarse, está desesperada.

—Lo… lo siento. Tengo que pensar.

Sale por la puerta y sube hasta su dormitorio, el único lugar donde se siente segura. Se sienta en la cama donde tantas veces ha pensado y soñado con Rober, y donde ha dormido abrazada a CJ, sintiéndose feliz por primera vez en mucho tiempo.

Rober le había hecho mucho daño en el pasado, pero se había disculpado con ella. Era su primer y gran amor y aún lo seguía siendo. Se había ido a trabajar al extranjero para poder darle una mejor vida.

Y CJ…, el primer día en la cabaña quiso matarlo al enterarse de que le había dado drogas a su hermana y que la había dejado sola después del accidente. Pero durante esos días ha sentido cosas muy fuertes por él. Ha sido su mejor compañero en los momentos más duros, ha cuidado de ella. Incluso le ha demostrado que se hubiese matado para asegurarse de que ella pudiese vivir.

Fuera, Rober y CJ están en silencio mientras el primero intenta asimilar toda la información. Tres días atrás, Rober había recibido, desde el móvil de Gin, un mensaje en el que le pedía que volviese ya, que le echaba de menos y que estaba fuera con unos amigos. Al día siguiente, Rober había sacado un billete para regresar a España sin pensárselo dos veces. Después de enviarle aquel mensaje en el que le anunciaba que ya había vuelto y que le dijese dónde se encontraba, solo había recibido una dirección marcada en un mapa. Y allí se había ido sin perder un segundo.

Mientras, CJ mira el tronco debajo de sus pies y piensa en Isa y en Gin, en sus momentos con ellas. Recuerda la mágica noche bajo las estrellas con Isa y los ratos que ha vivido junto a Gin en la cabaña. Dormir junto a ella por una vez ha sido como un último regalo que le ha dado la vida.

Gin baja una hora más tarde, ya son las tres y vuelve al patio.

Ambos la miran en silencio.

Ella escribe en el reverso del folio y se lo enseña a ambos:

Os quiero.

De los ojos de los dos empiezan a caer lágrimas.

—Y yo a ti —le dice CJ en silencio para que le lea los labios sin que Rober se entere.

—Flor, y yo a ti. Para siempre, ¿recuerdas? Pase lo que pase —le dice Rober en alto.

Son ya las cuatro de la tarde y Gin sigue mirándolos y escribiéndoles notas a uno y a otro, destrozando libros para escribir en sus hojas.

No tiene idea de qué va a hacer, pero quiere verlos por última vez. Se esfuerza por recordarles los mejores momentos que ha pasado a su lado y lo feliz que la han hecho los dos.

Gin vuelve a salir. CJ trata de poner en antecedentes a Rober y que vaya entendiendo cuál es la situación. También le cuenta qué ha sido de los demás del grupo.

Rober está aterrorizado.

—¿Y no sabéis quién está haciendo esto?

—Es un programa macabro para la Deep Web. Estoy seguro.

—¿La Deep Web? Joder, joder…

Gin regresa con algo detrás de la espalda.

«Rober…, ¿te acuerdas de la primera vez que nos vimos?», le escribe en la parte de otra hoja arrancada de un libro.

—Jamás podría olvidarlo.

Ella saca una botella entera de ginebra de detrás de su espalda.

—En realidad, me sigue encantando —vocaliza perfectamente para que él pueda leerle los labios.

Destapa la botella y bebe a morro, sin respirar. Quiere estar totalmente borracha, quizá así algo en su subconsciente le diga qué hacer.

—Gin, no deberías beber tanto —le advierte CJ, preocupado.

Gin responde algo que no pueden entender y sigue bebiendo. Ambos se miran sin entender.

Ella grita a las cámaras y da tragos a la botella cada vez más largos.

—¡Gin, cariño, tienes que parar! —le grita Rober, asustado.

—¡Gin! —grita CJ cuando, después de un último trago, ella cae desmayada al suelo.

Ambos chillan desesperados para que se despierte. Tratan de soltarse las manos, pero no pueden. CJ se echa a llorar desesperado, ya no sabe qué hacer.

Cuando se dan por vencidos, se miran entre sí.

—Debes vivir tú —le dice CJ de repente—. Yo… yo la quiero, ¿sabes? Me he dado cuenta en la cabaña. Necesito que ella sea feliz, y sé que solo podrá serlo a tu lado.

—Yo le hice mucho daño, y no solo a ella, a mucha más gente.

Rober se ha emocionado por las palabras de CJ y trata de ser lo más sincero posible.

—Lo sé —contesta CJ, mirándolo fijamente—. Sabía que andabas con gente peligrosa cuando la conociste.

Rober va a decir algo, pero CJ lo interrumpe:

—Ella me contó que se lo confesaste todo. Me dijo que de verdad habías cambiado, que habías dejado todo eso. Y yo la creo. No hay más que verte… —le dice con una frágil sonrisa—. Ella se merece una vida feliz que solo tú podrás darle.

Cuando Rober va a contestarle, Gin se despierta.

—¡Gin! —gritan ambos a la vez.

Durante unos segundos se siente aturdida, pero al verlos vuelve a caer en la realidad. Desesperada, sale corriendo a buscar un reloj y su corazón se detiene al ver que ya son las seis menos cuarto.

Ha desperdiciado un tiempo precioso y, lo que es peor, aún no sabe qué hacer.

Vuelve al patio llorando mientras se tambalea, y les escribe, como puede, algo en otra hoja arrancada que les enseña a ambos:

Solo me quedan quince minutos.

Se acerca al ventanal y les grita que los ama. En ese instante se ha dado cuenta de que no solo ama a Rober, sino también a CJ.

Se queda mirando los botones sin saber cuál apretar. No quiere decidir, no puede. Entonces sopesa la tercera opción, el botón del medio: «Aleatorio».

—Gin, cariño —escucha que le dice CJ de repente—, no tienes que hacerlo, ¿vale? Recuerda lo que te dije, siempre cuidaré de ti dondequiera que esté. Yo también te amo, no lo olvides nunca.

Y de un golpe seco, CJ tira el tronco que hay bajo sus pies y su cuello se rompe al quedarse colgando de la cuerda.

—¡Noooooooooooo! —grita ella, corriendo hacia el cristal—. ¡CJ! ¡CJ!

Se arrodilla llorando en el suelo y justo entonces se vuelve a oír la voz en el altavoz:

Vaya, Ginebra, parece que CJ sí te amaba realmente.
Estamos muy impresionados. Está siendo
un gran programa.
Pero hay un problema: te dijimos que la elección debía
ser tuya, que debías empezar a decidir por ti misma.
Y no lo has hecho. Lo ha hecho CJ por ti.
Y ya sabes..., las reglas son las reglas.

Gin se levanta de repente justo para ver cómo la plataforma de la que cuelga la cuerda que rodea el cuello de Rober se va elevando poco a poco, ahogándolo.

—¡Rober! ¡Rober, no! ¡Rober! —grita desesperada, golpeando nuevamente el cristal.

A los pocos segundos, la cara de Rober se va poniendo más y más morada, el cuerpo deja de moverse y las piernas se quedan colgando inertes en el aire.

Gin corre desesperada por la cabaña, rompiendo todo lo que encuentra a su paso, completamente fuera de sí.

Cuando termina, se sienta en el suelo del salón junto al sofá, en estado de shock.

Una música de victoria resuena por el altavoz seguida de la voz:

Felicidades, Ginebra, ¡eres la ganadora! La audiencia te admira, muchos incluso han sentido pena. Pero aunque hayas perdido a muchos amigos, ¡te vas a llevar un gran premio en metálico! ¡Enhorabuena!

Gin llora en el suelo encogida, agarrándose las rodillas, pero el altavoz no se apaga y continúa su discurso:

Sin embargo, para poder salir de la cabaña con el dinero, debes cumplir una instrucción más: tienes que pasar una última noche en la cabaña. Mañana te daremos más instrucciones.

Gin se levanta, va hacia la cocina y coge dos botellas más de ginebra que sube a su habitación.

El resto de la tarde y toda la noche se las pasa bebiendo, sentada en el suelo al lado de su cama, quedándose dormida de vez en cuando sin darse cuenta.

48

Despedida

Cuando Gin se despierta en el suelo de la habitación, abrazada a una botella vacía, los recuerdos de la tarde anterior se demoran un poco en volver a su cabeza. En cuanto lo hacen, la rompen en mil pedazos. Ya no le quedan más lágrimas y solo siente una furia y un dolor que la queman por dentro.

Cuando mira hacia un lado, se da cuenta de que le han pasado un sobre por debajo de la puerta:

Ginebra:

La llave ha estado siempre dentro de la cabaña. En cuanto la encuentres, ya puedes salir.

Gin corre escaleras abajo y busca primero por el salón pequeño.

Tira todos los muebles, mira debajo de cada mesa, levanta los cojines de cada sofá y sale corriendo hacia el patio esquivando todos los objetos rotos que siguen por el suelo desde la tarde anterior.

Un latigazo de dolor le atraviesa el cuerpo, pero no, ya no hay ni rastro de Rober y CJ.

Gin prefiere no pensar y se dedica a la búsqueda, mirando debajo del banco, metiendo el brazo en el jacuzzi, revisándolo por fuera, observando con cuidado entre las rejillas de la sauna.

Como no encuentra nada, va corriendo hasta la cocina. Sin perder un minuto, vacía sin contemplaciones los cajones, rompe contra el suelo todos los frascos de las estanterías y abre uno a uno los paquetes que se encuentra. Revisa la nevera, debajo de la mesa y de las sillas. Se está desesperando, pero sabe que solo le quedan dos estancias donde puede estar la llave: el comedor y el salón principal.

Registra todo de arriba abajo, pero no encuentra nada. Cada vez se nota más frustrada, pero no quiere volver a llorar.

Está cansada y no recuerda cuánto hace que no come nada, aunque tampoco puede perder tiempo.

Busca en otros sitios extraños, como en la caja de fusibles, las lámparas o en diversas piezas decorativas. No le apetece subir a los dormitorios, pero cuando se da por vencida, sabe que no le queda otra opción.

Una vez arriba, descubre asustada que ninguno de los cuerpos de sus amigos está ya en las habitaciones. Todos los cadáveres han desaparecido. Aun así, queda todavía un resto de olor nauseabundo en ellas que hace que tenga que taparse la nariz.

Después de registrar unos cuantos dormitorios, vomita en mitad del pasillo.

Cuando logra recomponerse, decide seguir buscando en las demás sin resultado. Mira también por si acaso en su habitación, aunque ya sabe de antemano que no estará ahí.

Se sienta en el suelo. Ya no sabe dónde más buscar, pero necesita salir de la cabaña cuanto antes.

Toma un poco de aire y regresa a la cocina, bebe un vaso de agua, coge un trozo de algo que parece un pastelito y se lo mete entero en la boca sin dejar de buscar.

Revisa otra vez por todos lados, pero nada. Hasta que cae en la cuenta de que hay un sitio donde no se le ha ocurrido mirar.

Entra en el baño común y busca en todos los cajones, por detrás del inodoro, en el cubo de la basura... Por todas partes.

Agotada y enfadada, porque ahora sí que ya no tiene más ideas, en un arrebato de rabia da un puñetazo contra el espejo, que por alguna razón no se rompe.

Extrañada, lo descuelga. «Por favor, por favor, por favor». Y entonces ve una llave dorada pegada detrás de él.

Sale corriendo del baño y mete la llave en la cerradura de la puerta de la entrada, que encaja perfectamente. Con la mano temblorosa la gira. Funciona, es la llave. Pero Gin reflexiona un momento y vuelve a cerrar.

Sube al dormitorio de Conor, donde recuerda haber visto la cámara de vídeo guardada, y sale con ella hacia su habitación, se sienta en la cama con las piernas cruzadas y con las manos temblorosas le da al play.

Lo primero que ve es una secuencia en la que CJ y ella se miran a los ojos sonriéndose entre lágrimas. Recuerda ese momento, cuando él le había cogido tímidamente la mano por debajo de la mesa para tranquilizarla antes de empezar a grabar.

Gin agradece a Conor en silencio que no borrase ese recuerdo. Se seca una lágrima que se desliza por su mejilla con la manga de la sudadera y pasa a los siguientes vídeos.

Ve el de Conor y se le encoge el corazón. Siente el dolor de su amigo en cada palabra que dice, en toda su culpa y su miedo, y se sorprende al encontrar un breve mensaje para CJ y para ella.

Intenta detener el chorro de lágrimas que se le escapan. Pasa su propio vídeo hasta llegar al de CJ y escucha sus palabras con el corazón encogido:

—Mi nombre es CJ e intentaré ser breve. La verdad es que por mi culpa han muerto muchos de mis amigos en esta cabaña, y también la chica a la que amé hace unos años. Me siento un despojo humano cada día que pasa. He intentado que todos tuvieran fuerzas para seguir adelante y he disimulado mi dolor, pero cada vez que estoy solo en mi habitación, pido cada noche ante las cámaras que me maten a mí, porque yo lo merezco más que ninguno de ellos.

»El problema ha surgido por algo que nunca pensé que me volvería a pasar, y menos dentro de esta cabaña. Me he enamorado. Aquí ha sido todo tan intenso que los sentimientos que parecían estar escondidos durante años han aflorado a una velocidad trepidante ante la idea de nuestra propia muerte.

»Si sigo aquí para grabar esto y no me he suicidado antes es por Gin. Gin, estoy seguro de que tú ganarás este concurso. Y que me perdone Conor si no es así y es él quien está escuchando este mensaje. Gin, quiero decirte que en estos días tan horribles, tú has sido el único resquicio de luz que ha hecho que me aferre a la vida un poco más. Me has dado el mejor regalo con tu fuerza, tu bondad, tu empatía, tu cariño y tu amor. Desearía tener toda la vida para perseguirte por la cocina y llenarte la cara con corazones de chocolate y verte reír cada vez que lo hago.

»Espero que cuando salgas de aquí, te lleves al menos el buen recuerdo de los pequeños momentos que pasamos juntos. Y que sigas adelante y que tengas la vida que mereces junto a la persona que de verdad amas.

»Gracias por todo lo que me has dado.

»Y a las familias de mis amigos y a la mía propia, solo puedo decirles que lo siento, lo siento muchísimo.

Gin observa cómo CJ se traba con sus últimas palabras y apaga la grabación. Ya no hay nada más.

Entonces ella llora en silencio, por sus amigos, por sus dos grandes amores, por sus familias. Y deja salir todo su dolor antes de levantarse y coger algunas de sus pertenencias para marcharse de allí.

Después se dirige al baño y se coloca debajo de uno de los puntos ciegos de las cámaras para esconder dentro del sujetador la tarjeta de vídeo.

Cuando baja, va al salón y coge la caja de cerillas que hay junto a la chimenea. Ve que solo queda una que le sobró a Conor del *escape room*. Se guarda con cuidado la cajetilla en un bolsillo del pantalón y entra a la cocina. Coge un bidón grande de aceite y lo vacía por toda la cabaña con furia, dibujando un reguero hasta la puerta. Rocía con el líquido dorado las cortinas, los escalones, el pasillo de arriba…, cualquier rincón hasta que se agota el aceite.

Cuando llega a la entrada, mete la llave en la cerradura, la gira y con un rápido movimiento, pero sin abrir la puerta, desliza la cerilla sobre el lateral raspante de la caja.

Una vez encendida, la lanza contra el charco de aceite y abre la puerta.

Pero justo en ese momento alguien la apunta directamente con una escopeta a la cabeza.

Gin deja caer todo al suelo, sorprendida.

—¿Tú…?

Y entonces una bala le atraviesa el cráneo y cae hacia atrás.

Ya no nota cómo arrastran su cuerpo sobre la nieve mientras van borrando las huellas a su paso, ni cómo su sangre deja un rastro de un color rojo brillante.

La cabaña entera empieza a ser pasto de las llamas.

49

La tarjeta de vídeo

Dos semanas más tarde

Coco, vamos, no puedes pararte en cada sitio. —Sin embargo, el perro no deja de mover la cola y de ladrar mirando al suelo—. Coco…

El montañero se acerca con cara de resignación y se queda atónito al ver el terreno removido en varios tramos.

Coco escarba la tierra y moviendo la cola, feliz, deja delante de su amo un trozo de dedo ya putrefacto con un anillo de compromiso.

El montañero rápidamente saca al perro de ahí, busca un sitio con algo de cobertura y llama de inmediato a la policía.

Cuando los agentes llegan al lugar, un grupo de la policía científica cava en la zona y encuentran ocho cadáveres enterrados en estado de descomposición.

Una vez han sacado las fotos correspondientes y acordonado la zona, empiezan a meter todos los cuerpos en las bolsas para su posterior identificación.

Pero de repente algo cae de uno de ellos al levantarlo.

—¿Qué es eso? —pregunta el inspector de policía, señalándolo.

Una agente se agacha, lo coge con una pinza y se lo enseña. Es una tarjeta de vídeo.

50

Odio

Helen

Un año antes

Habían pasado ya catorce años desde que Helen había perdido a Marco, su primogénito, en un trágico accidente.

Desde aquella noche odiaba a Conor, su hijo pequeño, y trataba de evitarlo siempre que podía.

El día que regresó a casa sin su hermano, Helen se dio cuenta de que Conor se mostraba demasiado frío ante los trágicos acontecimientos. Su intuición de madre le hizo pensar que él había tenido algo que ver con la muerte de Marco... Marco, su hijo adorado, todo un genio y un ser maravilloso.

Lo cierto es que luchó contra aquellos pensamientos durante varios años y eso le provocó varias depresiones que la postraron en la cama durante semanas, con sus respectivas recaídas.

Filippo, su marido, había intentado animarla sin éxito. Pero no fue capaz de aguantar esa situación que a él también le

256

afectaba. Tampoco pudo evitar los sentimientos de odio hacia Conor, que además sentía que no destacaba en absolutamente nada. El rechazo constante que sufría de su esposa y las largas depresiones que la tenían incapacitada acabaron con el matrimonio. El divorcio fue inevitable.

Antes de salir de casa, Filippo se cercioró de que Conor sintiese que todo había sido por su culpa. En realidad, él pensaba lo mismo que Helen: que su hijo había tenido algo que ver con la muerte de Marco.

Después de que Conor terminase la universidad con unos resultados que ella consideraba mediocres y sin ni siquiera conseguir unas prácticas, fue testigo de cómo él se pasaba los días tomando pastillas que le había recetado algún médico. Él nunca llegó a confesarle que estaba yendo al psiquiatra.

Salía a menudo con sus amigos, lo que hacía que Helen le odiase aún más. Detestaba el hecho de sentir que ella estaba muerta por dentro mientras el asesino de su hijo se iba de fiesta o a tomar algo con sus amigos todas las semanas.

Lo cierto es que ella y Filippo siempre habían pensado que ir al psiquiatra era de débiles, pero, años después de lo ocurrido, Helen recibió la llamada de una amiga de la infancia, que, tras una larga conversación, la convenció de que necesitaba acudir a uno. Y así lo hizo ella, pero a escondidas de su propio hijo.

Las dos primeras sesiones fueron bochornosas. No dejaba de llorar. El psiquiatra parecía culparla por odiar a su propio hijo. Entonces decidió que no acudiría a la siguiente sesión. Pero al salir de la consulta, se encontró en la mesa de recepción un *flyer* que le llamó la atención: «Grupo de apoyo al duelo». Lo cogió y lo leyó con interés. Contaba que eran un grupo de personas que habían pasado el trance de haber perdido a un ser querido, que todos se apoyaban mutuamente, explicaban sus historias y compartían sentimientos. Lo que más le interesó fue uno de los puntos: que nunca se juzgaban entre ellos, contaran lo que contasen. «Interesante», pensó

Helen, y metió el *flyer* en el bolso mientras salía de la clínica sin pedir en recepción una nueva cita.

Dos días más tarde, se presentó en el grupo de apoyo. Todos la acogieron con cariño y la escucharon con pena y sin juicio alguno, ya que muchos de ellos entendían su dolor.

Desde esa primera vez, Helen siguió acudiendo a todas las citas con el grupo. El dolor y el rencor no desaparecieron, pero al menos sintió que estaba rodeada de gente que había pasado por situaciones similares; además, eran unas horas en las que no tenía que estar en casa con su hijo merodeando por ahí.

Un día como otro cualquiera, Helen vio entrar a una mujer muy esbelta y de rasgos marcados. Calculó que tendría su edad.

Lo primero que dijo al grupo fue:

—He venido obligada, así que si queréis contar vuestras penas os escucharé, pero no pienso compartir nada con unos completos desconocidos.

Los demás la miraron con sorpresa y algo de antipatía por ese comentario, pero a Helen le brillaron los ojos por un momento.

Ambas siguieron acudiendo a las terapias de grupo. Helen había contado ya muchas veces su historia y durante las últimas sesiones se había dedicado simplemente a escuchar otras historias trágicas que de alguna retorcida manera la hacían sentir bien.

Solía observar a la desconocida, que se llamaba Clara y que no se abría ni siquiera un poco, siendo antipática con todos. Parecía que le molestaba cualquier comentario, y tampoco podía soportar lo que contaban el resto. Hasta que un día Helen habló de nuevo sobre la pérdida de Marco y de cómo odiaba a Conor, su otro hijo, porque estaba segura de que había sido culpa suya.

En ese momento, Clara la miró fijamente. Aquella historia no le era ajena.

Una vez hubo terminado la sesión, mientras cogían algo de beber de una mesa del fondo de la sala, Clara se acercó a ella.

—No me gusta toda esta gente. Sin embargo, al escuchar tu historia, tu ira, tu odio…, me ha parecido estar escuchándome a mí misma.

—¿Te apetece que tomemos un café? —le preguntó Helen de repente.

Clara no esperaba esa reacción, pero le pareció una buena idea.

—¿Este jueves a las siete de la tarde en el bar de la esquina? —Helen rezaba en silencio por escuchar un «sí».

—¿A las siete? ¿Te refieres a saltarnos esta mierda? —contestó Clara, emocionada por el plan—. No deberías ni preguntármelo.

Acto seguido, las dos se despidieron, no sin antes intercambiarse por si acaso los números de teléfono.

Ese mismo jueves, las dos se encontraron en la puerta del bar, se saludaron y entraron.

Una vez sentadas a la mesa más apartada que pudieron encontrar, el camarero se acercó a ellas y les preguntó con una sonrisa qué iban a tomar.

—Para mí un café sin azúcar, por favor —pidió Helen amablemente.

—Para mí una copa de ginebra. —Pero Clara rápidamente cambió de opinión—: Mejor un vodka con hielo.

Cuando el camarero se fue a preparar las bebidas, Helen miró a Clara, mostrando su sorpresa.

—Necesito algo fuerte —explicó, tranquila.

Ese día, Clara le pidió que le hablase de sus hijos, que le contase bien su historia. Helen aceptó porque se dio cuenta de que así sería más fácil que luego ella le contase la suya.

Ambas se pasaron dos horas hablando, centrándose en la tragedia de Conor y Marco. Clara la escuchaba atentamente mientras bebía despacio de su copa.

Cuando terminó, Helen por fin se sintió totalmente comprendida, mucho más que en el grupo de apoyo, que aunque tenían la norma de no juzgar, había visto alguna mirada extraña por parte de alguno de sus compañeros cuando compartía sus sentimientos.

Clara le dijo que no sabía cuánto entendía que odiase a su hijo y que ella compartía su idea. La intuición de una madre pocas veces se equivoca.

En esa primera cita se centraron solo en Helen, que además tenía muchas ganas de hablar con alguien que pudiese entenderla al cien por cien. Pero también estaba intrigada por saber la historia de Clara, quien le había dado a entender que había vivido algo similar.

Se les hizo tarde y Clara le dijo que no quería que su marido sospechase que no había acudido al grupo de apoyo, así que decidieron volver a verse el jueves siguiente.

Esa noche, Helen entró en casa con una sonrisa y una sensación de alivio que hacía tiempo que no sentía. Clara le había caído muy bien.

Sin embargo, cuando oyó a Conor riéndose con uno de sus amigos en el salón, todas esas sensaciones se tornaron en una furia difícil de controlar.

Al verla entrar, Conor se levantó rápido para disculparse por el ruido que estaban armando, pero ella se fue directa a su habitación.

Una vez en su dormitorio, le pareció oír la voz de alguien en la habitación de al lado. Abrió la puerta con discreción y vio a un chico de pelo rubio que miraba nervioso hacia la ventana y hablaba por el móvil.

—Pero ¿qué dices, tío? Edgar, tío, soy yo, Leo, ¿es que no reconoces mi voz? Joder, ¿puedes guardar ya mi número en tu móvil nuevo?

Al notar su nerviosismo, Helen entornó la puerta para que no la viese y siguió escuchando lo que decía ese tal Leo.

—Oye, escucha, la he vuelto a liar. Sí, sí, joder, con su prima, tío. Ayer en la fiesta. Joder, que ya, ya lo sé, pero estaba borracho y me entró ella. Y está buenísima. —Leo se movía de un lado a otro mientras atendía a lo que el otro le decía—. Joder, tío, que ya sé que soy un capullo, no te llamo para que me montes un pollo. Por favor, no se lo cuentes a Mía. —Silencio otra vez—. Vale, pues no vuelvo a contarte nada. —Y a continuación colgó.

De repente, Leo se giró. Le pareció haber escuchado algo, pero Helen ya se había metido sigilosamente en su habitación y había cerrado la puerta.

Se descalzó, se cambió de ropa y fue hacia una estantería donde tenía todas las fotos de Marco. Ella misma se había encargado de llevárselas todas a su dormitorio, ya que estaba convencida de que Conor no tenía derecho a verlas.

Cogió una de ellas y la contempló durante un rato: Marco y ella estaban abrazados. Él sostenía en una de sus manos el primer trofeo que había ganado en un concurso televisivo y ambos sonreían.

Helen miró la foto sin poder evitar que una lágrima se resbalase por su rostro.

La secó con la manga del jersey y besó la fotografía.

«No te olvido, hijo. Te lo merecías todo».

De repente, su mirada se ensombreció.

«Pagará por lo que te ha hecho, te lo prometo».

51

Última confesión

Clara

Clara y Fran estaban profundamente dormidos cuando el teléfono fijo empezó a sonar en plena noche.

Su marido se despertó adormilado y miró la hora en el reloj de su mesilla de noche.

Clara, que también se había despertado, le preguntó frotándose los ojos qué hora era.

—Son las dos de la madrugada, ¿quién llamará a estas horas?

Fran se dirigió rápidamente al pasillo, porque el teléfono no dejaba de sonar. Clara, que le había seguido lentamente, se quedó paralizada al oírlo.

—¿Cómo? Pero ¿qué me está diciendo? ¿Están seguros de que es ella? —Él se quedó escuchando la respuesta que le daban al otro lado de la línea—. Vamos ahora mismo.

Ella se quedó mirándolo fijamente mientras esperaba aterrada a que le contase qué había pasado. Pero él no conseguía hablar, no sabía cómo decírselo.

—¿Fran? ¡¿Fran?! ¿Qué ha pasado? ¿Quién era? —empezó a gritarle.

—Es Isa… Ha tenido un accidente con el coche, al parecer conducía drogada. Está en el hospital.

Clara pegó un grito, notó que todo le daba vueltas y se apoyó en la pared. Fran le cogió la mano y con la voz entrecortada, pero seria, le dijo que se vistiera lo más rápido posible.

Diez minutos después, los dos iban en el coche camino del hospital. Las imágenes de su hija y las dudas de cómo se la encontrarían se les arremolinaban incansablemente en la cabeza. Solo sabían una cosa al respecto: la policía que había llamado les había informado de que Isa estaba muy grave y que fuesen directamente hacia el Hospital del Centro.

Cuando llegaron, preguntaron en recepción la habitación donde se encontraba su hija ingresada. En cuanto les dijeron el número, no perdieron el tiempo y corrieron por el pasillo.

Al acercarse y ver su estado, Fran se quedó un momento parado en la puerta.

Clara se acercó a Isa, que estaba sedada para que no sintiera dolor. No había prácticamente ninguna parte de su cuerpo que no estuviese vendada.

Le cogió los dedos de la mano, una de las pocas partes del cuerpo que estaban descubiertas, y se echó a llorar a su lado.

—Ma… má —susurró Isa de repente, abriendo muy lentamente los ojos.

—Isa, cariño…, ¿cómo estás? —le preguntó llorando.

Fran ya había entrado y se había arrodillado al lado de la cama.

—Mamá…, papá…, lo… lo siento… —dijo, haciendo grandes esfuerzos para poder hablar.

—Cariño, no tienes que pedirnos perdón —contestó él intentando tranquilizarla y apoyando su mano encima de la de su mujer.

—Tengo… tengo que…

—¿Señor Martínez? —los interrumpió un médico desde la puerta.

—Sí, soy yo —contestó Fran poniéndose en pie.

—¿Podríamos hablar fuera un momento?

—Por supuesto.

Miró preocupado a Clara, porque no estaba seguro de dejarla sola en esos momentos.

—Ve, yo me quedo con ella.

Él asintió y siguió al médico por el pasillo hasta un sitio donde no pudieran oírlos.

Mientras, Clara se quedó con Isa, que siguió hablando:

—Mamá... —le preguntó ella débilmente—. CJ..., ¿está bien?

—¿CJ? ¿Quién es CJ? ¿De qué hablas? —le preguntó su madre, confundida.

—CJ... iba conmigo en el coche —le contestó su hija—. Es...

Isa se quedó en silencio de repente y cerró los ojos. Clara le rogó, aterrorizada, que siguiera contándole, que no se durmiese.

—Mamá..., Gin..., Gin vende..., vende drogas. Por culpa... de su novio. Mamá..., ella se las vendió a CJ... y yo —sollozó—, yo quise... quise... —cada vez le costaba más respirar— probarlas. Pero Gin no lo...

Clara no podía creer lo que estaba escuchando, demasiada información junta. ¿Ginebra vendía drogas? ¿Quién era su novio? ¿Y quién era ese tal CJ?

En ese momento, Fran entró en la habitación y trató de sonreír a Isa, aunque esta ya no lo veía.

Clara lo miró sin querer leer en sus ojos lo que ya se imaginaba.

Fran se agachó a su lado y con la voz entrecortada por las lágrimas le susurró al oído:

—Deberíamos... despedirnos de ella.

Clara cayó de rodillas y lloró sin poder disimular más.

Fran se aproximó a su hija y sonrió, tratando de esconder todo su dolor.

—¿Te duele, cariño?

—No…, no siento nada… —contestó ella, que apenas podía mantener los párpados abiertos.

Clara se levantó como pudo del suelo y se colocó junto a su esposo.

—Te queremos mucho, hija, muchísimo.

Le cogió de nuevo los dedos, que cada vez estaban más fríos.

—Te amamos, hija, gracias por hacernos tan felices.

Fran lloró desconsolado tras estas palabras y le dio un beso en la frente.

—Yo… también… os quiero…

A Isa se le iban cerrando los ojos poco a poco, pero de pronto encontró fuerzas para abrirlos de nuevo y mirar a su madre, que no dejaba de apretarle suavemente la mano. Y dijo sus últimas palabras, una frase inconclusa:

—Mamá, cuida a…

Y entonces Isa cerró los ojos para siempre.

CJ nunca llegó a saber que la chica seguía viva cuando la abandonó en el coche.

Fran llamó a Gin para darle la noticia. La única respuesta que recibió fue el sonido del móvil estallando contra el suelo. Fran no entendía por qué su hija había tomado drogas, ni qué hacía conduciendo bajo sus efectos.

A pesar de eso, Clara decidió callarse lo que le había confesado su hija antes de morir. Nunca se lo contó a nadie, y aunque eso la consumía por dentro, pensaba que era lo mejor para su familia.

El día del entierro de su hija, Clara le preguntó a Gin si CJ estaba presente.

—Sí, está allí —le contestó, señalando a un chico que estaba notablemente alejado de todo el mundo, con los ojos hundidos de tristeza—. ¿Por qué lo preguntas? —dijo, extrañada por el hecho de que su madre lo conociese.

—No, por nada —disimuló Clara, acercándose de nuevo al ataúd.

Desde aquel día solo podía pensar en cómo se vengaría de ese chico. ¿Lo mataría? Cada vez que llegaba a casa veía a escondidas todos los documentales de asesinatos que encontraba. En realidad, buscaba ideas. Era lo único que le daba fuerzas para poder seguir adelante, pero nada le servía para hacer frente a su dolor.

También pensaba en Ginebra, su hija mayor, que siempre le había dicho que se pagaba la universidad trabajando en tiendas de ropa. Le había mentido a la cara y encima ella misma había vendido las drogas que habían matado a Isa.

Aunque intentaba no odiarla, no lo conseguía, pero al menos podía disimularlo.

Al cabo de un tiempo, Gin intentaba pasarse a veces por casa de sus padres para ver cómo estaban. Lo cierto es que desde la adolescencia no había tenido muy buena relación con ellos…, sobre todo con su madre. Clara nunca había entendido ciertos comportamientos de su hija, como cuando empezó a hacerse tatuajes por todo el cuerpo. Desde que le enseñó el primero en el brazo, se fueron distanciando más y más… Pero los tatuajes eran tan solo la punta del iceberg; había más cosas en su forma de vida que no lograba entender. A veces Clara no podía reprimir ciertos pensamientos negativos dedicados a la única hija que le quedaba: «¡Maldita juventud! ¿Por qué no se parecerá más a Isa?».

Un día que Gin estaba sentada en la silla de la cocina mientras ella preparaba café, se fijó en que esta tenía la cabeza en otro lugar.

—¿Estás bien, Ginebra? Pareces preocupada —le preguntó simulando interés, cuando en realidad no le importaba en absoluto cómo se encontraba.

—Sí, sí, estoy bien, es solo que me ha parecido ver algo hoy… Bueno, más bien estoy segura, pero no entiendo…

—¿Qué has visto? —la interrogó, sentándose enfrente y colocando dos tazas de café en la mesa.

Gin se mostró sorprendida por el interés de su madre, pero sintió que ya era hora de acercarse un poco a ella. No le gustaba ese muro que se había levantado entre las dos desde la adolescencia. Ella la quería y desde que Isa se había ido, trataba por todos los medios de que volviesen a conectar. Pensaba que podían ayudarse a superar la pérdida.

Se levantó a por azúcar, no entendía que a su madre le gustase el café amargo, y mientras echaba un par de cucharadas a su taza, se lo empezó a contar:

—Tengo una amiga, se llama Mía. Estábamos en el mismo grupo de estudio en la universidad. Es una chica muy dulce y amable. —Miró tristemente a su madre—. Te caería bien, se parece... a Isa en su forma de ser. —Cuando Clara escuchó ese comentario ni siquiera notó el café ardiendo por su garganta, pero Gin siguió hablando, sin saber si había hecho bien mencionando a su hermana—. Pues hoy he ido a buscarla después de un examen. Se presentaba para conseguir unas prácticas en el Museo del Prado.

»Como tardaba mucho, aproveché para ir al baño y me crucé con otro chico de mi grupo de la universidad, uno que es muy nervioso y escuálido. Yo creo que no engorda un gramo por eso. Pues bien, cuando regresé de nuevo a la clase para ver si Mía ya había terminado, me fijé en cómo ella, aprovechando que el profesor estaba aclarando una duda a otro alumno, cogía el último examen del montón donde había que dejarlos y lo ocultaba rápidamente en el bolso... Estoy segura de que era el examen de ese amigo nuestro con el que me había cruzado, y no entiendo muy bien por qué lo ha hecho.

—¿Y no se lo has preguntado?

—Sí, claro, pero ella me dijo que había visto mal, que solo había cogido un folio de la pila de al lado para poder anotar las respuestas más tarde y luego corroborar qué tal le había ido.

—¿Y tú la crees? —le preguntó Clara, que ahora estaba intrigada.

—La verdad es que no lo sé, ¿sabes? Es muy buena chica y no la veo haciendo algo así…, pero estoy segura de lo que vi.

Por otra parte, cuando Gin terminó la universidad, le contó que había encontrado otra tienda de ropa en la que trabajar, aunque Clara notaba que, según pasaba el tiempo, su hija cada vez era menos feliz y la sentía más y más atormentada. Parecía que odiaba lo que hacía. Apenas se pasaba ya por casa, aunque en realidad Clara prefería que no anduviese por ahí.

Un día le preguntó en qué tienda de ropa estaba trabajando para saber si le había vuelto a mentir, pero fue hasta allí y la vio cobrando una prenda en la caja, sonriendo. Le chocó cómo se le congeló la sonrisa cuando su jefe pasó por detrás de ella; es más, intuyó en su hija una cara de asco que apenas podía disimular.

A través de los años, el secreto que Isa le había contado se le fue haciendo más y más grande. Cada vez soportaba menos a Gin, y un día finalmente estalló. Caminaba por la casa cuando empezó a tirar al suelo todas las fotos donde salía ella. Fran se la encontró en plena faena y no pudo entender qué diablos estaba haciendo. Trató de impedirle que siguiera destrozando aquellos recuerdos, pero ella lo empujó con tal violencia que lo tiró al suelo.

Cuando Clara se acercó a él, sintiéndose culpable y deseando no haberle hecho daño, su marido la miró con furia y le lanzó un ultimátum:

—O buscas ayuda ya, Clara, o lo nuestro ha terminado.

Así fue como ese mismo jueves Clara se presentó cabreada en el grupo de apoyo al que él mismo la había llevado en coche. Y vio claramente cómo su marido se quedaba unos segundos fuera para cerciorarse de que de verdad entraba y no se escabullía de la primera reunión.

52

Venganza

Helen y Clara

Helen llegó a la puerta del bar el jueves siguiente tal y como habían acordado, pero no veía a Clara por ninguna parte.

«¿Se habrá echado atrás?».

Entonces miró dentro y allí estaba sentada, en la misma mesa de la otra vez.

Entró, se acercó sonriente y se fijó en su copa.

—¿Qué es esta vez? —le preguntó mientras se sentaba en la silla frente a ella, aún sonriendo.

—Como hoy voy a contarte mi historia, me toca un whisky solo. —Sonrió y levantó su copa.

Una camarera se acercó para saber qué iba a tomar Helen. Esta miró a su nueva amiga y lo tuvo claro.

—Otra de lo mismo para mí, por favor.

—Buena elección —repuso Clara con una sonrisa.

En ese momento Helen fue consciente de que su amiga no parecía la misma mujer que entró un tiempo atrás en la sala del grupo de apoyo. Ahora, allí, parecía más relajada.

—¿Cómo estás? —le preguntó Helen.

—Nerviosa, pero te confieso que aliviada. Tú me has contado tu historia y fuiste sincera. También me dijiste que nadie te comprendía, pero yo sí te entiendo; perfectamente, además. Porque la mía es bastante parecida. Si te digo la verdad, eres la primera persona a la que pienso contarle todo lo que pasó. Sé que apenas te conozco, pero creo que tú me comprenderás. Y después de tanto tiempo, necesito contárselo a alguien.

Bebió de su copa, tranquila y en calma.

—Te prometo que todo lo que me cuentes quedará entre nosotras —dijo Helen—. Además, me interesa saber tu historia. Quizá de alguna manera podamos apoyarnos... —justo en ese momento le trajeron la bebida y dio el primer sorbo—, o ayudarnos...

Clara le contó a Helen la historia con todo detalle. La muerte de Isa, el chico que le proporcionó las drogas que la mataron, cómo su otra hija era quien se las vendía y que lo hacía por su novio, que incluso se lo había presentado, pues habían vuelto juntos. Eso le había contado Gin el día que tuvo la desfachatez de entrar en casa con él.

Le explicó que ella también odiaba a su hija, que no podía dejar de culparla por lo ocurrido. Había sido una mala influencia para su hermana.

Además le dijo que lo ocurrido había provocado que todo fuese de mal en peor en todos los aspectos de su vida, también en el plano laboral. Después de un tiempo, la habían despedido de su trabajo de guionista en televisión; apenas lograba concentrarse ni sacar buenas historias o programas adelante, y eso que siempre había amado su profesión y estaba muy bien considerada por su creatividad. Pero pensaban que sus ideas se habían vuelto demasiado macabras. Ni siquiera le permitieron continuar gestionando y coordinando los eventos y las redes sociales de la cadena de televisión donde trabajaba, algo de lo que cada vez disfrutaba más, lo que la convirtió en una adicta a las redes.

Helen la escuchaba tan atentamente que a la media hora tuvo que pedirse otra copa. Clara se unió a ella.

Cuando terminó de contarle su historia, Helen se dio cuenta de que sus vivencias tenían mucho que ver y que su dolor era el mismo.

Clara empezó a llorar, con una sensación de alivio, porque por fin había podido contarle todo aquello a alguien que la entendía.

Helen le cogió la mano y la miró a los ojos. Iba a decir algo cuando una notificación sonó en el móvil de Clara. Helen le soltó la mano.

—Perdóname —dijo mientras se limpiaba las lágrimas con una servilleta y cogía el móvil para revisar si era un mensaje de su marido.

Sin embargo, su rostro expresó odio.

—¿Qué pasa? —le preguntó Helen, preocupada por su reacción.

—Es una notificación de una de las redes sociales de mi hija, no puedo evitar estar pendiente de todo lo que publica para alimentar mi rabia. Es una foto de Ginebra y sus amigos en una fiesta —dijo, furiosa—. A su lado está ese chico que le pasó las drogas a mi hija, ese tal CJ.

Al oír «CJ», un mote poco común en la zona, Helen sintió una especie de *déjà vu*.

—¿Puedo verla? —le preguntó de repente.

—Sí, claro —respondió Clara, ya un poco más calmada—. Mira… —Y giró la pantalla del móvil hacia ella.

Al ver la foto, la cara de Helen se puso blanca. Cogió directamente el teléfono para verla más de cerca. Era imposible. No podía ser.

—¿Helen? Helen, te has puesto pálida, ¿qué ocurre?

Clara no entendía su reacción.

Helen dejó el móvil en medio de la mesa para que ambas pudieran ver la foto a la vez.

—Este… este… —Y señaló a un chico esmirriado que parecía intentar asomarse de puntillas para la foto—. Este es mi hijo, es Conor.

Clara la miró sorprendida, eso no era posible.

—Helen, pero ¿qué dices?

—Clara, este es mi hijo, y este chico rubio estuvo en mi casa hace nada. Creo recordar que se llamaba Leo.

Clara sintió que su respiración iba cada vez más deprisa. Clicó la imagen para que saliesen los nombres de las cuentas de las personas etiquetadas. Las dos miraron fijamente el móvil sin pestañear: Conor, Leo, Mía, Edgar, Rebeca, CJ, Gin.

—No puede ser —contestaron ambas a la vez.

Clara cogió el móvil rápidamente para llamar a su marido y Helen escuchó cómo le explicaba que, cuando saliese de la reunión, se iba a tomar algo con los del grupo de apoyo y que llegaría más tarde.

—Me parece muy bien, cariño, seguro que te sienta genial. ¿Quieres que pase luego a recogerte?

—No, ya cojo un taxi. Gracias, amor. Tengo que dejarte. Te quiero.

Clara recuperó entonces la misma foto de antes y la miraron fijamente. No sabían muy bien qué decirse.

—¿Puedes abrir el perfil de CJ? —le preguntó de repente Helen.

—Esperemos que no lo tenga privado —contestó Clara mientras se apresuraba a comprobarlo.

Ante ellas aparecieron un montón de fotos de CJ. En muchas estaba con el mismo grupo de amigos que les había llamado tanto la atención, otras eran de dibujos y estampados.

Clara se fijó entonces en una foto en la que salía con Isa y estaban abrazados en un parque… No podía creérselo, y así se lo comentó a Helen, que miraba la foto con detenimiento.

—Es imposible…

Pero lejos de centrar su mirada en Isa, Helen se estaba fijando en el tatuaje ya un poco descolorido que CJ tenía en el brazo más visible en la imagen. Le sonaba haberlo visto antes. Y sabía perfectamente dónde.

Solo tuvo que viajar un poco hacia el pasado y el recuerdo le llegó intacto:

—¿Adónde vais tan tarde con esas mochilas? —les preguntó aquel día Helen a sus hijos, interceptándolos cerca de la puerta de entrada.

Conor se giró nervioso, pero su hermano, perspicaz, fue rápido en la respuesta:

—CJ, con el que suelo echar las partidas online, me ha dicho que hoy no va a poder jugar, así que hemos decidido ir al cine. Llevamos patatas fritas y bebidas, vamos a intentar colarlas en la sala, mamá —le mintió Marco con un tono seguro y señalando su mochila.

Ella los miró un rato en silencio. Se tragó el anzuelo totalmente.

—Está bien, pero la próxima vez avisadme de que vais a salir. Si no os encuentro en casa nada más llegar y no tengo ni idea de dónde estáis, me preocupo. —Entonces les sonrió—. Pasadlo bien e intentad no comer muchas porquerías, que luego hay que cenar.

Cuando Helen fue a su dormitorio, vio que una luz azul se colaba por el resquicio de la puerta de la habitación de los chicos. Al entrar, vio el ordenador de Marco encendido y fue a apagarlo, pero no pudo evitar ver su última conversación:

```
CJ:
Ey, esta noche no podré jugar, me ha invitado a una fiesta
una chica. Y ya sabes, ¡a eso no puedo decir que no!
```

Al lado de sus frases estaba el icono de su perfil: un tatuaje de una jarra de cerveza que rebosaba espuma por fuera.

Helen regresó de nuevo al bar donde estaba con su nueva amiga. Ese *flashback* le había proporcionado una información valiosa.

—¿Qué ocurre? —le preguntó Clara, asustada porque no sabía qué estaba viendo Helen en la fotografía.

—¿Ves ese tatuaje que lleva en el brazo?

Helen le contó aquel recuerdo mientras Clara la escuchaba boquiabierta.

—Entonces… eso quiere decir… —Clara estaba tratando de encontrar las palabras correctas.

—Que si no fuera por CJ, mi hijo también seguiría vivo.

Clara volvió a abrir la foto de los siete.

—Espera un momento… —Señaló el nombre de Mía en la etiqueta de la foto.

El recuerdo de aquella conversación tomando café con Gin en la cocina le vino a la mente en ese preciso instante.

—¿Conoces a esta chica?

—No la conozco, ¿por qué lo preguntas?

—Esto no te va a gustar nada —le dijo a Helen, quien estaba convencida de que ya nada podía salirle peor—. Conor no os mintió al deciros que su examen había desaparecido. —Tomó un poco de aire—. Fue Mía quien le robó el examen.

La cara de Helen se puso tan pálida como un cadáver.

—¿Cómo lo sabes?

—Porque Ginebra me contó que ese día fue a buscar a Mía tras hacer el examen para las prácticas en el Museo del Prado. Fue un momento al baño y se cruzó con un chico escuálido que formaba parte de su grupo de amigos. Por lo que me has contado sobre él y por la foto, estoy segura de que fue Conor con quien se cruzó.

—Pero… ¿entonces?

—Ginebra se lo cruzó y se acercó a la puerta del aula. Entonces vio cómo Mía robaba el último examen que había apilado en la mesa y se lo guardaba en el bolso. Cuando Ginebra le preguntó al respecto, Mía le puso una excusa estúpida, pero mi hija me comentó que aunque era buena chica, estaba segura de lo que había visto. Era de las mejores de la clase, así que a nadie le extrañaría que ella finalmente consiguiese las prácticas en el museo.

Helen sintió que una sensación ardiente de odio le recorría todo el cuerpo.

—¡Hija de puta! —No pudo reprimir esas palabras mientras miraba la cara dulce y sonriente de la chica—. Pues, si no me equivoco, su novio es Leo, ese de ahí —le señaló—, y el chico le ha puesto los cuernos con su prima. No hace mucho, al llegar a casa, escuché cómo le contaba todo a Edgar por teléfono, que, como indica la etiqueta, es el chico que está al lado de ella en la foto. Había sentido algo de pena por la chica al escuchar a ese capullo regodeándose en la infidelidad, pero ahora pienso que unos cuernos se le quedan cortos.

Se vuelve a quedar en silencio mirando la foto. Su hijo era un fracaso, sí, pero esa tal Mía había hecho que lo fuese aún más, y que toda su gente cercana sintiese lástima por ellos cuando Conor no pudo siquiera conseguir unas simples prácticas.

—Están tan felices en la foto… Se creen todos tan amigos y no son más que unos mierdas —dijo, cada vez más cabreada—. Se han jodido la vida los unos a los otros, y también a nosotras. Están tan ciegos que no son capaces ni de darse cuenta.

Clara terminó su segunda copa de whisky.

—¿Sabes? Sé que esto va a sonar horrible, pero a veces desearía que sufrieran lo mismo que nosotras. Que entendieran lo que se siente al perder a sus seres queridos.

—Y yo, que estuviesen muertos —espetó Helen, apurando de un trago su copa.

Las dos se miraron a los ojos y pensaron lo mismo. Pero ya era demasiado tarde y Clara debía volver a casa. Se despidieron con un abrazo. En ese instante eran mucho más que unas meras conocidas.

Helen vio cómo Clara desaparecía de su vista en un taxi y ella decidió volver a casa caminando. Estaba sumida en sus pensamientos, en Conor, Marco, CJ, Mía... Todos le habían destrozado la vida. Y seguro que si indagaba un poco más, vería algo que le fastidiaba también de Edgar y Rebeca, los otros dos miembros de la pandilla de su hijo. Aunque ya el simple hecho de que fuesen del mismo grupo de amigos que los demás le demostraba la clase de calaña que eran.

Al girar un par de manzanas, escuchó a un grupo de jóvenes hablar muy alto sentados en la terraza de un bar.

—¿Os habéis enterado del nuevo programa que van a sacar?

—¿De cuál hablas?

—De ese en el que meten a un grupo de gente en una especie de cabaña y les van haciendo pruebas y el que gana se lleva un pastizal.

Helen no lo dudó ni un instante, lo veía cristalino en su cabeza. Sacó el móvil del bolso, muy ansiosa, y envió un mensaje a Clara:

Tenemos que volver a vernos lo más pronto posible.
Se me ha ocurrido una idea.

Agradecimientos

No solía ser una persona que acostumbrase a leer los agradecimientos de las novelas.

Soy de esas para las que leer es un refugio, de las que cierran el libro después del punto final y lo abrazan con el sentimiento de vacío que provoca haber estado sumido en una historia de la que, de alguna forma, has formado parte. Pero ahora soy consciente de todo el trabajo que hay detrás de cada publicación. Y comprendo cada palabra de amor dedicada.

Así que mi primer agradecimiento es para ti, que, si has llegado hasta aquí, es probable que hayas acabado de leer mi primera novela.

Puede que ya nos conozcamos. Puede que seas mi padre, el primero que leyó esta historia mil veces; o mi madre, que la leyó varias también, a pesar de que no le guste el género, y siempre me animó a escribir. O quizá mi hermano, al que le llené el correo con cada nuevo capítulo que escribía. Puede que seas de mi familia. O tal vez un gran amigo. O a lo mejor eres una de esas personas a las que conocí, después de publicarlo sola por primera vez, y que me han apoyado desde el principio.

Puede que aún no nos conozcamos, o quizá nunca lo hagamos. Que algún día nos crucemos o, incluso, que un día nos abracemos. Que nos leamos mutuamente. Que sigamos nuestros caminos.

Pero repito que, si has llegado hasta aquí, te estoy agradecida.

Tal como lo estaría aquella joven de once años cuando escribió sus primeras historias sin imaginar siquiera que tiempo más tarde esto podría pasar.

Gracias a cada persona que me ha acompañado, apoyado y ayudado en este maravilloso viaje.

Y, por supuesto, gracias a todo el equipo editorial que creyó también en mí, en mi obra, y que me ayudó a cumplir un sueño.

Espero que hayáis disfrutado de la historia, de unos personajes tan míos como yo misma.

Y que pronto, bajo otras páginas, bajo otra portada, quizá, nos volvamos a encontrar.

Mientras tanto, gracias por haberme dejado ser esta vez, con mis palabras, vuestro refugio.

O vuestra cabaña, como queráis verlo.